TENTE-MOI

UNE COMÉDIE ROMANTIQUE AU BUREAU AVEC LE MEILLEUR AMI DU FRÈRE

SYNERGY

TOME 6

MICHELLE MCCRAW

lazy dog
books

AVERTISSEMENT DE CONTENU

Tente-Moi est une romance torride contenant des scènes intimes explicites et un langage grossier. Cette histoire contient également un abandon parental et un décès (hors page, dans l'histoire passée) et une tentative d'agression sexuelle (hors page, dans l'histoire passée).

Si ce n'est pas le bon moment pour vous de lire une histoire avec ces éléments, envisagez de sauter ce livre pour l'instant. Prenez soin de vous.

1

LES PETITS YEUX de fouine de Larry ressemblaient aux boucles d'oreilles en perles noires de ma mère : ronds, brillants et pleins de jugement.

— Ne me regarde pas comme ça, ai-je murmuré en reportant mon attention sur le chef Guillaume.

Avec un génie pour le multitâche perfectionné dans les plus grands restaurants de France, l'instructeur m'a lancé un regard menaçant sans interrompre le fil de sa leçon sur les crustacés.

Larry a cligné des yeux, ce qui était étrange, car j'étais presque sûre que les homards n'avaient pas de paupières. Si c'était le cas, le chef Guillaume nous aurait appris à en lever les filets.

J'ai piétiné sur place, les pieds endoloris d'être restée debout dans ces misérables sabots qui me frottaient impitoyablement le dessus du pied. Tirant le torchon de la ceinture de mon tablier, je l'ai jeté sur Larry, là où il reposait sur la planche à découper de mon poste de travail. Maintenant, je pouvais me concentrer sur le chef Guillaume, qui avait entamé un aparté sur les allergies aux fruits de mer.

Beaucoup mieux.

Le torchon a tressailli, et une pince maintenue par un élastique s'est agitée faiblement dans ma direction. Mon cœur s'est serré. Le chef a expliqué que nos langoustes de Californie étaient expédiées en Chine à des prix exorbitants.

Pauvre Larry.

Quelques jours plus tôt, il traînait avec ses potes homards dans l'Atlantique Nord. Aujourd'hui, il suffoquait lentement ici, dans mon cours de cuisine dans une université communautaire de San Francisco, pâlissant sous la lumière blafarde des néons, attendant de plonger dans la marmite d'eau qui était presque arrivée à ébullition.

J'ai regardé sa pince immobilisée. *On est deux dans le même cas, mon pote.*

Retirant le torchon de sa tête, je l'ai glissé sous son corps brun-rougeâtre pour qu'il ne soit pas allongé sur la planche à découper glissante. Elle devait sentir comme les autres pauvres créatures que j'avais dépecées pendant mon cours de boucherie.

Est-ce que les homards avaient un nez ?

Probablement pas, Dieu merci. S'il en avait un, il sentirait ma peur.

On avait commencé le semestre avec la volaille. Elles nous étaient arrivées mortes, la tête détachée, contrairement à Larry. J'avais failli vomir à la vue de ces corps pâles et déplumés, mais à la place, j'avais imaginé ce que Mère dirait si j'abandonnais aussi cette école. J'avais dégluti et continué, découpant les morceaux assez bien pour obtenir un « passable » du chef Guillaume.

Le module suivant avait porté sur le bœuf, mais il nous était aussi arrivé sans visage. J'avais appris à séparer les côtes de la longe, et j'avais créé un rôti de côtes roulé que le chef n'avait pas dédaigné. Il l'avait qualifié de « pas mal », ce qui équivalait à un A dans n'importe quel autre cours. Même si je n'avais pas beaucoup d'expérience avec les A à l'école, culinaire ou autre.

Nous étions passés au poisson, et bien qu'ils aient eu des visages, au moins ils étaient morts à leur arrivée.

Jusqu'à Larry.

— Mademoiselle Natalie Jones, est-ce que vous suivez ? Comment le chef Guillaume avait-il pu s'approcher de moi comme ça sans que je l'entende ? Il m'a fusillée du regard de l'autre côté de mon plan de travail, les mains sur les hanches.

— Oui, Chef, ai-je couiné. Je n'ai pas osé regarder Larry.

— Alors pourquoi votre homard est-il emmailloté comme un bébé au lieu de cuire dans la marmite ?

Oh oh. J'ai jeté un coup d'œil à ma droite, où mon voisin Gregory était en train de nettoyer son poste. De la vapeur s'échappait du couvercle de sa marmite.

— J'attends la pleine ébullition, Chef, ai-je dit, en regardant ma marmite où des bulles commençaient à crever la surface.

— Montrez-moi. Sa lèvre s'est retroussée alors qu'il fixait le homard. — Enlevez ce torchon.

— Pardon. Doucement, j'ai dégagé mon torchon de Larry. Le pauvre n'avait pas l'air en forme.

Les narines du chef se sont dilatées. — Montrez à la classe comment tuer le homard sans cruauté.

— Je... euh. *Tuer sans cruauté* sonnait comme un oxymore à mes oreilles. — Pourriez-vous me remontrer la technique ?

Il a tendu la main vers Larry.

J'ai bondi pour couvrir le crustacé de mon corps. — Pas lui ! Je me suis figée. — Je veux dire, je vais le faire. C'était bien le moins que je lui devais.

Le chef a haussé un sourcil. — Bon. Je vais vous montrer, puis vous répéterez.

Il a pivoté et a arraché le homard de la table de Chantal. Il l'a claqué sur la planche à découper à côté de Larry. D'un mouvement fluide, il a attrapé mon couteau et a enfoncé la pointe dans le cerveau du homard. Quand celui-ci a tressailli, Larry a gratté faiblement la planche à découper.

— Vous voyez ? Rapide et sans cruauté. Il a laissé tomber le homard mort dans la marmite de Chantal. Elle a murmuré ses remerciements et a remis le couvercle.

— Maintenant, à vous. Il m'a tendu mon couteau, le manche en premier.

J'ai jeté un coup d'œil à ma marmite. Maudits brûleurs à gaz si efficaces. Elle avait atteint la pleine ébullition. J'ai accepté le manche et j'ai reporté mon attention sur Larry. Résigné à son sort, il a laissé pendre ses antennes.

J'en avais le cœur brisé pour lui.

Il finirait mélangé avec ses amis dans une bisque de homard qui serait servie à la cafétéria de l'école ou dans un sandwich au homard à emporter.

Pourquoi devait-il mourir pour un sandwich détrempé et trop saucé ?

Tout ce qu'il voulait, c'était vivre sa meilleure vie de homard. Et alors s'il n'avait pas encore déterminé ce que cela pouvait être ? Il méritait une autre chance de trouver sa voie.

Attends. Était-ce Larry ou moi ?

— Mademoiselle Jones. Puis-je vous rappeler qu'il ne nous reste que trente minutes de cours ?

Trente minutes. Le chef Guillaume n'acceptait pas les travaux en retard. Je devrais assassiner ce pauvre Larry maintenant si je voulais avoir le moindre espoir de démanteler sa carcasse à temps. La pique à homard argentée a brillé sous les néons. Celle que le chef s'attendait à ce que j'utilise pour retirer la chair de Larry de sa carapace.

Larry a levé sa pince en guise d'adieu, me montrant l'élastique bleu. Bleu comme l'océan. Bleu comme les bords délicats de la carapace recouvrant ses fines jointures, que je serais censée arracher avec la fourchette.

J'ai dégluti. *Pas aujourd'hui, Larry.*

— Désolée, Chef.

Laissant tomber mon couteau, j'ai rejeté le torchon sur Larry et je l'ai soulevé. Il n'était pas lourd, seulement un kilo ou deux, mais ses pinces surdimensionnées pendaient mollement.

— Qu'est-ce que vous faites, Mademoiselle Jones ?

J'ai gardé la tête baissée. — Je m'en vais, Chef.

La salle de classe était devenue silencieuse comme la mort.

— Si vous franchissez cette porte, vous échouez à mon cours. Il sera difficile d'obtenir votre diplôme sans lui.

Il aurait été difficile d'obtenir mon diplôme même avec une note de passage dans son cours. Glissant Larry sous mon bras, j'ai sorti mon sac Louboutin du casier sous mon poste de travail et je l'ai passé sur mon épaule. — Je comprends, Chef.

— Vraiment, Mademoiselle Jones ? Son sourcil gris s'est levé. Il devait avoir senti la pression qui me faisait revenir jour après jour à un cours que j'étais en train de rater.

J'ai jeté un coup d'œil à ma mallette de couteaux. J'aimais le poids du grand couteau de chef et la façon dont le manche tenait dans ma main. C'était dommage de le laisser ici. Mais il aurait fallu que je pose Larry, et si je faisais ça, mon instructeur soupe au lait risquait de le balancer dans ma marmite et de le faire bouillir vivant.

Mieux valait le laisser. J'ai fait un signe de tête à Gregory. Il avait du talent. Il les méritait plus que moi. L'école de cuisine était du gâchis pour moi, tout comme l'université, l'école de mode, le stage en événementiel, et même la boutique de fleurs que mon beau-père m'avait achetée.

— Désolée, Chef, ai-je répété, et d'une poigne ferme sur Larry, j'ai tourné les talons sur mes sabots.

J'aimerais pouvoir dire que je suis sortie avec panache, mais ce satané sabot s'est accroché au sol et s'est arraché de mon pied. Je les avais toujours détestés de toute façon. Je suis sortie de l'autre et, en chaussettes, je me suis traînée hors de la salle de classe.

LE CHAUFFEUR UBER a démarré en trombe du trottoir à Rincon Park. Je m'étais habituée à l'odeur de poisson pendant les deux heures que nous avions passées dans la salle de classe, mais avoir Larry dans la petite Mazda, c'était quelque chose, surtout après qu'il a eu un peu le mal des transports.

Malgré les nuages bas, l'air était plus frais au parc, et j'ai marché droit vers la jetée.

— T'inquiète pas, Larry. Je m'occupe de toi. Les langoustes ont peut-être l'air différentes, mais je suis sûre qu'elles sont sympas. Tu vas te faire plein de nouveaux amis.

Il a tourné ses pédoncules oculaires vers moi.

— Sérieusement, mon pote. Je ne pense pas que tu survivrais si je te renvoyais dans le Maine ou je ne sais où. C'est bien mieux que d'être servi à la cafétéria. Si la baie ne te plaît pas, tu peux nager autour de la péninsule jusqu'à l'océan.

À la réflexion, j'aurais probablement dû l'emmener du côté de l'océan, mais il était trop tard pour ça maintenant. L'eau était profonde ici, et il n'y avait pas de pêche commerciale dans la baie.

Quand j'ai atteint la rambarde, j'ai posé Larry dessus, toujours emmailloté dans mon torchon de cuisine. Ses pédoncules oculaires oscillaient entre moi et l'eau en contrebas.

— Regarde, Larry. Je sais que c'est un nouvel endroit et que tu as peur. J'ai commencé plein de nouvelles choses, et voilà ce qui a toujours marché pour moi : trouve un moyen d'aider les autres. Comme ça, ils ont besoin de toi, qu'ils t'aiment ou non.

Larry n'était pas convaincu. Il a tapoté la rambarde avec sa pince.

— Tu n'es pas obligé de suivre mes conseils. Après tout, qu'est-ce que j'en sais ? Aucune de mes écoles ou de mes boulots n'a tenu, et je vais avoir un mal de chien à expliquer ce qui s'est passé aujourd'hui à Mère et Charles. Mais le truc qui me convient est quelque part dehors, et le truc qui te convient est là-dessous.

Nous avons tous les deux regardé l'eau. Elle était profonde et bleue.

— Trouve un joli rocher et fais profil bas jusqu'à ce que tu reprennes des forces. Goinfre-toi de... Qu'est-ce que vous mangez, au fait ? Du plancton ? Des algues ? Des petits poissons ? Je suis sûre qu'il y en a là-dessous. Peut-être que tu rencontreras une gentille dame homard — ou un mec, ce qui te rendra heureux — et que vous vous installerez dans un coin sympa et profond de l'océan, pour élever quelques bébés ensemble. D'accord ? J'ai essuyé une embrassade de ma joue.

Il a agité faiblement ses pinces.

— C'est vrai. Il faut que je t'enlève ça. J'ai fouillé dans mon sac et j'ai trouvé le couteau suisse rose que mon frère Jackson m'avait donné quand j'avais douze ans. J'ai sorti la grande lame et j'ai tranché l'élastique de sa pince droite, puis de sa gauche. Timidement, il a ouvert et fermé ses pinces.

— Mieux ? Bon, je vais te laisser tomber dedans.

Mais je ne l'ai pas fait. J'ai fixé ses yeux troubles.

— C'est ta deuxième chance, mon pote. Ne la gâche pas. Qui étais-je pour le conseiller ? Combien de deuxièmes, troisièmes ou quatrièmes chances avais-je gâchées ? Combien de fois Mère m'avait-elle lancé son regard aux yeux plissés et aux lèvres pincées qui me disait à quel point je la décevais ? Combien de fois avait-elle vraiment dit les mots : *Natalie, quand vas-tu enfin te poser ? Pourquoi ne peux-tu pas être plus comme tes frères ou ta sœur ?*

Je n'aurais jamais autant de succès que mes frères et sœurs. Je devrais faire ce que Mère avait fait et épouser un gars avec du potentiel. Elle m'avait présenté assez de fils de ses amis riches pour que j'en aie trouvé un qui me plaise maintenant.

Larry m'a tapoté la main avec sa pince.

— C'est vrai, désolée. Il ne s'agit pas de moi. Il s'agit de toi. Bon, un… deux… trois. Je l'ai retourné et je l'ai laissé tomber la tête la première dans l'eau, trois mètres plus bas. Il a fendu l'eau, sans une éclaboussure, comme un plongeur olympique. Il est resté un instant en suspension sous l'eau, se balançant avec les vagues qui clapotaient contre la jetée. On aurait presque dit qu'il me faisait un signe de la main. Puis, d'un coup de queue, il a plongé, sa carapace brune disparaissant dans l'eau sombre. J'ai attendu une minute, serrant le torchon puant. Puis j'ai laissé passer une autre minute. Mais Larry n'est pas réapparu.

J'espérais qu'il ferait meilleur usage de sa deuxième chance que moi des miennes.

Je me suis retournée vers la ville. Je pouvais prendre un autre Uber pour rentrer, me nettoyer, et trouver comment expliquer à mes parents que j'avais abandonné l'école de cuisine deux semaines avant la fin du semestre. Ou…

J'ai aperçu le grand immeuble qui faisait de l'ombre au bâti-ment plus petit de mon frère.

Il en avait eu, sa part de deuxièmes chances. Peut-être qu'il pourrait me donner quelques conseils. Ou au moins plus de compassion que je n'en recevrais de notre mère.

2

QUAND JE SUIS SORTIE de l'ascenseur au sixième étage, je me suis rendu compte de la faille dans mon plan. Le code vestimentaire chez Synergy était décontracté, mais ma blouse blanche tachée par je ne sais quel fluide que Larry m'avait vomi dessus, mon pantalon de chef ample et les tongs vert fluo que j'avais achetées dans un kiosque à souvenirs près de la jetée étaient aux antipodes des robes de créateur que je portais habituellement. Tout le monde m'a dévisagée sur mon passage.

Imitant ma mère, j'ai relevé le menton comme si je portais du Hermès et je me suis traînée jusqu'au bureau de l'assistante de mon frère. Ça m'a fait bizarre de ne pas y voir Marlee, mais depuis sa promotion, elle était en bas avec les autres développeurs.

Sa nouvelle assistante, Paulina, était une femme plus âgée, originaire des Caraïbes. Elle a jaugé mon apparence et a souri.

— Vous sortez tout juste de l'école, cariño ?

— Ouais. J'ai grimacé intérieurement. Est-ce que mon frère est dans son bureau ? J'ai jeté un œil à la porte vitrée derrière elle.

— Non, il est dans le bureau de M. Fallon.

J'ai soupiré. Je voulais voir Jackson, mais son ami Cooper avait pris la voie express vers le succès. Cooper ne disait jamais rien sur mon parcours sinueux dans la vie, mais il me regardait toujours de sous ses sourcils broussailleux et me transperçait d'un regard désapprobateur.

J'aurais aimé pouvoir m'éclipser, mais Paulina dirait à Jackson que j'étais passée. Je devais aller au bout de mon plan bancal.

— Merci, Paulina. J'ai traîné des pieds sur le sol jusqu'au bureau de Cooper. Son assistant n'était pas à son poste, mais son cousin et garde du corps, Mateo, se tenait près de la porte. Il a souri en me voyant approcher.

— Natalie ! Qu'est-ce qui amène notre petite Hélène Darroze par ici ?

Du haut de mon mètre soixante-treize, je n'étais pas petite, mais comparée à la carrure imposante de Mateo, je devais avoir l'air minuscule, surtout sans mes talons.

— Je voulais parler à mon frère. Il est toujours avec Cooper ?

— Ils sont tous là-dedans. Vas-y, entre, a-t-il dit. J'ai poussé la poignée de la porte.

Ce n'est que lorsque mon regard a glissé de Cooper, assis à son bureau, et de mon frère, appuyé contre le rebord de la fenêtre, vers la troisième personne dans la pièce, que j'ai repensé à ce que Mateo avait dit : *Ils sont tous là-dedans.* J'ai réalisé ce qu'il voulait dire par « tous ».

Elle était là. Mon cerveau a calé. Elle n'était pas censée être à San Francisco, chez Synergy. Elle était censée être à son bureau, à une heure de route, dans la Silicon Valley.

— Ma cacahuète ! Jackson a bondi à travers la pièce et m'a enveloppée dans ses bras. Il a ajouté une bonne friction pour la forme, défaisant mon chignon savamment décoiffé.

Pourquoi fallait-il qu'il m'appelle par ce surnom ridicule ? Quand j'étais une gamine gauche de neuf ans, je le laissais m'appeler comme il voulait parce que j'étais en manque de la moindre attention de mon grand frère. Maintenant, j'étais aussi adulte que lui. Pourtant, il ne manquait jamais de souligner que les adultes avaient un travail et ne vivaient pas chez leurs parents.

— Lâche-moi. J'ai poussé contre ses bras démesurément longs.

Il a desserré son étreinte mais a gardé un bras passé autour de mes épaules, probablement pour me garder à portée de friction.

— Qu'est-ce que tu fais ici ?

— Je, euh… Soudain, raconter mon histoire larmoyante pour obtenir un peu de sympathie de mon frère m'a semblé être une très mauvaise idée. Mon grand frère m'a manqué ?

— Oh. Il a de nouveau frotté ses phalanges dans mes cheveux. Eh bien, tu arrives juste à temps pour te moquer de Jamila pour ce qu'elle a encore fait.

Me moquer de Jamila ? Non seulement c'était la plus belle femme que j'aie jamais rencontrée, mais elle était tout ce que j'aurais aimé être : intelligente, sûre d'elle, compétente. Comme Cooper, elle n'avait jamais faibli dans sa marche vers le succès.

Je l'avais évitée pendant quatre mois depuis cette soirée désastreuse chez Billie Woods. Et maintenant, elle me surprenait au plus bas, sans vêtements de créateur ni maquillage pour me servir d'armure, et sentant le contenu du système digestif de Larry.

Elle était affalée sur le canapé en cuir de Cooper, sa jambe droite tendue vers le sol et la gauche appuyée sur le dossier du canapé, son escarpin stiletto beige se balançant au bout de ses orteils. Son pantalon large et fluide blanc était remonté, dévoilant la peau lisse et foncée de ses chevilles fines et de ses mollets musclés. Elle portait un chemisier sans manches lilas et un ras-du-cou en perles. Les perles et les pastels suggéraient une certaine douceur, mais ses mots acérés brisaient toujours l'illusion.

Quand elle avait dix-neuf ans, elle avait une crinière abondante et bouclée que j'enviais. Maintenant, ses cheveux étaient coupés très court, mettant en valeur son long cou élégant. Diriger une entreprise de logiciels d'un milliard de dollars ne laissait pas le temps d'entretenir ses boucles.

Rejetant un bras sur ses yeux, elle a laissé échapper un grognement frustré.

— Je vous le dis, tout ce que j'ai fait, c'est essayer de protéger mon entreprise. Ce journaliste est un connard.

— Ce n'est pas comme ça que le journaliste connard l'a écrit dans son article, a dit Cooper d'un ton sec.

— Que s'est-il passé ? ai-je demandé.

Elle a retiré son bras de son visage et m'a fait un signe de la main décontracté.

— Salut, Nat.

Elle avait l'air assez amicale. Peut-être que quatre mois suffisaient pour qu'elle oublie, même si moi, je n'oublierais jamais. Ma voix a vacillé quand j'ai demandé :

— Est-ce que tout va bien ?

Elle a poussé un soupir.

— Ce n'est rien dont tu doives te soucier, ma belle. Je...

Comme d'habitude, mon cerveau a court-circuité quand elle m'a appelée *ma belle.* J'aurais aimé qu'elle le pense comme un terme affectueux, mais elle m'appelait comme ça depuis qu'elle était rentrée avec Jackson pendant les vacances de printemps de leur première année d'université. Même à dix-neuf ans, vêtue d'un sweat-shirt court de Stanford et d'un jean skinny, Jamila avait été incroyablement sophistiquée à mes yeux de petite fille de neuf ans. Elle me voyait toujours comme une préadolescente avec des couettes, et aujourd'hui, je ressemblais à un bambin qui avait joué dans la terre.

... ce n'est rien, vraiment.

— Rien ? Les sourcils sombres de Cooper se sont haussés. L'article du *Wall Street Journal* était particulièrement peu flatteur.

— Attendez. Quoi ? ai-je demandé.

— Suis un peu, sœurette. Ses narines se sont dilatées et mon visage s'est enflammé. Bien sûr qu'elle était sensible au fait que je décroche. Depuis la soirée de Billie, elle devait me prendre pour une idiote blonde. Parce que c'est exactement comme ça que je m'étais comportée.

Mon visage me brûlait.

— Désolée, j'étais dans la lune. Pourriez-vous me le redire ? S'il vous plaît ?

Jamila a levé les yeux au ciel.

— Il se passe quelque chose de louche avec Moo-Lah. J'ai entendu dire qu'ils lançaient un produit qui ressemble beaucoup à notre nouvelle appli. Chacun de mes mouvements, ils semblent avoir une longueur d'avance sur moi. J'ai engagé un détective privé pour voir si un de mes employés leur parle.

— Et la presse l'a découvert, a ajouté Cooper. Ils t'ont traitée de paranoïaque.

— Seuls les paranoïaques survivent, a dit Jamila. C'est ce que disait Andy Grove.

— Je suis d'accord avec Mila, a dit mon frère. Pas sur le côté parano, mais sur le fait que tout le monde oubliera. J'ai fait pire, et maintenant, je suis le chouchou des médias. Il a arboré un large sourire.

— C'est parce que tu t'es posé avec Alicia, et qu'elle te tient à l'œil, a dit Jamila.

Je m'attendais à ce qu'il nie, mais il m'a serrée plus fort et a dit :

— C'est vrai.

— N'oublie pas que c'est moi qui vous ai mis en contact. Jamila lui a lancé un sourire suffisant.

— Jamais, a-t-il dit. Même si je doute que tu aies pensé au mariage quand tu l'as recommandée comme consultante, et comme ma patronne.

S'ils continuaient leurs chamailleries de meilleurs amis, je n'arriverais jamais à comprendre le fin mot du problème de Jamila. Je me suis dégagée de l'étreinte de mon frère.

— Se faire traiter de paranoïaque par le *Wall Street Journal*, c'est quand même une affaire sérieuse.

— Exactement. Cooper m'a pointée du doigt. Il y avait des paparazzis au bureau de Mila aujourd'hui. Ça ne ressemble pas à quelque chose qui va se calmer.

— Genre, plus de cinq ? ai-je demandé.

— Pas plus de vingt. Jamila a agité une main élégante. Ses ongles étaient courts mais impeccablement manucurés et vernis d'un violet vibrant.

— Putain de merde, ai-je dit. C'est sérieux. Elle avait besoin d'aide. J'ai sorti mon téléphone et j'ai cherché l'article. Je l'ai parcouru, écoutant à moitié mon frère et ses amis.

— Prends le reste de ta journée, a dit Cooper. Lundi, j'enverrai Mateo avec toi. Il tiendra les paparazzis à distance et te fera entrer dans ton bureau en toute sécurité.

Elle a reniflé.

— J'aurais l'air d'une demoiselle en détresse traînant ton cousin baraqué à ses trousses. Tout va se calmer pendant le week-end. Je ne peux pas me permettre de prendre ma journée. Le lancement de l'appli est prévu pour juin. Elle a sorti son téléphone de sa poche et y a jeté un coup d'œil. Désolée, je dois prendre cet appel. Elle s'est levée du canapé et est sortie du bureau d'un pas décidé.

— Ce n'est pas bon, ai-je dit en faisant défiler l'article. Ils l'ont fait passer pour une dingo paranoïaque. C'est qui, ce détective privé ? Vous pensez qu'il a été la source des fuites dans la presse ?

Jackson a haussé les épaules.

— Pas s'il veut continuer à travailler. Si Jamila découvre qu'il a vendu l'histoire, elle s'assurera qu'il ne bosse plus jamais à San Francisco.

Cooper a hoché la tête.

— Tu n'as pas envie de subir la vengeance de Jamila.

— C'est ça le problème, ai-je dit. Elle ne peut pas se permettre de passer pour une folle vengeresse.

— Un peu d'agression préventive n'a jamais fait de mal à personne, a dit Jackson.

— Jamais fait de mal à personne ? Je me suis moquée. Demande à Martha Stewart comment ça a marché pour elle. Les femmes ne peuvent pas se permettre ce que les hommes se permettent.

Les deux hommes m'ont regardée d'un air vide.

J'ai levé les yeux au ciel.

— Vous ne comprendriez pas. Je pense que je peux l'aider.

— Bien sûr, ma cacahuète. Heureusement, Jackson était hors de portée de friction.

— Je le peux. Je me suis redressée de toute ma hauteur dans mes tongs et mon pantalon ample. Ayant grandi dans le monde de la tech, j'avais vécu sous les feux des projecteurs toute ma vie. Même plus longtemps que Jamila. J'ai quelques idées.

Jackson a reniflé, au fond de sa gorge, comme il le faisait toujours quand je disais quelque chose qu'il jugeait ridicule.

— Tu te plains toujours du temps que te prend l'école de cuisine. Quand est-ce que tu aurais le temps d'aider Jamila ?

J'ai baissé les yeux sur mes pieds. Le vernis écarlate avait à moitié disparu de mon gros orteil droit.

— Oh, non. La voix de Jackson dégoulinait de sympathie. Tu n'as pas abandonné, j'espère ?

J'étais venue ici chercher sa sympathie, mais il s'est avéré que son ton affligé était le pire.

— Pas exactement.

— Putain. Ma petite sœur parfaite s'est fait virer ?

— Peut-être ? ai-je frotté mon orteil contre le bord de l'épais tapis. J'ai, euh, libéré un homard de mon cours de boucherie.

— Vraiment ? Il a éclaté de rire. Les homards sont en gros des insectes géants. Ce n'est pas comme s'il avait apprécié ton aide.

J'ai planté mes mains sur mes hanches.

— Larry *était* reconnaissant de ne pas avoir été assassiné.

— Larry ? La voix de Jackson a monté dans les aigus, pleine d'hilarité. Tu as donné un nom au dîner de quelqu'un ?

Cooper a posé son menton sur sa main et a couvert sa bouche. Était-il en train de rire ?

— Va te faire foutre. La cruauté envers les animaux n'est pas drôle.

— Tu dois admettre, a dit mon frère, que se faire virer d'une école de cuisine pour avoir volé un homard, c'est sacrément drôle. Tout comme penser que tu peux aider Jamila à se sortir de son dérapage médiatique. Tu organises peut-être de bonnes fêtes, mais tu n'as aucune expérience en relations publiques.

— Mais… J'ai lancé un regard suppliant à Cooper.

Il a levé les mains.

— Désolé, Natalie. Jay a raison. Les gens font des études pour apprendre les tenants et les aboutissants des relations publiques. Laissez ça aux professionnels.

— Mais… Comment avais-je pu vouloir la sympathie de mon frère ? C'était la pire chose au monde. Ce dont j'avais besoin de sa part — ou de la part de n'importe qui — c'était d'une once de confiance en mes capacités. Apparemment, les bureaux de Synergy n'étaient pas le bon endroit pour en trouver.

— Rentre chez toi, a dit Jackson. Mets tes pieds en l'air. Mange du chocolat. Essaie une thérapie par le shopping. Je t'enverrai un texto ce soir pour prendre de tes nouvelles, d'accord ?

J'ai inspiré par le nez et j'ai soupiré. Il avait raison. Qui étais-je pour aider Jamila ? Je n'avais même pas de diplôme universitaire. Je vivais toujours chez mes parents. Dans une suite avec une luxueuse douche à jets multiples qui m'appelait.

— D'accord.

— Tu es venue en voiture ? a demandé Jackson.

— Non, je…

— Demande à Paulina de te ramener. Je lui donnerai le reste de sa journée.

— Merci. À plus, Cooper. J'ai fait un signe de la main et je suis sortie du bureau en traînant mes tongs ridicules. Jamila se tenait de l'autre côté de la porte, un bras croisé sur son ventre et son autre main essuyant une larme sur sa joue.

J'ai abandonné toute idée de prendre une douche.

3

— JAMILA ?

En quinze ans d'amitié, je ne l'avais jamais vue pleurer. Ni quand Jackson lui avait accidentellement mis un coup de coude et cassé le nez un jour de Thanksgiving, ni quand son appli était arrivée quatrième à ce concours et qu'elle n'avait pas obtenu le financement qu'elle méritait, et ni après son étrange coup d'un soir avec Cooper, celui dont je n'étais pas censée être au courant et dont Jackson (j'en étais presque sûre) ne savait rien.

Mais là, devant le bureau de mon frère, ses yeux brillaient d'humidité.

— Oh, salut. Elle a cligné des yeux, reniflé, et elle est redevenue la Jamila Jallow dure comme le diamant. J'aurais pu croire que j'avais imaginé cette larme, mais son mascara avait très légèrement coulé dans le coin de son œil.

— Ça va ?

— Jamais mieux. Elle s'est redressée. Tu rentres à la maison ?

J'ai hésité moins d'une seconde. — Non. Tu restes ici ?

— Mon assistante m'a dit que la presse était partie, alors je retourne au bureau.

— Je viens avec toi. Les mots sont sortis de ma bouche en

rafale, comme des tirs de mitraillette dans un des jeux vidéo de Jackson.

Elle a froncé les sourcils. — Pourquoi voudrais-tu faire tout ce chemin jusqu'à la Silicon Valley ?

Mince. J'avais oublié qu'elle travaillait à Mountain View. Ça allait être une galère de rentrer à la maison sans voiture, mais ça valait le coup pour m'assurer qu'elle allait bien. — Je n'ai jamais vu ton bureau. C'était vrai. J'envisage de me réorienter vers le développement de logiciels. C'était un mensonge.

Son regard m'a transpercée. — Passer de l'école de cuisine à la programmation, c'est un changement important.

— Oh, tu sais… j'ai agité la main d'un air détaché, c'est dans le sang.

— Ne dis pas ça. Le mot était sec comme un pétard. Tu es intelligente et capable de faire tout ce que tu veux. Ne mets pas ta lumière sous le boisseau.

Elle n'avait pas oublié la fête de Noël. Elle avait dit presque exactement les mêmes mots ce soir-là, et ensuite, j'avais fait quelque chose de vraiment idiot.

— Jamila, je…

— Pourquoi tu ne restes pas ici ? Jackson te donnera un stage et t'apprendra tout ce que tu as besoin de savoir sur le codage.

Mes joues ont chauffé, et la vérité a jailli. — Je ne veux pas qu'il me donne quoi que ce soit. Je veux le mériter.

Ma famille avait de l'argent, mais tous contribuaient à leur manière. Cela allait du bénévolat de ma mère à l'entreprise de plusieurs milliards de dollars de Jackson.

Sauf moi. On m'avait tout donné sur un plateau toute ma vie. Si je voulais le respect de ma famille, et le mien, je devais trouver un moyen de contribuer à la société. Jamila pouvait comprendre ça, même si elle n'avait pas grandi dans un manoir comme moi.

J'ai plongé mon regard dans ses yeux couleur chocolat noir. Je ne pouvais pas la laisser partir sans l'aider d'une manière ou d'une autre.

— Je comprends, a-t-elle dit. Laisse-moi prendre ma veste, et ensuite je te ferai visiter le siège mondial de Jamilow Software. Elle a fait un clin d'œil et a ouvert la porte du bureau de Jackson.

Une minute plus tard, elle était de retour, enfilant son blazer blanc. J'ai failli rire de la différence entre son blazer impeccable et ma veste de cuisine tachée, mais je devais garder mon souffle pour la suivre à grandes enjambées jusqu'à l'ascenseur.

— Salut, Paulina, ai-je lancé en passant devant son bureau. Jackson a dit que tu pouvais prendre le reste de ta journée. Passe un excellent week-end ! Ça lui apprendra, pour toutes ses taquineries.

À cause de l'odeur de poisson qui s'accrochait à mes vêtements, nous avons baissé les vitres de sa Porsche Cayenne blanche sur la route de Mountain View. Elle m'a tiré les vers du nez sur l'histoire de Larry et ma journée désastreuse. Ça ne me dérangeait pas, car son rire musical était mon préféré. Ce n'était pas un gloussement flûté, mais un son clair, éclatant et fort comme une trompette. J'avais toujours eu l'impression de sentir les rayons du soleil sur mon visage, et je me suis mise à rire aussi.

Une fois sur la 101, le bruit du vent nous a empêchées de beaucoup parler, donc je n'ai pas eu l'occasion de lui demander ce qui l'avait contrariée plus tôt. Je découvrirais ça à son bureau. Puis je trouverais un moyen d'arranger les choses. Ça, c'était quelque chose pour lequel je n'étais pas nulle.

Elle a garé son SUV sur la place réservée à la PDG. Un journaliste était perché sur l'un des gigantesques bacs à fleurs devant les portes vitrées, mais Jamila est passée devant lui sans un regard. En gardant le visage détourné, je l'ai suivie dans son sillage. La dernière chose dont elle avait besoin était qu'il me reconnaisse dans ma tenue souillée et qu'elle doive expliquer pourquoi la fille mondaine des Jones était habillée comme l'une des employées des cuisines de Jamilow.

Dès que nous sommes entrées dans le hall, un homme blanc et blond d'une trentaine d'années s'est précipité vers Jamila. Il portait une combinaison malheureuse d'un pantalon couleur framboise trop ample au niveau de l'assise et une paire de richelieus marine et marron qui semblaient chers. Sa chemise blanche cintrée était froissée et ses manches étaient retroussées jusqu'au milieu de ses avant-bras.

— Putain, heureusement que vous êtes là. J'ai répondu à des appels toute la journée. Il faut qu'on parle… Il m'a scannée de mes cheveux ébouriffés à mes tongs vertes, puis, me regardant de haut, il a dit : L'entrée pour le personnel de cuisine est à côté du quai de chargement.

— Ce n'est rien, a dit Jamila. Natalie, je vous présente Winslow Keating-Ashworth, mon COO. Winslow, voici Natalie Jones. Je lui ai promis une visite du bureau.

Winslow m'a scrutée plus longuement. Ses yeux bleus cerclés de rouge se sont écarquillés. — Natalie Jones, de la famille de Jasper Jones ?

Ma poitrine s'est serrée chaque fois que quelqu'un mentionnait mon père. Ils semblaient tous se souvenir de lui — le connaître — mieux que moi. — Ouais, ai-je dit.

— Désolé, je… Il a fait un geste vers mon uniforme taché.

J'ai levé les yeux au ciel. Qu'il soit le bras droit de Jamila ou non, il aurait dû mieux traiter le personnel, même s'ils travaillaient à la cafétéria.

— Marchons et parlons, a dit Jamila, nous invitant d'un geste à nous placer de chaque côté d'elle. Le garde de sécurité a essayé de m'arrêter, mais un seul regard d'acier de Jamila l'a convaincu d'ouvrir le portique pour que je puisse passer sans badge.

— La cafétéria est par là. Jamila a fait un signe vers une double porte alors qu'elle montait l'escalier ouvert menant au deuxième étage. Je vous présenterai le responsable de la cuisine plus tard si vous décidez que c'est toujours votre passion. Elle a fait un clin d'œil.

Je lui ai souri en retour, souhaitant pouvoir capturer ce clin d'œil et le garder précieusement. Avais-je déjà passé autant de temps en tête à tête avec Jamila ? Mon frère était toujours là pour monopoliser son attention avec leurs blagues privées, sa carrière similaire et leur complicité naturelle. Pas aujourd'hui. Aujourd'-

hui, Jamila était toute à moi pour notre visite privée. Malgré mes vêtements dégoûtants, j'allais chérir chaque instant qu'elle passerait avec moi aujourd'hui.

— Billie est sur le sentier de la guerre, a dit Winslow. Elle a appelé deux fois. Elle veut savoir pourquoi vous n'avez pas consulté le conseil d'administration avant d'engager un détective privé.

J'ai grimacé au souvenir de l'hôtesse de la fête de Noël. Billie Woods, héritière dans le domaine de la tech, était une amie de ma mère qui finançait des startups et siégeait à plusieurs conseils d'administration, y compris celui de Jamila. Elle avait la réputation d'être une investisseuse avisée. Je n'enviais pas Jamila d'être la cible de sa colère. Je sentais encore la brûlure de son regard alors qu'on me sortait de sa fête.

— Elle m'a envoyé un texto, a dit Jamila. Je la rappellerai tout à l'heure pour la calmer. N'allez pas la voir. Pas la peine de l'énerver encore plus.

Les joues de Winslow ont pris la couleur de son pantalon. — J'ai une réunion de prévue cet après-midi avec l'équipe des relations avec les investisseurs.

— Pourquoi ? a demandé Jamila en franchissant nonchalamment une double porte vitrée. Je gravissais encore les marches, et Winslow n'a pas pris la peine de me tenir la porte. Je l'ai rattrapée juste avant qu'elle ne se referme et je me suis dépêchée de passer.

Tant pis pour ma visite privée.

Nous sommes passés devant une rangée de bureaux. Derrière les portes en verre dépoli, la plupart semblaient occupés même pour un vendredi après-midi. Les étiquettes à côté des portes n'indiquaient que des noms, mais j'ai supposé qu'il s'agissait de la direction, vu les grandes fenêtres et les meubles en bois que je pouvais distinguer à travers le verre.

— Pensez-vous qu'on devrait envoyer un message aux actionnaires à propos de la situation ? a demandé Winslow.

Je n'avais pas aimé ce type au début, mais il semblait faire ce qu'il fallait. Parfois, les premières impressions sont trompeuses. À contrecœur, je l'ai remonté d'un cran dans mon estime malgré ses choix vestimentaires désastreux.

— Non, a-t-elle dit. Toute cette histoire sera oubliée d'ici lundi.

— Non, ce ne sera pas le cas, ai-je dit.

Elle a jeté un coup d'œil par-dessus son épaule et ses yeux se sont écarquillés comme si elle avait oublié que j'étais là. — Bien sûr que si.

— Vous étiez dans le *Wall Street Journal*, ai-je dit. La grande presse. Même s'ils laissent tomber, les médias spécialisés dans la tech ne le feront pas. Ils vont se jeter sur cette histoire comme… comme…

— Des tiques sur un chien ? a complété Jamila. Elle s'est retournée, la mâchoire crispée. Ce n'est pas grave. On gère ça tout le temps. Tout ce que vous faites devient une actualité quand vous êtes l'une des rares PDG de couleur dans la tech.

— Tu peux tourner ça à ton avantage, ai-je protesté. Pourquoi ne pas gérer ça de manière proactive comme le suggère Winslow ?

— Parce que vous avez tous les deux tort. Elle a tranché l'air de la main. Je ne manipule pas les faits. Je suis directe. Tout le monde le sait. Elle a tenu la porte d'un bureau d'angle pour Winslow et moi. Mon bureau, Natalie, a-t-elle dit avec un geste grandiloquent.

Elle avait toutes les raisons d'être fière de son bureau. La vue était bien plus méditative que celle du bureau de mon frère, qui donnait directement sur le gratte-ciel d'en face, ou de celui de Cooper, qui offrait un aperçu du Bay Bridge entre deux autres bâtiments. La fenêtre de son bureau encadrait une pelouse verdoyante qui se terminait par un étang scintillant bordé de conifères.

À l'intérieur de son bureau se trouvaient un bureau épuré au plateau de verre et un fauteuil en cuir crème à haut dossier. Quand Jamila s'y est installée, elle avait l'air d'une reine sur son trône. Winslow s'est affalé dans l'un des fauteuils club de l'autre côté de son bureau tandis que je me suis perchée sur l'autre.

— Interro surprise, Nat. Que fait Jamilow ? Elle a joint le bout de ses doigts.

— Vous faites des applis, ai-je dit avec assurance. Tout le monde savait ça.

— Des applis qui font quoi ? a demandé Jamila.

Je n'en avais jamais téléchargé une seule. J'ai grimacé devant mon ignorance. — Quelque chose avec des conseils ?

Elle a eu un sourire en coin. — Tout le monde n'a pas accès à des générations d'éducation universitaire ou à des conseillers financiers de classe mondiale. L'appli Jam-In a commencé à l'époque en offrant une aide à l'admission à l'université destinée aux étudiants à faible revenu. Elle classait les écoles par accessibilité financière, facilité d'obtention d'aides financières, rapport qualité-prix, etc.

— Mais ce qui la distinguait, a dit Winslow, c'était la recherche en langage naturel qui permettait aux étudiants de taper ce qu'ils cherchaient. L'algorithme prenait cette information et fournissait une liste d'écoles cibles et de bourses suggérées.

— C'était mon bébé, a dit Jamila avec un sourire attendri. Les analyses nous ont montré que les étudiants cherchaient plus d'aide, alors nous nous sommes étendus au coaching de vie. Définition d'objectifs, responsabilisation, ce genre de choses.

— C'est là que ça a vraiment décollé, a expliqué Winslow. Nous nous sommes associés à de vrais coachs pour fournir un coaching individuel aux abonnés payants.

— Et, a dit Jamila en agitant un doigt, nous avons recruté certains de nos anciens mentorés pour devenir mentors et coachs, les Jammers.

— Puis nous nous sommes lancés dans le conseil financier. Maintenant, nous nous étendons à…

— Ça suffit pour ce que nous faisons. Jamila a coupé Winslow. Nous avons divers partenariats qui aident à faire passer le mot. La combinaison de l'intelligence artificielle et de l'aide humaine est notre botte secrète. Personne n'a réussi à la reproduire.

— Pour l'instant. Winslow a haussé les sourcils.

Jamila a pincé les lèvres. — Pour l'instant. Elle et Winslow utilisaient un langage secret que je ne comprenais pas.

Elle a tapé en rafale sur le clavier et, quelques secondes plus tard, un organigramme a illuminé l'écran mural derrière elle. — Alors, Nat, voici comment nous fonctionnons. C'est moi tout en haut, et Winslow, la finance, le marketing, et la R&D me rendent des comptes. Tu as dit que tu étais intéressée par la programmation, qui relève de la recherche et du développement pour nos nouveaux produits ou des opérations pour les produits existants. C'est l'équipe de Winslow.

Son téléphone a vibré. Elle y a jeté un coup d'œil, l'a mis en sourdine et l'a retourné.

— Jamila, vous ne pouvez pas juste… a commencé Winslow.

— Je ne peux pas quoi ? Elle l'a fixé d'un regard si perçant que j'ai été surprise qu'il ne tressaille pas.

Il l'a regardée avec assurance. — Vous ne pouvez pas étouffer cette affaire.

— Il a raison, ai-je dit. Tu devrais envisager une conférence de presse. Tuer ça dans l'œuf.

— Une conférence de presse ? Oups, maintenant le regard d'acier était sur moi. J'ai senti mes épaules se voûter. Il n'y a pas d'œuf à tuer ici. C'est aussi mort que mon poinsettia de Noël. Il n'y avait qu'un seul pauvre journaliste dehors aujourd'hui. D'ici lundi, ils seront passés à ce que font les Kardashian.

— Ces journalistes ne sont même pas sur le même créneau ! ai-je protesté. Pourquoi refusait-elle de voir le problème ?

Elle a regardé au-delà de moi et a levé la main, faisant signe à quelqu'un d'entrer.

La femme a commencé à parler avant même d'être complètement entrée dans le bureau. — Jamila, vous devez vous occuper de cette merde.

Je me suis tournée pour la regarder. Elle était petite et tout en courbes, avec une masse de cheveux noirs bouclés et la peau mate. Son mélange de peau lisse et d'yeux bruns blasés rendait difficile de deviner son âge ; elle aurait pu avoir entre trente-cinq et cinquante ans bien conservés. Bien que son polo bleu et son pantalon kaki de style business-casual auraient pu sortir tout droit d'une publicité Darty des années 90.

— Quelle merde, Ree ? a demandé Jamila.

— J'ai reçu un appel non pas d'un, mais de deux journalistes qui posaient des questions sur cette connerie de détective privé. Et je n'ai pas l'énergie de m'occuper de ça. Surtout pas depuis que vous avez avancé la date de lancement de deux semaines.

Les narines de Jamila se sont dilatées. — Les journalistes ne devraient pas vous appeler.

— Eh bien, ils ne se gênent pas. Ree a croisé les bras et a haussé un sourcil.

— Je vais mettre Felicia sur votre ligne. Elle s'en occupera.

— Et qui répondra à votre téléphone ? Ree a hoché le menton. Ooh, je l'aimais bien, elle.

— Moi. Les mots de Jamila sont restés en suspens alors que le téléphone noir sur son bureau sonnait. Elle a soulevé le combiné et l'a immédiatement reposé sur son socle, le faisant taire. Vous voyez ?

— Hmph. Ree a changé de pied. Nous avons un plus gros problème. L'assurance qualité a trouvé un bug. Mon équipe dit qu'il faudra une semaine pour le corriger.

— Une semaine ? Nous n'avons aucune marge dans le calendrier.

— Exactement. Nous allons devoir repousser le lancement.

— Nous ne repoussons pas le lancement, a grondé Jamila.

— Donnez-moi plus de développeurs.

— Bien sûr. Les yeux de Jamila se sont tournés vers moi, et les coins de ses lèvres se sont relevés. Voici Natalie Jones. Elle a exprimé le souhait de rejoindre notre équipe en tant que développeuse. Natalie, voici Rhiannon Verlaine, directrice du développement.

Je me suis levée pour serrer la main de Ree — Rhiannon. Jamila ne pouvait pas être sérieuse. Je pourrais probablement me souvenir de bribes de ce que Jackson avait essayé de m'apprendre pendant des vacances de printemps où il s'ennuyait. J'avais douze ans, j'étais pénible, et je n'avais pas appris grand-chose. Mais si Jamila avait besoin de mon aide, je suivrais un cours intensif d'une journée pour apprendre à coder et j'utiliserais mon génie de frère comme bouée de sauvetage.

La main de Rhiannon était chaude et sèche contre ma main froide et moite. — Absolument pas. Désolée, ma belle. Laissez-moi clarifier. J'ai besoin de développeurs *compétents*, pas d'enfants.

J'ai senti mon sourire se figer. Une enfant ? J'avais vingt-six ans. Peut-être que je paraissais plus jeune avec mon maquillage qui avait fondu à cause de la vapeur des homards. Pourtant, elle ne pouvait pas dire en me regardant que j'étais incapable d'aider. Je m'étais trompée plus tôt : je n'aimais pas du tout Rhiannon Verlaine.

— Alors allez embaucher des développeurs compétents, a dit Jamila d'un ton lisse.

Rhiannon a levé les mains au ciel. — Comme si j'avais le temps d'embaucher qui que ce soit.

— On dirait que vous allez devoir faire avec ce que vous avez, car nous nous en tenons au calendrier. Nous ne pouvons pas nous permettre un jour de retard. Si Moo-Lah nous devance sur le marché, nous sommes finis.

Je connaissais Moo-Lah. Tout le monde avait cette application de paiement sur son téléphone. Leurs publicités agaçantes avec une vache qui meuglait avaient interrompu ma quête de gemmes un millier de fois dans le jeu auquel je jouais sur mon téléphone quand je m'ennuyais.

— Nous sommes finis ? Les yeux de Rhiannon se sont écarquillés.

Jamila a pincé les lèvres comme si elle n'avait pas voulu dire ça. — Pas finis-finis, mais nous aurons perdu l'avantage d'être les premiers sur le marché. Il sera plus difficile de regagner cette part de marché. J'ai besoin que vous respectiez vos délais, Ree.

J'ai levé les yeux vers l'organigramme toujours affiché derrière Jamila. Toutes les personnes dans ce bâtiment travaillaient pour elle. C'était beaucoup de poids sur les épaules menues de Jamila. Les mots *J'ai besoin de vous* montraient une rare vulnérabilité chez elle.

J'aurais aimé qu'elle me le dise à moi.

Rhiannon a soupiré par le nez. — Très bien. Je verrai ce que nous pouvons faire. Ça va demander beaucoup de pizzas.

— Faites-le, a dit Jamila. Prévoyez des VTC pour l'équipe après les heures de travail. Et si vous avez besoin que je mette les mains dans le cambouis… Elle a fait craquer ses doigts.

Rhiannon a reniflé. — Gardez vos mains sales loin de mon code. La dernière fois que vous avez programmé un module, personne n'a pu comprendre ce que vous aviez fait. Nous avons dû le jeter parce que nous ne pouvions pas le maintenir. Gardez vos mains pour vous occuper de ces bêtises. Elle a pointé la fenêtre qui donnait sur la route, où une camionnette de journal télévisé se dirigeait vers le bâtiment.

— Oh, merde, a été la contribution utile de Winslow.

Rhiannon a pivoté sur la pointe de ses Chucks et est sortie.

— Écoute, Jamila, ai-je dit. Laisse-moi t'aider. Je ne suis peut-être pas une développeuse qualifiée, mais je peux organiser une conférence de presse pour toi. Nous allons gérer ça de manière proactive avant que ça ne dégénère.

Winslow a déguisé un rire en toux.

Jamila a été plus gentille. — J'apprécie l'offre, ma petite, mais laisse ça aux… à nous. Nous allons nous en occuper.

Avait-elle failli dire : *Laisse ça aux adultes ?* J'avais de nouveau neuf ans, avec des couettes, et elle me tapotait la tête. Je me suis avachie dans le fauteuil club.

— Désolée, je n'ai pas le temps pour le reste de cette visite, a-t-elle dit. Felicia est juste devant, et elle t'appellera une voiture pour rentrer. D'accord ? Contente de t'avoir vue, Nat.

Comme si je n'avais pas été assez humiliée pour une journée, elle m'avait congédiée. Winslow n'a même pas attendu que je quite le bureau avant de commencer à lui parler de rythme de dépenses et de graphiques d'avancement. Je suis sortie à pas de loup, refermant doucement la porte derrière moi, et j'ai laissé Felicia m'appeler une voiture avec chauffeur. Contrairement à mon chauffeur Uber, il n'a pas dit un mot sur mon odeur de poisson.

Jamila avait besoin d'aide. Je devais trouver un moyen de la lui offrir pour qu'elle l'accepte. Alors, sur le chemin du retour vers la ville, j'ai téléphoné à une amie. Ou plutôt à une amie de ma mère.

Elle a répondu à la première sonnerie. — Lippman PR. Della Lippman à l'appareil.

— Salut, Della. C'est Natalie Jones.

— Natalie ! Comment allez-vous ? Comment va votre mère ?

— Nous allons bien. Mère travaille sur un projet contre l'interdiction de livres en ce moment, au Texas, je crois. Elle déteste ça.

— Je n'aimerais pas être un censeur de livres face à Audrey Jones.

— Moi non plus. J'ai frissonné. J'espérais qu'en rentrant à la maison, Mère serait trop remontée contre les racistes pour s'inquiéter de ce que j'avais fait avec Larry. Hé, j'ai besoin d'une faveur.

— Ouh là. Personne ne m'appelle jamais pour une faveur parce qu'il a une nouvelle joyeuse à partager avec le monde.

— Parce que vous êtes la meilleure consultante en communication de crise de la côte Ouest.

— Ça, c'est vrai. Je pouvais entendre le sourire dans sa voix.

— Alors, une de mes amies, Jamila Jallow...

— Oh, non.

J'ai grimacé. — Vous êtes au courant.

— Elle a mis les pieds dans le plat avec cette histoire de détective privé.

— Elle pense que ça va se tasser, mais...

— Ce ne sera pas le cas, a dit Della.

— Je sais, n'est-ce pas ? Alors, vous allez l'aider ?

— Je suis désolée, ma chérie. Ce travail va demander beaucoup d'efforts, et je viens d'accepter un projet majeur pour… pour quelqu'un d'autre. J'aimerais pouvoir aider.

— Oh. Je me suis enfoncée dans le siège en cuir, trop déçue pour même chercher à savoir qui était ce « quelqu'un d'autre » avec un « projet majeur ». Pouvez-vous me recommander quelqu'un ? Je n'ai besoin que d'une consultation. J'aimerais faire la plupart du travail moi-même.

Elle est restée silencieuse une minute. — Vous savez, je pense que vous pourriez le faire. Vous m'avez vue en action. Votre mère aussi. Et vous gardez la tête froide. C'est ce qu'il faut dans ce genre de situations. Restez sur votre ligne de communication. Dites autant de vérité que possible, et ne laissez personne vous pousser à en dire plus. J'ai une nièce, Hannah, qui vient d'obtenir son diplôme en communication. Elle cherche un emploi. Je pense qu'elle peut aider. Elle est un peu timide, mais je pense que vous pourriez former une bonne équipe.

Quelqu'un avec un vrai diplôme ne voudrait peut-être pas recevoir d'ordres de quelqu'un qui a dilapidé des milliers de dollars de ses parents dans trois diplômes avortés et qui — j'ai reniflé — sentait *encore* le poisson. Mais Hannah et son diplôme de communication étaient ma meilleure chance d'aider Jamila.

— Vous m'enverrez ses coordonnées, s'il vous plaît ?

— Absolument. Bonne chance.

J'allais en avoir besoin.

4

DIMANCHE, à 11 h 00 précises, j'ai ouvert la porte de la grande demeure de mes parents à Presidio Heights et je suis tombée sur Jamila Jallow, qui tenait une boîte en plastique.

— Q… a été ma réponse très intelligente.

— Salut. Son sourire m'a éblouie. Puis les coins de sa bouche se sont affaissés. — Ça te dérange si j'entre ?

— Désolée. En m'écartant, j'ai détaillé son jean large et son blazer jaune beurre. J'aurais aimé porter quelque chose de sobre et d'élégant, moi aussi. Ma minirobe évasée rose chewing-gum signée Alexander McQueen me rappelait trop les robes à volants que je portais quand elle me dominait de toute sa hauteur. Voulant disparaître sous terre, j'ai dit : — Mère ne m'avait pas dit que tu venais aujourd'hui.

— Probablement parce qu'elle ne m'a pas invitée. C'est Charles qui l'a fait.

— Jamila, ma chérie, tu es toujours la bienvenue. Mère m'a frôlée en passant pour embrasser Jamila sur la joue. — Tu n'as jamais besoin d'invitation.

— Merci, Mme H. J'ai apporté des carrés au citron.

— Comme c'est gentil.

Jamila n'a peut-être pas remarqué le tic à l'œil de Mère, mais moi si. Ma mère adorait Jamila, mais pas ses manières du Sud. Les cadeaux d'invités sous forme de nourriture perturbaient ses repas soigneusement planifiés.

Prenant la boîte, Mère a passé son bras sous celui de Jamila. — Viens discuter avec Charles. Natalie, Jackson arrive dans l'allée. Ouvre-leur, veux-tu ? Et arrête de te tenir voûtée.

J'ai redressé les épaules et je me suis détournée de la vue des fesses de Jamila dans ce jean pour ouvrir la porte à mon bruyant frère et à sa famille.

Après avoir serré dans mes bras mon frère et ma belle-sœur et avoir fait un check à mon neveu adolescent, j'ai calé la somnolente petite Valentine sur ma hanche — même si je devrais arrêter de la considérer comme un bébé maintenant qu'elle était un bambin qui marchait et parlait — et j'ai suivi sa famille dans la salle à manger. Ayant besoin d'une minute pour me composer un visage, j'ai embrassé la joue douce de Valentine, humant l'odeur de shampoing pour bébé.

Elle a attrapé ma main et a souri à ma bague en rubis comme elle le faisait toujours. — Joli.

— Jolie, ai-je murmuré. — C'était la bague de ton arrière-arrière-grand-mère. Un jour, elle sera à toi.

J'ai jeté un coup d'œil furtif à Jamila. Pourquoi mon béguin d'adolescente avait-il ressurgi avec une telle force ? Jamila se joignait à nous pour le brunch plusieurs fois par an, et j'avais réussi à me comporter comme une personne normale en sa présence depuis que j'avais appris à masquer mes émotions au lycée.

Peut-être que les papillons dans mon ventre n'étaient pas un béguin après tout, mais la culpabilité due à mon comportement lors de cette horrible fête de Noël. Je me sentirais mieux si je m'excusais. Mais comment pouvais-je le faire alors que Charles se penchait vers Jamila pour lui parler et que mon frère et sa femme se précipitaient pour la serrer dans leurs bras ?

Peut-être pas tout de suite, mais bientôt, j'allais arranger ça.

J'ai conduit les enfants aux toilettes du rez-de-chaussée pour qu'on se lave les mains.

———

QUINZE MINUTES PLUS TARD, je poussais des pancakes dans mon assiette et Jamila était le centre de l'attention pendant que mon beau-père la cuisinait. Combien de fois s'était-elle assise à notre table pour le brunch, s'imprégnant de la sagesse de l'un des rares cadres noirs de la Bay Area ? Maintenant, elle en était une elle-même, et les séances de mentorat de Charles étaient devenues des conversations entre égaux.

— Pas un mot. Elle a mimé une fermeture éclair sur sa bouche. — Le lancement est un secret.

— J'ai entendu dire que ça avait un rapport avec les services financiers.

Elle a froncé les sourcils, puis a porté sa tasse de café à ses lèvres. Une trace de son rouge à lèvres violet marquait le bord. — Nous avons ajouté le conseil financier en version bêta plus tôt cette année.

— Des conseils financiers par IA, a dit Charles. — J'ai entendu dire que vous ajoutez des conseils humains.

— Ah. Je suppose que ce n'est plus un secret, alors. Elle a piqué une fraise avec sa fourchette et a refermé sa bouche pulpeuse dessus, déclenchant une éruption de papillons dans mon ventre. Discrètement, j'ai posé ma fourchette.

— La question est, a-t-il réfléchi, — qui ? Je doute que vous laissiez vos coachs amateurs conseiller leurs pairs sur l'argent.

— Le modèle de coaching par les pairs a été très populaire pour notre service de coaching de vie, a dit Jamila. — Et l'IA a reçu d'excellents retours.

— N'essayez pas de changer de sujet avec moi. Charles a agité son doigt. — Pourquoi n'êtes-vous pas venue me voir ? Je dirige une banque. Je m'y connais un peu en conseil financier. La banque d'Andrew pourrait vous aider aussi.

— Où est Andrew ? Jamila a cherché mon autre frère du regard autour de la table.

Je me suis mordu la lèvre, peu disposée à aborder le sujet sensible. Mère a pincé les lèvres, mais elle a dit : — J'ai une relation compliquée avec la femme qu'il fréquente. Ils nous honorent de leur présence environ une fois par mois.

— Mais Mère y travaille, n'est-ce pas, ai-je dit.

— Revenons à votre partenaire financier, a dit Charles. — Pourquoi n'êtes-vous pas venus nous voir ?

Le sourire de Jamila a vacillé. — J'apprécie tout ce que vous avez fait pour moi au fil des ans, vous deux. Elle a jeté un regard à Mère à l'autre bout de la table. — Winslow avait un contact, et nous l'avons utilisé. De plus, l'IA est le vrai bijou.

Charles a posé sa fourchette. — Allons, voyons. Aucune IA ne sera meilleure qu'un conseiller humain expérimenté. Qu'en pensez-vous, Jackson, Alicia ?

Ils n'ont pas entendu. Valentine avait renversé le café de son père, et il y a eu un remue-ménage de serviettes à ce bout de la table pendant que Mère consolait le bambin en pleurs.

Jamila m'a surprise en demandant : — Natalie, qu'est-ce que tu en penses ? Les conseillers financiers humains sont-ils meilleurs que l'IA ?

Il a fallu une seconde ou deux avant que je ne réalise que ma bouche était grande ouverte. Je l'ai refermée d'un coup sec. — Moi ?

— Tu as dit que la programmation t'intéressait, a dit Jamila. — Tu as sûrement une opinion sur l'intelligence artificielle.

— Je... Je n'en avais pas. À part quelques tripotages peu enthousiastes avec la dernière appli de chatbot, je n'y avais pas du tout réfléchi. Mais j'avais une opinion sur l'opinion publique. — Que disent vos études de marché ? Vos clients sont-ils prêts à faire confiance à une machine pour leur dire quoi faire de leur argent ?

Charles a eu un petit rire. — C'est une fille intelligente, notre Natalie.

Je me suis redressée.

— Pour des raisons de confidentialité, a dit Jamila, — nous avons limité notre étude de marché. Elle n'a pas été concluante. Je suis sûre qu'elle suivra le même modèle que nos autres applications.

J'ai grimacé. — Vous lancez une application avec une étude de marché limitée et à l'instinct ? Et si l'un de vos clients perd une tonne d'argent et rejette la faute sur votre IA ?

— Ça pourrait arriver avec des conseillers humains aussi. De plus, a dit Jamila d'un geste de la main, — la version bêta s'est très bien passée. Nos scores de satisfaction des utilisateurs sont élevés.

— Il y a une grande différence entre des bêta-testeurs sympathiques et le grand public, ai-je dit. — Votre équipe marketing a-t-elle le bon message ? Ont-ils une équipe d'intervention prête à agir en cas de réaction négative ?

Jamila a secoué la tête. — Ne t'en fais pas pour ça, Nat. Tout est sous contrôle.

J'ai pincé les lèvres. Vraiment ? L'attitude de Jamila n'était pas la bonne. Il suffirait d'un autre accès de colère de sa part pour transformer son lancement en un véritable désastre.

— Natalie, ma chérie, a dit Mère depuis son bout de table désormais calme, — tu ne vas pas goûter le bacon ? Telma l'a préparé avec le glaçage à l'érable que tu aimes.

J'ai fixé le plat de bacon devant moi. Il sentait délicieusement bon, mais je me suis souvenue de Larry agitant ses antennes, me suppliant de ne pas le laisser tomber dans cette marmite. Il n'avait même pas un visage mignon, mais il avait un visage, et des sentiments aussi. Et ce bacon avait autrefois eu des sentiments.

— Non, merci. J'ai passé le plat à mon neveu, Noah.

Il a attrapé deux tranches. — Tu es végétarienne maintenant ? Mon amie Lakshmi ne mange pas de bacon non plus.

— Je crois que oui.

— Pas de bacon ? Le végétarisme, c'est ton nouveau truc, Nutter Butter ? a demandé Jackson.

— Si la programmation ne marche pas, a dit Jamila, — tu pourrais travailler pour PETA.

J'ai secoué la tête, les yeux écarquillés, en direction de mon frère et de Jamila. J'avais eu de la chance tout le week-end. Charles et Mère avaient été à un cocktail le vendredi soir quand je m'étais traînée à la maison en rentrant de la Silicon Valley. Samedi, Mère était allée à une réception qui durait toute la journée, et Charles avait joué au golf et passé du temps dans le jardin avec ses roses primées. J'étais restée seule dans ma chambre à lire tout ce que je pouvais trouver en ligne sur la communication de crise. Je ne leur avais donc pas encore parlé de l'école de cuisine.

— Ne soyez pas ridicules, vous deux, a dit Mère. — La cuisine est la passion de Natalie. Elle prend même un cours sur la viande ce trimestre. Comment ça s'appelle ?

— Boucherie, a dit Charles.

— Oui. Mère a frissonné. — Je ne pense pas que je pourrais le faire.

Jackson a éclaté de rire. — Nat non plus.

Sa femme, Alicia, avait remarqué mon hochement de tête négatif. Elle a posé une main sur son épaule et lui a murmuré quelque chose à l'oreille. Il a eu la décence d'avoir l'air désolé et a roulé ses lèvres entre ses dents. Jamila s'est figée.

Mais il était trop tard.

— De quoi s'agit-il, Natalie ? a demandé Mère.

Mince. J'aurais préféré ne pas avoir cette conversation devant mon frère, sa famille et Jamila. J'aurais aimé qu'Andrew soit là pour servir de tampon comme il le faisait toujours. C'était de ma faute d'avoir attendu. Mère l'aurait découvert de toute façon quand je ne serais pas allée à l'école lundi.

— Je, euh… J'ai jeté un regard à Noah, qui me regardait comme si j'étais le dernier jeu vidéo sorti. J'aurais préféré ne pas avoir à admettre mon échec, surtout devant lui. Quel genre d'exemple j'étais, à papillonner d'école en école, de carrière en carrière ?

Je savais lequel : un exemple terrible.

— J'ai abandonné la formation de cuisine. J'ai baissé les yeux sur mon pancake aux myrtilles. Ayant sûrement senti un problème à la façon dont j'avais picoré dans mon dîner de vendredi soir, notre cuisinière, Telma, m'avait préparé mon plat de brunch préféré. Elle était l'une des raisons pour lesquelles j'avais pensé que l'école de cuisine était une bonne idée. Telma pouvait tout améliorer avec de la nourriture.

Mais pas ça.

— Tu n'as pas fait ça, Natalie. La voix de Mère était impérieuse.

Même Charles n'a pas pu s'empêcher de faire un commentaire. — Mais tu adorais l'école de cuisine.

J'ai levé les yeux vers lui et j'ai dû cligner des yeux pour retenir une larme devant son expression bienveillante. — Non. Pas vraiment. Je n'aimais pas la pression, la précipitation.

— Ou la mode, a plaisanté Jackson. Mon grand frère ne pouvait jamais résister à une pique. Heureusement, il était hors de portée de mes prises de catch amicales.

— Qu'est-ce que tu penses essayer ensuite ? a demandé Alicia. C'était bien ma belle-sœur. Toujours tournée vers l'avenir.

— Peut-être… En regardant Jamila, j'ai pris une profonde inspiration. — Peut-être les relations publiques.

— Nat. Jackson a secoué la tête. — Jamila n'a pas besoin de ton aide.

— Si ! J'ai agité une main dans sa direction. — Elle a besoin de l'aide de quelqu'un. Pourquoi étais-je la seule à le voir ?

Ce n'était pas la bonne chose à dire. L'expression de Jamila est devenue aussi froide et dure que la porcelaine de Mère.

— Que se passe-t-il, Jamila ? a demandé Charles.

— Rien qui doive vous inquiéter, a-t-elle dit, mais Charles lui a arraché l'histoire.

Quand elle a terminé, il a grimacé. — Peut-être que vous avez besoin d'aide, en effet.

— Ça se calmait vendredi après-midi, a-t-elle dit. — Ils auront oublié d'ici mardi.

— Nous devrions appeler Della, a dit Mère.

— Je l'ai déjà fait, ai-je dit. — Elle ne peut pas s'en charger.

Mère a fait un « hmm ».

— Je peux aider, ai-je dit. — J'ai fait des tonnes de recherches, et j'ai appelé la nièce de Della. C'est une consultante en communication. C'était un peu exagéré. Elle semblait presque aussi désemparée que moi, mais nous avions prévu de prendre un café lundi pour élaborer une stratégie. La payer, même en café, faisait d'elle une consultante.

Le silence autour de la table m'a dit ce que Jamila et ma famille pensaient de cette idée. Même Charles, qui était habituellement mon allié, sirotait son café.

— Jamila, ma chérie, vous devrez surveiller ce tempérament qui est le vôtre si vous travaillez avec une société de services financiers, a dit Mère. — Ils sont notoirement peu enclins au risque.

— Tout ira bien, Mme H. Je maîtrise la situation.

C'était le plus gros mensonge que j'aie jamais entendu. Juste au moment où j'allais la contredire, elle m'a jeté un regard calculateur. — Alors, Nat, tu sors avec qui en ce moment ?

Même la petite Valentine a arrêté son babillage.

— P-personne, ai-je dit, la fusillant du regard. Elle faisait partie de notre famille depuis si longtemps qu'elle savait exactement sur quels leviers appuyer.

— Nous avons rencontré un jeune homme charmant vendredi, n'est-ce pas, Charles ? Mère a posé sa fourchette.

Charles a marmonné dans sa tasse de café sans croiser mon regard.

— Augusto Moretti.

— On dirait une des voitures de Jackson, ai-je marmonné.

— Il vient d'une famille exceptionnelle. Ils sont l'un des principaux distributeurs de vin en Italie.

J'ai émis un bruit non engagé du fond de la gorge et j'ai fait tourner mon pancake dans mon assiette.

— Puisque tu es soudainement libre, pourquoi ne pas lui faire visiter la ville ? Elle a sorti une carte de visite de la poche de sa jupe et l'a tendue à Noah, qui l'a posée à côté de mon assiette.

On venait de me tendre une embuscade.

Jamila s'est levée. — Encore du café, Charles ? Sans attendre sa réponse, elle a saisi sa tasse sur la soucoupe et l'a emmenée à la cuisine. J'espérais qu'elle s'était cassé un ongle en me balançant comme ça. J'ai jeté un œil à la carte. Il y avait des raisins en relief dans les coins. Je pouvais penser à au moins trois façons de la rendre moins ringarde.

— Je ne sais pas, ai-je dit. — J'ai un projet sur lequel je veux travailler cette semaine.

Jackson a reniflé. — Si Jamila est ton « projet », laisse tomber tout de suite. Elle ne veut pas de ton aide. Elle est juste trop gentille pour le dire.

Alicia lui a lancé un regard acéré. — Ce que Jackson veut dire, c'est qu'elle a probablement besoin d'une aide plus… expérimentée. Peut-être que tu pourrais l'aider à trouver quelqu'un ? Elle a passé le bébé à Jackson et est entrée dans la cuisine.

— Alicia a raison, ma chérie, a dit Mère. — Laisse les relations publiques aux professionnels. Je vais appeler Della et lui demander une recommandation. Sors avec Augusto. Amuse-toi.

— Non. Je ne lui tenais pas souvent tête, mais avec Jamila dans la maison, je ne pouvais pas jouer mon rôle de mondaine. Pas encore.

— Très bien. Ses yeux bleu glacial ont étincelé. — Alors tu passeras du temps avec Sam quand elle viendra loger ici. Ça fait un moment que vous n'avez pas passé de temps ensemble. Elle s'entend si bien avec Niall. Peut-être qu'elle pourra te présenter l'un de ses amis.

— Sam loge ici ? Mais elle a un appartement en ville. Ma sœur aînée partageait son temps entre la ferme de son fiancé dans l'Ohio et San Francisco, où elle avait lancé une division de jeux vidéo au sein de l'entreprise de Jackson.

— Ils font des rénovations dans l'immeuble, et Niall a un projet à rendre. Comme elle sera seule ce mois-ci, elle loge ici. Ne te l'avais-je pas dit ? Elle baissa les yeux vers son assiette, ayant la décence de rougir. Ma relation avec ma sœur intello et accomplie était au mieux épineuse.

— Ce sera bon pour vous deux, a dit Charles. — Tu ne te sentiras pas seule pendant que ta mère et moi passerons notre anniversaire à Paris.

— C'est vrai. Ils m'en avaient parlé. — Je suis sûre que Sam sera occupée pendant son séjour. On se verra à peine. J'espérais.

— Vous pourrez renouer contact maintenant que tu ne seras plus à l'école. Il m'a adressé ce qui se voulait probablement un sourire encourageant. — Prends un peu de temps pour toi. Tu finiras par trouver, ma grande.

Et voilà. Ils m'avaient reléguée à la table des enfants avec une boîte de crayons de couleur. Même ma famille n'avait pas confiance en moi. Mes plans pour aider Jamila n'étaient qu'un délire de grandeur. Et j'allais passer quelques semaines à regarder ma sœur accomplir ses rêves. Peut-être que Mère avait raison, et que le meilleur plan pour moi était de faire une bonne rencontre grâce à un homme. J'ai fait tourner la bague en rubis à mon doigt.

Je ne voulais pas d'un homme. Je voulais ce que je ne pourrais jamais avoir. Du moins, pas tant qu'elle me verrait comme rien de plus que la petite sœur de Jackson, comme ils le faisaient tous. Juste une petite tape sur la tête avant de me renvoyer trottiner dans ma jolie robe, armée de banalités et d'une carte de crédit en platine.

Le souvenir de mon comportement à cette fête de Noël, et de ce que j'avais dit à Jamila, me brûlait l'estomac. Peut-être que si je me comportais en adulte et que je m'expliquais, puis m'excusais, elle pourrait me voir comme une grande personne et me laisser l'aider. Mais avouer à ma famille que j'avais abandonné l'école de cuisine avait été assez difficile. Jamais je ne tenterais de m'excuser devant eux.

Il faudrait que j'aille l'affronter sur son propre terrain.

5

QUELLE MEILLEURE FAÇON de bien lui faire comprendre que j'étais au fond une enfant, bien trop jeune pour intéresser quelqu'un d'aussi brillant et cosmopolite que Jamila Jallow, que de débarquer dans la Mercedes pataude de ma mère devant chez elle à Menlo Park ?

Parce que c'est exactement ce que j'ai fait.

Je suis restée assise une minute dans la voiture. En traversant ce quartier bien établi aux bungalows des années cinquante, j'avais cru à une autre des farces de Jackson. Une milliardaire comme Jamila vivait forcément dans un manoir. Mais quand je suis arrivée à l'adresse qu'il m'avait donnée, les lignes épurées de la maison grise, ses volets noirs, ses garnitures blanches fraîchement peintes, les rosiers jaune Texas qui encadraient le garage pour deux voitures à l'avant, et le J stylisé et audacieux accroché à la porte violette m'ont confirmé que Jamila Jallow vivait bien là.

Rajeunissant la chaîne de mon sac Roger Vivier en fausse fourrure rose sur mon épaule, j'ai remonté l'allée puis le chemin en faisant claquer mes talons style spartiates, vêtue de ma robe du brunch, et j'ai sonné.

J'ai attendu une bonne minute, assez longtemps pour douter qu'elle soit rentrée après le brunch. Était-elle allée travailler ? Ou dans un bar ? Ma sœur Sam n'était pas une grande buveuse, mais son fiancé m'avait dit qu'elle avait parfois besoin d'un verre après avoir passé du temps avec notre mère. J'ai sonné de nouveau et j'ai examiné le pot de marguerites africaines bleu-violet sur le perron. Pas la moindre feuille fanée n'était venue gâcher leur perfection.

— Hé ! a lancé une voix depuis le porche voisin. Vous venez voir Jamila ?

Je me suis retournée pour faire face à la petite femme en survêtement, ses cheveux poivre et sel attachés en queue de cheval.

— Oui ?

— Dites-lui de passer prendre un panier d'avocats. Et dites-lui bien de prendre ceux des branches du haut. Je ne les atteins pas.

J'ai cligné des yeux. — Oui, madame.

Elle m'a toisée de la tête aux pieds. — Je suppose que vous pouvez en prendre aussi.

— Euh… merci ? Telma achetait nos avocats au marché. Bien que j'aie vécu en Californie toute ma vie, je n'avais jamais cueilli un avocat sur un véritable arbre. Peut-être que je devrais envisager une carrière dans la cueillette de fruits. J'avais tout essayé.

Elle a eu un grognement mécontent et est rentrée chez elle.

Une seconde plus tard, j'ai entendu des coups sourds, puis des grattements près du seuil. Qu'est-ce qui arrivait derrière la porte ? J'ai reculé d'un pas.

Quand Jamila a ouvert, toutes mes pensées de fruits et d'arbres se sont envolées de mon esprit. Ses pieds étaient nus, dévoilant des ongles peints d'un améthyste chatoyant. Elle portait des leggings noirs sous un T-shirt Jamilow gris oversized au col découpé. Il tombait d'une épaule, laissant voir la large bretelle d'une brassière de sport bleu roi. Son maquillage avait disparu, et il ne restait qu'une ombre de son rouge à lèvres violet. La sueur perlait à la racine de ses cheveux.

Elle tenait quelque chose dans sa main, le pressant contre son T-shirt. Quelque chose qui… bougeait ?

— Qu'est-ce que tu fais là ? Tout va bien ? Ses yeux se sont écarquillés. Jackson va bien ? Ta mère ?

— Oui, tout le monde va bien.

— J'ai oublié quelque chose chez toi ?

— Non, euh… pas que je sache. Désolée, je… je peux entrer ?

Elle a jeté un coup d'œil à ses pieds nus, puis a relevé la tête. — Bien sûr.

En franchissant le seuil, je me suis souvenue du chignon décoiffé que j'avais fait pendant que je discutais de stratégie de relations publiques avec ma nouvelle conseillère, Hannah. Rapidement, j'ai retiré la pince de mes cheveux, je les ai secoués et j'ai passé mes doigts dedans.

Jamila m'a dévisagée.

— Quoi ? Mes joues se sont mises à chauffer. J'avais oublié de vérifier mon apparence avant de sortir de la voiture. Mon eyeliner avait-il coulé ? J'ai fourré la pince dans mon sac.

— Non, tout va bien, a-t-elle dit. Elle s'est retournée et m'a conduite du petit hall d'entrée au salon. Les plafonds étaient plus bas que ce à quoi j'étais habituée, mais d'immenses fenêtres donnaient sur un aménagement paysager méticuleux et une petite piscine à l'arrière. L'agencement ouvert et les meubles minimalistes et bas donnaient une sensation d'espace et d'aération.

— Ta maison est magnifique, ai-je dit.

— Tu n'es jamais venue ici ?

— Non.

— Tiens.

Comme elle ne m'a pas proposé de me faire visiter — non pas qu'il y ait eu grand-chose à voir dans une si petite maison —, je me suis installée sur le canapé gris capitonné, lissant ma robe sur mes genoux. Jamila a pris place sur la causeuse incurvée, de l'autre côté de la table basse.

— Qu'est-ce que c'est ? ai-je demandé en désignant la main qu'elle tenait en coupe contre son épaule.

Sans hésiter, elle a tendu son long bras vers moi. Enroulé sur le dos dans sa paume se trouvait un hamster. Non, pas un hamster.

Il était marron clair avec un museau foncé. Des piquants acérés hérissaient son dos marron. — Voici Quill. Diminutif de Quill.i.am. Ses joues se sont empourprées. Était-elle en train de rougir ?

— C'est un hérisson ?

— Ouais. Elle lui a caressé le front entre les yeux avec un doigt. Il a semblé sourire dans son sommeil.

Malgré la politique « pas d'animaux » de ma mère, le chien de ma sœur Sam, Bilbo Baggins, avait sa propre place sous la table lors des brunchs familiaux. Quand je gardais Jackson et Alicia, leur chat, Tigger, faisait généralement une apparition. Je n'avais jamais connu quelqu'un avec un hérisson de compagnie. Ce devait être la nouveauté qui a fait dérailler mon cerveau, car la question la plus ridicule m'est sortie de la bouche. — Il dort dans ton lit ?

— Non. Il est nocturne. Il a un habitat dans la deuxième chambre.

— C'est pour ça qu'il dort maintenant ? Ses petites pattes roses dépassaient de son ventre blanc et duveteux. Il était adorable. Et beaucoup plus silencieux que Bilbo.

— Euh. Elle a baissé les yeux vers lui et lui a de nouveau caressé le front. Non, il est fatigué. Quand tu as sonné, on était en train de... Elle s'est redressée. On était en train de danser.

J'ai dû faire un effort surhumain pour ne pas rester bouche bée de surprise. — Danser ? Comme dans *Danse avec les stars* ?

— J'imagine. Si c'est lui la star, et si c'est toujours la soirée hip-hop.

J'ai laissé mon regard errer de son visage radieux à son épaule nue. Ça m'a rappelé ce vieux film que j'avais regardé avec une de mes nounous, *Flashdance.* — Et c'est seulement toi qui portes les costumes.

— On a laissé les siens à la salle de sport. Les paillettes le grattent.

J'ai écarquillé les yeux. — Sérieusement ?

— Nan, je te fais marcher, ma belle.

— Oh. J'ai tiré sur l'ourlet de ma jupe pour couvrir mes genoux.

— Alors, si ta famille va bien, pourquoi es-tu là ? Tu ne fais pas déjà la promotion de la fondation de Jackson, n'est-ce pas ? J'ai fait un don l'année dernière. Attends. Elle a grimaqué. Tu es en colère à cause de mon commentaire sur PETA ? Je ne savais pas que tu ne leur avais pas dit que tu avais abandonné l'école de cuisine.

— Non, ce n'est rien. En tortillant ma bague, j'ai dit : J'allais leur dire. Je n'en avais juste pas encore eu l'occasion.

— Ils ne sont pas en colère, j'espère ?

— Ils sont déçus que j'aie abandonné. Si je ne trouve pas autre chose bientôt, Mère commencera à me pousser à épouser quelqu'un de convenable. Mais ce n'est pas pour ça que je suis là. J'ai pris une profonde inspiration. Je veux te parler de ta situation en matière de relations publiques.

Levant le menton pour regarder le plafond, Jamila a soupiré. — Encore ça ? Je pensais que la programmation t'intéressait. Je pourrais t'aider avec ça.

— Tu as des programmeurs. Avec un effort héroïque, je me suis abstenue de retrousser les lèvres au souvenir du licenciement de Rhiannon. C'est en relations publiques que tu as besoin d'aide.

— As-tu dû te battre contre des paparazzis pour entrer dans mon quartier ?

— Non.

— Est-ce qu'ils campaient sur ma pelouse ?

— Non.

— Parce que c'est ce qui est arrivé quand mon voisin de la rue d'à côté s'est fait prendre pour délit d'initié. Ma « situation en RP » — elle a fait des guillemets avec ses doigts — est déjà terminée. Ils sont passés à autre chose.

— Je ne suis pas sûre que ce soit vrai. J'avais suivi l'histoire dans le *Journal*, et il y avait une tonne de commentaires (et d'insultes racistes et misogynes), mais je n'allais pas lui en parler.

— Natalie. Elle m'a foudroyée de son regard. Je suis dans ce secteur depuis plus longtemps que toi. Je sais quel genre de conneries fait les gros titres et quel genre n'en fait pas. C'est le genre de truc qui apparaît quand il n'y a pas d'actualité, puis la semaine suivante, tout le monde a repris ses conneries et court après les vrais mécréants de l'entreprise.

— Mais et si lundi l'actualité est calme aussi ? Et si tu es ce qu'ils ont de plus proche d'une mécréante de l'entreprise à pourchasser ?

— Pourchasser nécessite un fuyard. Je ne vais pas le faire. Je vais aller à mon bureau demain et faire mon travail. Rien à voir ici. Elle a levé la main qui ne berçait pas Quill.i.am.

— Je pense que tu devrais laisser Mateo te conduire au travail demain. Juste au cas où.

— Jamais de la vie. Je vais conduire moi-même au travail comme la femme adulte que je suis.

J'ai secoué la tête. Jamila était têtue. C'était l'une des raisons de son succès. Le mot *abandonner* ne figurait pas dans son vocabulaire.

Je me suis penchée en avant. — N'empêche, je pense que tu devrais désigner une équipe de réponse. Ça te tiendra à l'écart des projecteurs et te permettra de te concentrer sur ton travail. Si tu ne veux pas que je sois impliquée, tu peux probablement inclure Winslow et quelques personnes de ton équipe marketing. Ils devraient pouvoir gérer ça. L'équipe de réponse était la clé, d'après ce que Della nous avait dit, à Hannah et à moi. Jamila pouvait prétendre que toute cette histoire ne la dérangeait pas, mais elle était trop impliquée émotionnellement pour gérer la situation de manière rationnelle.

— Je n'ai pas besoin d'une équipe de réponse parce qu'il n'y a rien à quoi répondre. Toute cette situation est ridicule.

— Tu le vois peut-être comme ça, mais tu ne peux pas contrôler ce que tout le monde pense ou dit.

Elle a haussé ses sourcils sombres et sculptés. — Ah non ?

— Non !

— Alors pourquoi penses-tu qu'une équipe de réponse puisse

m'aider ? Tout ça est inutile. Quand je ne jouerai pas à leurs petits jeux, ils s'en iront et trouveront quelqu'un d'autre avec qui se battre.

J'aurais dû savoir qu'il était inutile de discuter avec quelqu'un d'aussi brillant que Jamila. — Mais…

— Non, Nat. Je ne vais pas accorder une minute de plus de ma très précieuse attention à ces bêtises. Fin de l'histoire.

— Et ce partenaire de services financiers ? Qu'est-ce qu'ils vont en penser ?

J'ai su que j'avais touché un point sensible au resserrement de sa bouche. — Je peux aussi m'occuper d'eux.

— Vraiment ? La plupart des gens de la finance sont assez averses au risque. Chaque fois que je rends visite à Charles au travail, j'ai l'impression d'être dans un film en noir et blanc.

Elle a relevé le nez. — Te revoilà, à te concentrer sur les apparences. Tu n'as pas à faire un spectacle pour moi. Pas comme tu l'as fait à la fête de Billie Woods.

Le sang a quitté mon visage. — Je…

— Tu sais que je ne te ferais jamais de mal, n'est-ce pas ? Pas même par association. J'attache de l'importance à ma relation avec… avec ta famille, surtout Jackson et Alicia.

— Non, je… Ma tête tournait. Me faire du mal ? C'était moi qui l'avais offensée avec ma confession d'ivrogne. Je suis désolée, Jamila. J'étais nerveuse, et j'ai trop bu. Je ne voulais pas…

— Me dire que tu m'aimais ? Elle a reniflé. Tu sais que je ne t'ai pas prise au sérieux.

J'ai grimacé. J'avais été cent pour cent sérieuse. J'avais le béguin pour elle depuis si longtemps que ça ressemblait à de l'amour. Surtout quand j'avais bu trop de vin. — Tu as été si gentille avec moi. Tu as dit que je n'avais pas à cacher ma vraie nature. C'est à ce moment-là que le mot *amour* m'avait échappé.

— Je le pensais, a-t-elle dit. Et puis tu t'es lancée à fond dans ton rôle de tête de linotte.

J'ai fermé les yeux, mais c'était une erreur car toute la scène s'est rejouée dans ma mémoire. Elle avait repoussé mes bras de ses épaules et m'avait dit de jouer à l'amour avec quelqu'un d'autre. Et c'est exactement ce que j'avais fait. J'avais voltigé jusqu'à mon ami Daniel et lui avais bruyamment et expressivement confessé mon amour à lui aussi. Il l'avait pris à la rigolade, mais comme je ne l'aimais pas, ça ne m'avait pas fait aussi mal que le rire de Jamila.

— Pourquoi t'es-tu autant soûlée ce soir-là ?

J'ai pincé les lèvres. J'avais accepté la coupe de champagne parce que je pouvais siroter ce truc dégoûtant toute la nuit. Mais ce soir-là, avec toute l'attention de Jamila sur moi, je ne savais pas quoi faire de mes mains ni du reste de mon corps. J'ai bu ce qu'il y avait dans mon verre, et les serveurs de Billie n'arrêtaient pas de le remplir. Quand j'étais ivre, je me comportais comme une riche héritière sans cervelle, ce qui était exactement ce que tout le monde attendait de moi.

— C'était un accident.

Elle m'a foudroyée du regard. — Je suppose que c'était aussi un accident que tu rentres avec Daniel je-sais-plus-son-nom.

— Daniel van der Poel est mon ami. Mon ami platonique.

— Ça avait l'air platonique quand tu l'as embrassé.

Mes joues ont brûlé. Daniel et moi étions allés à tellement d'événements et de fêtes ensemble que faire semblant d'être en couple était une seconde nature. Après le rejet de Jamila, il s'était prêté à mon baiser maladroit, mais quand j'avais essayé de le rendre plus crédible en mettant ma langue dans sa bouche, il m'avait soulevée dans ses bras et m'avait sortie de la fête, en proclamant haut et fort que je ne tenais pas l'alcool.

Daniel était un bon ami. Un autre type aurait pu profiter de moi, mais il m'avait tenu les cheveux pendant que je vomissais dans les hortensias de Billie.

Mais Jamila n'était même pas mon amie. — Pourquoi ça t'intéresse de savoir qui j'embrasse ?

Elle a avancé la mâchoire. — Ça ne m'intéresse pas. Je déteste juste quand tu te sous-estimes.

Me sous-estimer ? J'étais une fille riche qui n'avait pas assez de cervelle pour se fixer sur une carrière. Mon seul atout était mon physique. Tout le monde le savait, y compris ma famille. Jamila l'avait pensé ce soir-là aussi. J'ai croisé les bras.

— Bref, a-t-elle dit, je n'ai ni besoin ni envie de ton aide. Je gère tout, donc tu n'as pas besoin de t'inquiéter pour moi.

Une autre protestation est montée à mes lèvres, mais je l'ai ravalée. Elle avait raison. Je n'étais pas qualifiée pour l'aider. Rien de ce que je dirais ne la ferait changer d'avis.

Elle s'est levée. — Merci d'être passée.

Je me suis levée du canapé. — Quand tu veux. Je le pensais vraiment.

Elle m'a conduite à la porte. — Dis à ta famille que je les remercie encore pour le brunch. Et, euh, peut-être ne reviens pas ici. Je ne voudrais pas que ta famille pense que je t'ai invitée. Toi, plus que quiconque, tu comprends l'importance des apparences.

Abasourdie, j'ai à peine réalisé que la porte claquait.

Ce n'est que de retour sur son porche que je me suis souvenue du message de sa voisine. Ça servirait de leçon à Jamila de manquer un panier d'avocats. J'ai regardé fixement le pot de marguerites, avec l'envie de les arracher et de les déchiqueter là, sur son perron. Puis de les piétiner avec mes Valentino Garavani.

C'était puéril, et je n'avais pas besoin de donner à Jamila une preuve de plus que j'étais jeune et idiote. Elle avait été témoin des conséquences de ma débâcle à l'école de cuisine. De mon comportement déplorable à la fête de Noël. Sans parler de toute ma phase acné et appareil dentaire, et avant ça, mes couettes.

Alors j'ai descendu lentement et gracieusement les marches du perron, comme si elle était assez intéressée pour me regarder partir.

6

MÊME SI J'AVAIS ESSAYÉ, je n'aurais pas pu passer à côté de l'incident de Jamila.

Comme il n'y avait pas cours le lundi, j'étais encore au lit quand j'ai pris mon téléphone pour voir ce qui se passait dans le monde. La première vidéo sur ma page TikTok était celle de Jamila. Elle totalisait un demi-million de vues. Le temps de l'actualiser pour la troisième fois, elle en était à deux millions.

J'ai reconnu la façade de l'immeuble de Jamila, où je m'étais rendue deux jours plus tôt. Il n'y avait qu'un seul photographe à l'extérieur. Elle aurait pu facilement l'esquiver comme nous l'avions fait vendredi.

La vidéo était montée pour démarrer après la question du journaliste, donc je ne savais pas ce qu'il avait bien pu demander pour qu'elle lui rentre dedans de la sorte. Ses yeux sombres lançaient des éclairs et ses lèvres rouge vif se sont retroussées en une grimace hargneuse. — Espèce de connard. Répète un peu ça. Je n'ai pas réussi à déchiffrer ce qu'il a dit, et les sous-titres étaient incompréhensibles. Mais les paroles de Jamila étaient on ne peut plus claires, et le texte affiché en bas de la vidéo m'a sauté aux yeux.

— Vous croyez me connaître ? Vous ne savez que dalle sur ma

communauté, sur moi ou sur ma putain d'entreprise. Mon cul paranoïaque, vous pouvez vous le carrer où je pense.

Au troisième visionnage, j'étais incapable de dire si elle avait eu l'intention de lui faire un doigt d'honneur ou de lui flanquer un uppercut. Son bras s'est levé et il a reculé brusquement, faisant trembler la vidéo dans tous les sens tandis qu'un bras dans une chemise en chambray à manches longues a entouré la taille de Jamila et l'a tirée en arrière, en jurant.

Les commentaires ont explosé. Quelques-uns disaient : « Je te soutiens, Jamila ! », mais la plupart la qualifiaient de paranoïaque, de folle, de trop bruyante, de trop vulgaire, ou tout simplement pas le modèle que les gens voulaient pour leurs filles. Certains remettaient en question la valeur d'une entreprise dirigée par quelqu'un d'aussi manifestement peu professionnel.

C'était une catastrophe.

En grognant, je me suis traînée hors du lit, j'ai pris une douche, j'ai attaché mes cheveux en chignon et j'ai enfilé un tailleur noir avec un chemisier à fleurs rouge. J'ai trouvé Mère qui s'affairait dans la véranda. Je l'ai embrassée sur la joue, je lui ai dit de ne pas m'attendre pour le dîner et j'ai commandé un VTC pour Mountain View.

———

L'AGENT de sécurité étant assailli par les journalistes, il n'a pas été difficile pour moi d'intercepter un employé de Jamilow à l'extérieur de l'immeuble de Jamila, de flirter avec lui une minute, de mentir en disant que j'avais oublié mon badge, et de lui coller au train pour entrer dans la zone sécurisée. Après lui avoir promis de le retrouver au prochain happy hour, j'ai monté les escaliers jusqu'au deuxième étage et j'ai rattrapé la porte de la suite de la direction au moment où un homme à l'air surmené en sortait en courant, serrant une liasse de papiers dans une main et son ordinateur portable dans l'autre.

Tous les bureaux devant lesquels je suis passée étaient allumés, et des gens faisaient les cent pas derrière les portes en verre dépoli. Dans la partie ouverte de l'étage avec les box, les employés étaient rassemblés en petits groupes, chuchotant. Certains groupes s'agglutinaient autour de téléphones, regardant probablement la vidéo TikTok ou lisant les commentaires.

Adieu la productivité avant leur grand lancement.

Me dirigeant d'un pas assuré vers le bureau de Jamila sans être interpellée, j'ai souri à Felicia, qui a levé les yeux une seconde à peine avant de laisser retomber son front dans sa main et de se le frotter tout en tenant le téléphone collé à son oreille. Rassemblant toute la confiance que je pouvais trouver, je suis entrée avec assurance dans le bureau de Jamila.

La PDG portait le fabuleux tailleur-pantalon rose huître de la vidéo, mais elle avait retiré la veste, révélant un haut sans manches couleur ivoire et un collier de perles roses. Elle était penchée en arrière sur sa chaise, presque à l'horizontale, la main nonchalamment posée sur les yeux.

Winslow était adossé au rebord de la fenêtre, regardant à travers la vitre les camionnettes des chaînes d'information garées le long de la route menant au bâtiment. Il avait l'air d'avoir envie de sauter à travers. Son pantalon était vert citron aujourd'hui. Ça n'allait pas mieux avec les richelieus bicolores que ceux de couleur rose. Le dos de sa chemise blanche était froissé, comme s'il avait transpiré dedans.

Quelques employés serraient leur ordinateur portable contre leur poitrine et trépignaient sur le tapis moelleux de couleur taupe au centre de la pièce. Après m'avoir jeté un coup d'œil, leur attention a oscillé entre Jamila, Winslow et les deux personnes assises en face de Jamila.

Un homme et une femme que je ne connaissais pas lui faisaient face. Les yeux rivés sur son téléphone, la femme aboyait des chiffres sur la valorisation de l'action, elle devait donc être la directrice financière. L'homme fixait le bureau en verre de Jamila.

— Vous pouvez arrêter ça, Hope ? S'il vous plaît. Jamila a

gémi sans retirer son avant-bras de ses yeux. — Ça me donne mal à la tête.

— Désolée, a marmonné la directrice financière, Hope. — Les chiffres me réconfortent quand je suis stressée.

— Peut-être que vous pouvez regarder les chiffres plus silencieusement, a dit Jamila. — Ce dont j'ai besoin tout de suite c'est…

L'homme assis à côté d'elle s'est levé d'un bond. — Vous savez quoi ? Je démissionne.

Jamila a retiré son bras et l'a dévisagé. — Vous quoi ?

— Je démissionne. Ce n'est pas pour ça que j'ai signé.

Jamila lui a lancé un regard noir. — Vous êtes le directeur marketing. Je ne vous demande rien d'autre que de promouvoir ces putains d'applications.

Le ton de sa voix est monté. — Comment puis-je vendre des applications dans cet environnement ? Il a désigné d'un geste les camionnettes des chaînes d'information. — Ce travail a complètement déséquilibré mes chakras. Je dois rentrer chez moi et regarder un documentaire sur la nature. Il a pivoté sur le talon de ses mocassins italiens et a quitté le bureau d'un pas rageur. Les deux employés au milieu de la pièce se sont éclipsés à sa suite.

La directrice financière s'est levée.

— Pas vous aussi, a dit Jamila à voix basse.

Hope a reniflé. — Vous croyez que je démissionnerais pour ça ? J'ai commencé ma carrière chez Enron. C'est une promenade de santé comparé à ce merdier. Je vous serai plus utile dans mon bureau. Je vous enverrai un résumé de la couverture financière et de son impact sur le cours de l'action d'ici la fin de la journée.

— Génial, a soupiré Jamila.

Alors que Hope sortait, Rhiannon est entrée, vêtue d'un pantalon kaki et d'une autre chemise bleue, à manches longues cette fois. Elle s'est dirigée derrière le bureau de Jamila, a croisé les bras et a mis la main sur la hanche. — J'ai besoin de votre approbation pour cette demande de poste que je vous ai envoyée il y a une heure.

Jamila a poussé sa souris d'ordinateur, qui a glissé sur le bureau. — Comment diable suis-je censée suivre mes e-mails ? Regardez-moi cette merde. Elle a montré son écran du doigt.

Rhiannon a pincé les lèvres. — C'est pour ça que vous êtes payée le prix fort, patronne. Se penchant sur le bureau, elle a fait défiler et a cliqué. — C'est celle-là. Approuvez, s'il vous plaît.

Jamila a grimacé en regardant l'écran d'un air las. — Deux développeurs en freelance ? Vous pensez vraiment que ça va aider en ce moment ?

— Avec autant de distractions, on a besoin de toute l'aide possible. On ne tiendra pas notre date sans eux. J'ai des tâches subalternes qu'ils peuvent faire pour libérer d'autres personnes. Elle a redressé les poignets de sa chemise en chambray.

La vidéo m'est revenue en mémoire avec fracas.

— C'est vous qui l'avez empêchée de donner ce coup de poing !

— Qu'est-ce que tu fous ici, Natalie ? Jamila a cligné des yeux comme si j'étais une apparition venue la hanter dans son pire jour. — Je n'aurais pas frappé ce connard. Il ne valait pas la peine que je ruine ma manucure. Elle a tendu une main et a examiné ses ongles courts, d'un bleu chatoyant.

J'ai croisé le regard de Rhiannon. — Merci pour ça.

— Il fallait bien que quelqu'un fasse quelque chose, a dit Rhiannon. — Hé, vous devriez me payer pour m'occuper des relations publiques. Je n'ai pas besoin d'un tailleur de marque pour vous sauver de ces chacals… ou de vous-même.

Les poils se sont hérissés sur ma nuque et mes ongles se sont enfoncés dans mes paumes.

— Je te l'ai dit, a dit Jamila, — Je n'avais pas besoin d'être sauvée. Je maîtrisais la situation.

Rhiannon a reniflé. — On a bien vu ça. Où était Mademoiselle Tailleur de Luxe quand vous vous en êtes prise à ce type ? Elle a rejeté ses cheveux bouclés en arrière.

J'ai redressé la veste de mon tailleur. Peu importait qu'elle ait sauvé Jamila d'un désastre de relations publiques encore plus grand. Rhiannon n'était pas une personne sympathique.

— Je suis venue aider, ai-je dit.

— Aider ? Vous ? Rhiannon a scruté ma tenue jusqu'à ce que je commence à remettre en question le choix de mon audacieux chemisier rouge. — Faites attention, vous pourriez vous casser un ongle.

J'ai fléchi les mains. — Je suis capable d'aider. J'ai un plan.

— Ah oui ? Rhiannon a croisé les bras et a mis une main sur la hanche. — On vous écoute.

— Ree. Jamila a marmonné quelque chose que je n'ai pas entendu, mais cela a fait que Rhiannon m'a adressé une moue méprisante avant de sortir du bureau à grands pas.

Quand Jamila a levé les yeux vers moi, ils étaient injectés de sang et gonflés. Était-ce dû à la journée ? Avait-elle dormi la nuit dernière ? J'ai ouvert la bouche pour le lui demander, mais elle a parlé la première.

— Nat, aujourd'hui n'est pas le jour pour que tu débarques ici en te pavanant pour essayer ton passe-temps de la semaine. Rentre chez toi. On parlera la semaine prochaine, quand tout ça sera terminé.

Et juste comme ça, j'avais de nouveau quinze ans, et mon frère, Cooper, et Jamila me disaient de m'en aller parce que les adultes parlaient affaires. J'ai tourné ma bague.

Mais je n'avais plus quinze ans. J'en avais vingt-six. Je n'avais peut-être pas de diplôme, mais j'avais passé toute ma vie sous les feux des projecteurs. En tant que cadette des Jones, j'avais observé de nombreuses erreurs de mes frères et sœurs. J'ai donc rassemblé ma fierté en lambeaux et ma dernière once de courage. — Ça ne sera pas terminé la semaine prochaine. C'est sérieux, Jamila. Je parie que Hope t'a dit que vous avez déjà perdu des clients.

Elle a haussé les épaules. — On n'a pas besoin de clients qui ont peur de quelques gros mots.

— Et votre partenaire de services financiers ? ai-je demandé. — Qu'est-ce qu'ils pensent de tout ça ?

Winslow s'est détourné brusquement de la fenêtre. — Vous lui avez parlé du partenariat avec FA ?

— Non, ce n'est pas moi. C'est vous qui venez de le faire, a-t-elle dit avec lassitude.

— Votre partenaire financier est First Arbiter ? Mais ils sont si… guindés. Ils faisaient passer la banque de Charles pour libertine.

— Billie a une relation là-bas, a dit Jamila. — Elle et Winslow.

— Pas Kenneth Royal, ai-je dit.

— Si, en fait, je connais Kenneth, a reniflé Winslow. — Nous sommes dans le même club de golf.

J'ai fait une grimace. Le PDG de FA était l'homme le plus rigide que j'aie jamais rencontré. Je n'arrivais pas à lui arracher un sourire, même avec mes pitreries en soirée. Il était célèbre pour exiger que tous ses employés — hommes et femmes — portent le même costume gris et la même cravate bleue.

— Il ne sera plus notre partenaire pour longtemps, a-t-il dit. — Pas s'ils invoquent la clause de moralité de notre accord.

— On les amadouera comme on l'a fait quand votre divorce a été rendu public, a dit Jamila.

Ses joues sont devenues rouges et marbrées. — Mon divorce n'est pas aussi public que ça.

— Si ça pousse FA à montrer leur côté poule mouillée, on n'a pas besoin d'eux. Le mordant était de retour dans la voix de Jamila. — On trouvera quelqu'un d'autre.

— Mais vous n'avez pas besoin d'eux ? ai-je demandé. — Tu en es arrivée si loin, et le lancement n'est que dans… combien de temps ?

— Moins de six semaines, a marmonné Jamila.

On aurait de la chance si on arrivait à régler ce gâchis d'ici là. — Je pense que tu pourrais sauver la situation si tu les aidais à comprendre ce qui s'est passé. Qu'est-ce que ce type t'a dit ?

— Rien que je ne pouvais gérer. Elle a avancé le menton comme si elle me mettait au défi de le frapper.

Winslow a soupiré. — Que disent toujours ces types ? Quelque chose sur le fait d'être une femme noire dans la tech. C'est sa gâchette, et tout le monde le sait.

— Va te faire foutre. Jamila a fait un geste de la main.

— C'était ça ? ai-je insisté.

— Ça ? Jamila a haussé les sourcils. — Ça te plairait si quelqu'un remettait en question tes compétences à cause de la couleur de ta peau ou parce que tu ne pisses pas debout ?

— Non. Mon visage s'est empourpré. — Je ne voulais pas dire « C'était ça ? » dans le sens « C'est tout ? ». Je voulais dire, est-ce que c'est ce qu'il a dit ?

— Plus ou moins.

Je voulais creuser pour savoir ce que le journaliste avait dit pour la faire réagir comme ça, mais ça ne me semblait pas productif. En parler faisait que Jamila se recroquevillait comme… comme Quill.i.am.

J'ai mis les mains sur mes hanches. — Tu as besoin d'une équipe de communication de crise, et je suis là pour la diriger.

Jamila a levé les yeux au ciel.

— Attendez, a dit Winslow, en me jaugeant. — Ce n'est peut-être pas une si mauvaise idée. Distraire les médias avec Barbie-RP.

— Hé ! Je suis juste là ! ai-je interjeté.

Winslow a continué comme si je n'avais rien dit. — C'est une Jones. Les gens respectent leur nom, leur marque. Les gens l'écouteront.

Jamila a plissé le nez. — Je n'ai pas besoin d'une équipe de communication de crise.

— Peut-être que non, a-t-il dit. — Mais peut-être que si. Au moins, de cette façon, vous aurez quelqu'un vers qui diriger tous les appels et les e-mails, pour pouvoir vous concentrer sur votre travail. Il a fait un signe de tête vers les écrans de son ordinateur.

Elle a soupiré. Puis elle s'est levée et a étiré ses bras au-dessus de sa tête. Le mouvement a rendu son cou incroyablement long, et tout ce à quoi je pouvais penser était de passer un doigt le long de celui-ci.

Son mot suivant m'a ramenée à la réalité. — D'accord.

— D'accord ? Vraiment ? Tu me laisses diriger ta communication de crise ? J'ai retenu mon souffle.

— Oui. Fais ce que tu as à faire. S'il te plaît, essaie de limiter au minimum les sollicitations sur mon temps, et fais quelque chose pour tout ce bordel. Elle a fait un geste en direction des camionnettes des médias à l'extérieur.

— Absolument. J'aurai besoin d'avoir accès à Felicia et à toute personne formée en communication d'entreprise.

Ses narines se sont dilatées. — Tu n'es pas très exigeante, dis donc ?

— Seulement ce dont nous avons besoin pour bien faire les choses.

— D'accord. Mais pas plus de dix pour cent du temps de qui que ce soit. Y compris le mien.

Je me suis mordu la lèvre. J'aurais certainement besoin de plus de quatre heures par semaine du temps de Jamila. Considérant qu'elle travaillait probablement plutôt soixante ou quatre-vingts heures par semaine, peut-être que je pourrais obtenir dix pour cent de ça. Si j'utilisais un horizon temporel plus long, je pourrais concentrer les demandes au début afin que la moyenne atteigne dix pour cent sur les six prochains mois. Je règlerais le problème bien avant ça.

— J'aurai besoin d'une assistante, ai-je dit. — Ne t'inquiète pas, je sais exactement qui recruter.

— Recruter ? Elle a levé les yeux au ciel. — J'aurais dû me douter que tu prendrais les choses en main. Tu es une Jones. Encore une chose. Elle a fait une pause pour me regarder dans les yeux. — Ignore ce que Winslow a dit. Je ne veux pas de ces conneries de Barbie. Sois au top pour ça. Tu sais ce que je veux dire.

Elle parlait de cette fête de Noël. J'ai hoché la tête, ne faisant pas confiance à ma voix pour ne pas trembler.

— D'accord, alors, a-t-elle dit. — Tu peux le dire à Felicia, et elle s'en chargera.

Un bonheur pétillant a débordé dans mon cœur. Si je résolvais les problèmes de relations publiques de Jamila, elle oublierait cette horrible fête et me verrait enfin comme une adulte.

J'ai bondi derrière son bureau et je lui ai jeté les bras autour du cou. — Tu ne le regretteras pas, je te le promets.

Quand mes mains ont touché ses épaules nues, elle s'est figée comme si je lui avais donné un choc électrique. Ma peau a frémi. Au bout d'une seconde, elle s'est détendue et ses mains se sont posées légèrement sur mon dos pour me rapprocher.

Le parfum à son cou était sensuel et floral, comme le jasmin. Avec l'odeur de noix de coco de ses cheveux, elle sentait les tropiques, comme la fois où notre famille était en vacances à Bali et que l'air du soir transportait le parfum délicat du jasmin et de la crème solaire estompée. J'ai fermé les yeux et je me suis imaginée allongée sur une plage, le sable chaud entre mes orteils, et Jamila à mes côtés.

Doucement, elle s'est écartée et a retiré ses mains de mes épaules. — Au travail. N'oublie pas, dix pour cent.

J'ai repris mes esprits suffisamment pour lui sourire. — Compris, patronne.

Déjà en train de composer un texto à Hannah, je suis sortie du bureau de Jamila et j'ai tiré une chaise de l'autre côté du bureau de Felicia.

— On dirait que je suis votre nouvelle consultante en relations publiques.

7

PLUS TARD CET APRÈS-MIDI-LÀ, j'ai passé la tête dans le bureau de Jamila. Seule, elle reproduisait la posture de Winslow un peu plus tôt, une épaule appuyée contre le cadre de la fenêtre, le regard perdu au-dehors. Même s'il était plus de six heures, le soleil de fin avril était encore haut dans le ciel, et ses reflets scintillaient sur les voitures qui serpentaient sur la route, en chemin vers leurs maisons, leurs animaux de compagnie, leurs familles. Peut-être que Jamila aurait aimé pouvoir rentrer chez elle, enfiler des vêtements confortables et se blottir contre Quill.i.am. Mais comme elle me l'avait montré sur cet organigramme, elle était tout en haut, et chacune de ces voitures, de ces maisons et de ces dîners de famille était payée par le travail qu'elle dirigeait. Elle serait toujours la dernière à partir.

— Tu as mangé, aujourd'hui ?

Elle a tourné vivement la tête au son de ma voix et a plissé les yeux un instant. — Oui. Felicia s'assure que je déjeune.

— Bien. J'ai croisé les bras. Jamila était si mince que je me suis demandé si le déjeuner était le seul repas qu'elle prenait régulièrement.

— Je pensais que tu serais déjà rentrée, a-t-elle dit.

J'ai haussé les épaules. — Beaucoup à faire, aujourd'hui.

— Tu as réussi à faire déguerpir quelques camionnettes de presse. Elle a eu un petit rire. — Pas littéralement, comme je l'aurais fait. Je veux dire que certaines sont parties.

J'ai fermé la porte, redoutant sa réaction à ce que j'allais lui annoncer. — Je leur ai promis une conférence de presse pour demain.

— Elles sont parties parce que tu leur as dit que tu allais leur parler ? Elle m'a regardée en plissant un œil.

— Viens t'asseoir. Je me suis dirigée vers le coin salon, je me suis assise sur la causeuse et j'ai posé la tasse sur la table basse. — C'est pour toi.

Ses yeux se sont illuminés. — Du café ?

— Il est plus de cinq heures. C'est une tisane.

Elle a retroussé la lèvre. — Je suis peut-être plus vieille que toi, mais je ne suis pas une grand-mère qui boit de la putain de tisane.

— Waouh, d'accord. Alors ne la bois pas. Peut-être qu'elle était juste irritable parce qu'elle avait faim. J'aurais dû aussi apporter des cookies. — Viens t'asseoir. J'ai tapoté le coussin à côté de moi.

Jamila a choisi le fauteuil à la place et a examiné la tisane brun doré. — Ça sent l'herbe.

J'ai eu un petit rire. — Tu bois du matcha. Ce truc ressemble à de l'herbe.

— Le matcha, c'est ce que boivent les gens branchés. La camomille – ou je ne sais quoi – ne l'est pas.

— C'est de la camomille. Goûte une gorgée. C'est relaxant.

Elle l'a repoussée. — Non merci. Bref, de quoi voulais-tu parler ?

La prochaine fois, je lui apporterais un déca. Je savais déjà qu'elle buvait son café noir, comme son humeur.

— La conférence de presse de demain. Tu diras quelques mots, puis tu répondras à quelques questions. Je t'ai rédigé un discours. J'ai tendu une tablette avec le discours affiché.

Elle me l'a prise et a parcouru le document. — Je ne m'excuserai pas auprès de ce connard. Je m'étais douté qu'elle ne le ferait pas, mais ça valait le coup d'essayer.

J'ai lentement hoché la tête. — On peut revoir ça. Serais-tu prête à t'excuser auprès des actionnaires et des employés qui ont été négativement impactés par tes actions ?

Ses lèvres se sont pincées tandis qu'elle y réfléchissait. — Je peux utiliser un mot comme « regretter » au lieu de « m'excuser » ?

J'ai grincé des dents. — « Regretter » ne sonne pas sincère. « S'excuser » ou « désolée » sont plus directs, et ça correspond à ta personnalité. Nous devons faire passer le message que tu comprends que ce que tu as fait était mal et que ça ne se reproduira pas.

Ses épaules se sont un peu détendues, s'éloignant de ses oreilles. — Je peux faire ça.

Le soulagement m'a envahie alors qu'elle lisait le document plus lentement cette fois. Quand elle a fini, elle a levé les yeux. — Ce n'est pas mal. Tu as même réussi à faire en sorte que ça sonne comme quelque chose que je dirais.

— Merci. J'ai baissé les yeux vers mes genoux pour cacher ma rougeur.

— Il faut que je le mémorise ?

— Familiarise-toi juste assez avec le texte pour pouvoir lever les yeux et établir un contact visuel. Je vais t'envoyer une copie par e-mail. J'ai repris la tablette, supprimé les excuses au journaliste et envoyé le document.

— Parler pendant deux minutes et répondre à quelques questions ? Pas de problème. Alors qu'elle se laissait aller contre le dossier du fauteuil, les cernes sous ses yeux m'ont montré à quel point elle était épuisée.

J'aurais aimé pouvoir la laisser rentrer chez elle, mais nous n'avions pas encore fini.

— Il faut qu'on s'entraîne pour les questions et réponses.

— S'entraîner ? Tu ne me fais pas confiance ?

— Tout le monde est meilleur après s'être entraîné.

— Je fais des performances pour les médias depuis que tu regardais des dessins animés et que tu jouais à la poupée. Ses lèvres se sont pincées encore plus. — J'ai appris une chose ou deux au fil des ans. J'ai gagné mes millions à partir de rien d'autre que le cerveau dans ma tête, pas un fonds en fiducie. Je n'ai pas besoin que tu m'apprennes à parler aux journalistes.

J'ai pris une profonde inspiration. Je savais combien j'avais eu d'avantages en grandissant. Je devais prouver à Jamila que cela ne s'était pas accompagné d'un sentiment que tout m'était dû. — Je n'essaie pas de t'apprendre quoi que ce soit. Je veux seulement que tu sois prête à répondre à toutes les questions qu'ils te lanceront et que tu restes calme et professionnelle.

— Calme et professionnelle ? Elle a bondi de son fauteuil et s'est mise à faire les cent pas sur la moquette. — Je ne suis *rien d'autre* que calme et professionnelle. Je mets mon masque et je souris aux investisseurs, à la presse et à qui que ce soit d'autre pour pouvoir diriger ma putain d'entreprise, et pour qu'ils me foutent la paix ! Elle s'est arrêtée et s'est retournée brusquement vers moi. — Tu devrais le savoir, avec tes airs de godiche écervelée à cette fête de Noël. À chaque fête. Tu suis leurs règles du jeu, tout comme moi.

La douleur m'a transpercée face à cette attaque directe.

Il ne s'agissait pas de moi. Il s'agissait de faire disparaître la mauvaise publicité pour que Jamila puisse se concentrer sur la gestion de son entreprise. J'ai ravalé ma blessure et je me suis précipitée à ses côtés, mais elle a repoussé ma main de son épaule d'un haussement d'épaules. — Je suis désolée. Je ne voulais pas sous-entendre que tu étais quoi que ce soit de moins que professionnelle.

Elle a frotté son pouce entre ses yeux. — Je suis fatiguée. La journée a été longue.

— Je sais. J'aimerais ne pas avoir à te demander ça, mais je veux être sûre que tu feras l'excellent travail dont je sais que tu es capable, et que tu seras prête à répondre à n'importe quelle question ridicule qu'ils pourraient te poser.

Elle m'a jeté un regard en coin. — N'est-ce pas ton travail de remplir la salle de gens qui ne *poseront pas* de questions ridicules ?

— J'ai essayé de la remplir avec autant de sympathisants que possible. Cependant, ma devise est : espérer le meilleur, se préparer au pire.

Elle a grogné. — Juste.

— Viens t'asseoir, ai-je dit. — Je pense qu'on peut boucler ça en moins d'une heure.

— Je ne serai pas debout à un pupitre demain ?

— C'est le plan.

— Alors je resterai debout. Elle a planté ses pieds sur la moquette et a roulé des épaules. — On joue comme on s'entraîne. N'est-ce pas ce qu'on dit ?

— Je... J'étais trop distraite par la colonne de son cou s'élevant au-dessus des épaules de sa veste et l'aperçu de ses clavicules par-dessus l'encolure dégagée de son chemisier pour penser clairement.

— Balance. Elle a relevé le menton.

C'est vrai. J'étais là pour l'aider à s'entraîner, pas pour mater ce cou que j'avais envie d'embrasser depuis que je l'avais prise dans mes bras un peu plus tôt. Elle ne voulait pas de ça de ma part. Les insultes qu'elle m'avait lancées tout à l'heure – dessins animés, poupées, fonds en fiducie et masques – piquaient encore. Elle ne me verrait jamais autrement que comme la petite sœur agaçante et privilégiée de Jackson. Jamais comme une égale, comme quelqu'un qu'elle voudrait embrasser.

Même si elle me trouvait agaçante, je pouvais utiliser ça pour notre entraînement.

— Alors, Jamila, ai-je dit en baissant les yeux vers ma tablette comme si c'était le carnet d'une journaliste, pourquoi avez-vous essayé de frapper mon collègue hier ?

— Je n'ai pas... Elle s'est arrêtée quand son cri a rebondi sur les murs du bureau et a résonné à ses oreilles. Elle s'est raclé la gorge. — Je pense que la vidéo montrera que je n'ai, en fait, frappé personne.

— Ce n'était pas mal, ai-je dit. — Mais je pense que les éléments de langage pour ce genre de questions sont : un, le journaliste a dit quelque chose d'offensant qui vous a mise en colère. Vous voulez nous dire ce que c'était ?

Elle a pincé les lèvres et secoué la tête.

— Il vaut probablement mieux se concentrer sur votre réaction. Deux, vous avez réagi de manière informelle…

— Informelle ? C'est comme ça qu'on appelle ça ?

— Je pense que « informelle » vaut mieux que « grossièrement ». Trois, vous reconnaissez que votre réaction était malavisée, et vous êtes désolée de son impact sur vos actionnaires et vos employés. Réessayons. Jamila, pourquoi avez-vous essayé de frapper mon collègue hier ?

Elle a inspiré et expiré avant de répondre. — Je pense que la vidéo montre que je n'ai frappé personne. Cependant, je m'excuse pour l'impact négatif que mon choix de mots informels a eu sur les actionnaires et les employés de Jamilow. Mieux ?

— Parfait.

Après quarante-cinq minutes d'entraînement, les réponses de Jamila étaient prêtes pour la conférence de presse, malgré son expression maussade.

J'ai attrapé la tablette et je me suis levée. — Excellent travail. Rentre te reposer. On se voit dans la grande salle de conférence en bas à neuf heures. Porte ce tailleur blanc avec un chemisier pastel.

— Maintenant tu me dis quoi porter ? Tu penses que je suis incapable de m'habiller toute seule ? a-t-elle grondé.

— J'essaie de t'enlever une décision de plus à prendre, ai-je dit froidement. — Les gens qui réussissent limitent leurs décisions sur les petites choses pour avoir plus d'énergie mentale pour les décisions importantes. Comme le col roulé noir et les baskets New Balance de Steve Jobs ou l'armoire pleine de costumes bleus et gris du président Obama.

J'ai cru voir la mâchoire de Jamila se détendre d'une fraction de seconde alors que je passais devant elle.

— À demain, a-t-elle marmonné.

Je pouvais l'aider à traverser cette situation sans être tentée de céder à mon béguin. Parce que ce n'était que ça : un béguin d'adolescente, un vestige de mon enfance.

Maintenant, j'étais une adulte. La dernière chose dont j'avais besoin était une attirance pour quelqu'un d'aussi brillant – et irascible – que Jamila Jallow. Quelqu'un qui ne me verrait jamais comme son égale.

8

— BON, c'est fini, ai-je dit en essayant de sourire alors que je n'avais qu'une envie, c'était de hurler. Le seul aspect positif de tout ce fiasco de conférence de presse, c'est que c'était terminé. J'ai monté l'escalier en vitesse jusqu'au deuxième étage, au risque de me rompre le cou pour devancer les longues foulées de Jamila.

— Tu as été fantastique, a dit Winslow en marchant à grandes enjambées à côté d'elle.

Je l'ai dévisagé, les yeux ronds. Avions-nous regardé la même conférence de presse ?

— Tu crois ? a demandé Jamila en lissant son chemisier.

— Absolument, a dit Winslow. Il était terriblement tôt pour planer, mais c'était la seule explication à son attitude décontractée.

J'avais maintenant mon propre badge, alors je l'ai passé devant le lecteur de la porte de la suite de la direction. J'ai tenu la porte à Jamila et Winslow. Mais au lieu de me diriger vers le coin du fond, j'ai tourné à droite et j'ai fait entrer les deux dirigeants dans le bureau sans fenêtre que je squattais. Il était plus petit que celui de Jamila et juste assez grand pour deux bureaux, dont l'un était occupé.

Hannah a sursauté quand nous sommes entrés et a lissé sa jupe. Ses cheveux châtain étaient tirés en arrière, dégageant son visage pâle en une queue de cheval, et son tailleur-jupe noir assorti à son chemisier blanc criait *professionnelle débutante*. De quelques années plus jeune que moi mais avec un diplôme que je n'avais pas, Hannah était l'aide dont j'avais besoin, surtout après la conférence de presse d'aujourd'hui.

— Salut, Hannah. Je te présente Jamila Jallow et Winslow Keating-Ashworth. Jamila et Winslow, voici Hannah, notre nouvelle assistante en RP.

Jamila lui a serré la main. — Je n'ai pas souvenir d'avoir engagé une assistante ni d'avoir autorisé un budget pour les relations publiques.

Les yeux marron de Hannah se sont écarquillés derrière ses lunettes. On aurait dit une biche pétrifiée au milieu de la route, avec un semi-remorque qui lui fonçait dessus.

J'ai fait un geste de la main. — Felicia et moi nous en sommes occupées. Maintenant, asseyez-vous, on va faire le point.

Jamila s'est affalée sur la plus solide de nos deux chaises visiteur. J'ai contourné l'autre bureau pour m'asseoir derrière, ce qui a laissé à Winslow la chaise bancale sans dossier que j'avais trouvée dans un débarras. Après avoir cherché une autre option du regard, il s'est perché dessus avec précaution.

— Hannah, ai-je dit, quelles sont les premières réactions ?

— Quelqu'un l'a commentée en direct sur Twitter. Ils ont trouvé que c'était… Elle a levé les yeux de son écran.

— Continue, ai-je dit.

— Ils ont trouvé que c'était un peu barbant.

— C'est exactement ce qu'on visait, ai-je dit, soulagée. Professionnel, prévisible, circulez, il n'y a rien à voir.

— Jusqu'à ce que… Elle a fait une grimace.

— On t'écoute. Je savais ce qui allait suivre.

— Le, euh, moment de franchise.

— Pardon ? a demandé Jamila.

— La prochaine fois, ai-je dit, si tu comptes t'en prendre à quelqu'un, attends que la conférence de presse soit terminée.

Jamila a ri. — D'accord, bien sûr.

J'ai plissé les yeux en la regardant. Elle m'a fusillée du regard en retour. Winslow retirait une peluche de son pantalon jaune beurre. Soit il était trop gentil, soit il était trop lâche pour m'aider.

— Sérieusement, ai-je dit. Tu ne peux pas t'en prendre à quelqu'un pendant une conférence de presse.

Elle a baissé le menton et froncé les sourcils. — Je peux très bien le faire s'ils dépassent les bornes.

— C'est peut-être acceptable dans ta salle de réunion ou dans ton bureau, mais ça ne l'est pas à une conférence de presse. J'aurais aimé pouvoir ajouter « on en avait discuté », mais c'était impossible. Bêtement, je n'avais pas imaginé que quelqu'un poserait une question aussi déplacée. Et encore plus bêtement, je ne m'étais jamais attendue à ce que Jamila lui saute à la gorge.

— Je veux qu'elle soit bannie de l'établissement, a ajouté Jamila.

— D'accord, mais la prochaine fois, prends une seconde. Essaie l'une de ces techniques de respiration dont nous avons parlé. Puis, quand tu te sentiras calme, réponds à la question ou dis : « sans commentaire ».

— « Sans commentaire ? » Elle a bondi de sa chaise et a essayé de faire les cent pas, mais le petit espace l'a confinée. Elle a juré en se cognant le tibia contre le coin de mon bureau. — C'est ce que dirait Mark Zuckerberg ? Oh, non, peu importe, c'est un *homme*. Personne ne lui lancerait une question pareille !

Winslow a levé les yeux à ces mots. — Ils demandent aux hommes qui ils fréquentent.

— Pas pendant une putain de *conférence de presse d'excuses* !

— C'est grave à quel point ? ai-je demandé à Hannah.

Elle a grimacé. — Pas terrible. Ils utilisent à nouveau le mot en P.

— Le mot en P ? a exigé Jamila, les mains sur les hanches.

— Parano, a dit Hannah, d'une voix presque inaudible.

— Ça va aller, ai-je dit avec plus d'assurance que je n'en ressentais. On va essayer d'autres tactiques, et on va s'entraîner à nos techniques de respiration. J'ai lancé un regard appuyé à Jamila. — Ça finira par se tasser.

— Tu avais dit que ça se tasserait si je faisais cette conférence de presse.

Je me suis levée si vite que ma chaise a tourné sur elle-même et a heurté le mur derrière moi. — Ça, c'était avant que tu ne menaces une journaliste pour la deuxième fois en deux jours.

— On a peut-être besoin d'une diversion, a dit Winslow.

— Excellente idée. Je me suis appuyée sur mon bureau. — Quelque chose de positif sur lequel les médias pourront se concentrer.

— Tu pourrais faire quelque chose avec cette œuvre de charité que tu diriges à Austin, a dit Winslow.

— Je ne peux pas simplement lancer et arrêter le camp sur commande, a rétorqué Jamila d'un ton sec. Ils ont un planning.

Ignorant sa protestation, j'ai dit : — C'est une excellente idée, Winslow. Jamila, dis-m'en plus sur ce camp.

Je pouvais presque voir les piquants se dresser sur son dos comme ceux de Quill.i.am. — Je ne veux pas impliquer le camp. Je n'ai pas le temps pour ça. Je dois me concentrer sur notre lancement.

Comme par hasard, on a frappé à la porte, et Rhiannon est entrée, un ordinateur portable à la main. Aujourd'hui, elle portait de nouveau un polo. Celui-ci était bleu-vert comme les ongles de sirène de Jamila. — Vous voilà, à rester plantés là comme si on n'avait pas de crise.

Une bouffée de chaleur a envahi ma poitrine. Elle se pavanait comme si son travail était tellement plus important que le mien. Je me suis redressée. — C'est exactement ce qu'on fait. On gère une crise.

Rhiannon a ricané. — Une petite comédie dans la salle de conférence ? Vous croyez que c'est une crise ? On a un vrai problème, là. Elle a tapoté son ordinateur portable.

— Quel genre de problème ? Jamila s'est retournée pour dévisager son employée.

— Une faille de sécurité.

Jamila a levé les bras au ciel. — Mais InfoSec a tout examiné. Ils ont documenté les critères d'acceptation de la sécurité !

— Auxquels nous avons échoué lors de leur examen. Quelqu'un a utilisé du code open-source, et ça a introduit une vulnérabilité.

Jamila s'est frottée l'arête du nez. — Quels sont les dégâts ?

— Ça nous retarde d'au moins une semaine, a dit Rhiannon. Peut-être deux.

— C'est inacceptable, a grogné Jamila. Je veux que tout le monde soit sur le pont pour régler ça.

— On est déjà en mode « tout le monde sur le pont ». Une semaine, c'était mon estimation optimiste.

— Une semaine. Pas plus. On ne peut pas laisser Moo-Lah nous devancer sur le marché.

Je n'ai pas tout compris à ce que Rhiannon avait dit à propos du problème de sécurité de l'application, mais une pensée glaçante m'a frappée : est-ce que Rhiannon avait elle-même introduit la faille ? Était-elle en train de saboter l'application, de retarder la sortie pour que Moo-Lah ait l'avantage ? Elle était dans une position idéale pour le faire. Non. Jamila lui faisait confiance. Rhiannon devait avoir gagné cette confiance. Même si je n'aimais pas Rhiannon, je n'avais aucune raison de douter de sa loyauté.

Jamila était sur le seuil de la porte avant que je ne réalise qu'elle était en train de partir.

— Attends ! On n'a pas terminé, ai-je dit.

— Si, c'est terminé. J'ai des choses plus importantes à gérer.

— Non, ce n'est pas vrai. Si on ne redresse pas la barre côté comm, personne n'achètera l'application, que tu la sortes à temps ou non.

— Redresser la barre, c'est ton travail, a dit Jamila. Le mien, c'est de lancer ce produit. Elle est sortie d'un pas décidé. Rhiannon m'a lancé un regard suffisant avant de suivre sa patronne et de claquer la porte.

Winslow s'est levé avec précaution, jetant un regard plein de ressentiment à la chaise sans dossier. — Ça fait des années que je lui demande de se concentrer davantage sur la stratégie. Mais en temps de crise, elle ne peut pas résister à l'appel du code.

Jamila avait dit que son travail, c'était les produits, et que le mien, c'était les RP. Je devais me concentrer là-dessus. — Hannah, tu penses qu'on pourrait attirer l'attention sur les activités caritatives de Jamila ?

— Je pense que c'est une idée fantastique, a-t-elle dit.

— Winslow, tu peux m'en dire plus sur ce camp ?

— Elle l'a créé quand elle a gagné son premier million. C'est une fondation qui organise des camps de codage pour filles à Austin, sa ville natale. Ils sont si populaires qu'ils se remplissent en quelques heures après l'ouverture des inscriptions.

— Y a-t-il des informations sur le site de Jamilow ? a demandé Hannah.

— Il a un site web distinct. Elle veut que l'attention soit portée sur les enfants, pas sur elle. Il a décliné l'adresse, et Hannah l'a tapée sur son téléphone.

Pourtant, je n'arrivais pas à me défaire de mon nouveau soupçon. Il me tordait les entrailles comme des sushis avariés. J'ai vérifié que la porte était fermée. — Encore une chose. Depuis combien de temps Rhiannon travaille-t-elle ici ?

Il a soufflé. — Presque depuis le début. On l'a embauchée après notre deuxième levée de fonds. Elle était développeuse senior à l'époque. Maintenant, elle dirige l'équipe de développement.

— Est-ce qu'il y a toujours eu autant de… frictions entre elle et Jamila ?

Il a gloussé. — Toujours. Elles ont toutes les deux des opinions bien arrêtées.

— Tu penses qu'elle ferait quoi que ce soit pour nuire à Jamila ?

Il m'a lancé un regard perçant. — Comme saboter le développement ?

— Exactement.

— Peut-être. Il a lissé un pli sur son pantalon BCBG. — Elle se plaint beaucoup ces derniers temps d'être surmenée.

Est-ce que Moo-Lah lui avait offert de l'argent ? Une retraite anticipée devait sembler tentante pour quelqu'un comme Rhiannon après plus d'une décennie à travailler au rythme d'une start-up. Je détestais tirer des conclusions hâtives, mais Jamila avait soupçonné de l'espionnage industriel quand elle avait engagé le détective privé.

— Merci pour ta franchise, ai-je dit.

— Bien sûr. Je devrais suivre son exemple et mettre les mains dans le cambouis. Il a fait craquer ses doigts.

— Tu codes aussi ? Il avait plus l'air d'un diplômé d'école de commerce que d'un codeur. Je n'avais jamais rencontré un programmeur avec son goût pour la mode.

Il a gloussé. — Jamila et moi nous sommes rencontrés dans le programme d'informatique à Stanford. J'étais quelques années derrière elle, et nous nous sommes associés sur la première application.

— Tu as été sa première embauche ?

J'ai cru voir une expression amère traverser son visage, mais elle a disparu avant que je sois sûre de l'avoir vue. — En effet. Je suis toujours son numéro un. Notre code porte mes empreintes partout.

Je lui ai adressé un sourire reconnaissant. — Je suis sûre qu'elle apprécie ton aide. Et moi aussi.

Sans un mot, il est parti et a refermé la porte. Qu'est-ce qu'il en avait à faire des remerciements de quelqu'un qui n'était là que parce que je n'avais pas laissé Jamila me mettre dehors ?

J'allais lui prouver à lui, et à Jamila aussi, que je pouvais aider. Pendant qu'ils géraient le code, je gérerais leur réputation. Alors, ils seraient bien obligés de me reconnaître.

———

AUTANT LA JOURNÉE chez Jamilow avait été chaotique, autant la maison était pire.

Charles se tenait dans l'entrée, bras croisés, une expression butée sur le visage. — On ne part pas sans eux.

Ma mère a mis les poings sur les hanches. Une mèche de cheveux rebelle s'était échappée de son chignon et flottait près de son visage. Ses joues et sa poitrine étaient rouges. — J'ai plus de chances de faire une crise cardiaque en étant en retard à l'aéroport qu'en manquant un ou deux inhibiteurs de l'ECA. Ce n'est pas comme s'ils n'en avaient pas à Paris.

Il a secoué la tête. — On ne va pas à Paris sans tes pilules.

— Est-ce que l'un de ceux-là est le bon ? Sam est apparue derrière Maman. Elle était descendue des escaliers aussi silencieusement qu'un chat et tendait une poignée de flacons orange.

— Non, j'ai déjà regardé dedans, a dit Maman. Je dois être à court.

J'ai examiné son visage rougeaud. — Quand est-ce que tu en as pris pour la dernière fois ?

— Ce matin ? Je ne me souviens pas. Elle a agité la main. — On doit partir pour l'aéroport. Notre vol est dans trois heures.

— Alors on ira chercher ton ordonnance à la pharmacie en allant à l'aéroport, a dit Charles.

Pendant qu'ils se disputaient pour savoir si la pharmacie était ou non sur le chemin, j'ai fait signe à ma sœur de me montrer les flacons de pilules. L'un d'eux contenait des analgésiques de son opération du cœur ; j'ai empoché les pilules périmées pour les jeter plus tard. Un autre était un traitement hormonal substitutif, mais un autre était bien son inhibiteur de l'ECA pour l'hypertension. Je l'ai pris des mains de Sam et je l'ai vérifié. Il restait au moins une douzaine de pilules.

— Le voilà, Charles. Je le lui ai tendu. — Arrête de faire ton ours mal léché et allez à l'aéroport.

Il m'a embrassée sur la joue. — Qu'est-ce qu'on ferait sans toi, Natty Bumppo ?

Je détestais beaucoup moins ce surnom que celui que me donnait Jackson. — Amusez-vous bien pendant votre voyage. Maman, calme-toi un peu sur ton côté diva, d'accord ? Je l'ai serrée dans mes bras.

— Je ne suis pas une diva, a-t-elle marmonné. — Merci d'avoir sauvé la situation.

— Allez-y. J'ai ouvert la porte d'entrée.

Charles a soulevé son bagage à main Gucci et a serré Sam dans ses bras. — Amusez-vous bien, les filles.

— Nous amuser ? Sam a haussé un sourcil. — Je suis ici pour travailler.

C'était tout ma grande sœur. Sérieuse et ennuyeuse. Je ne me souvenais pas qu'elle ait jamais joué avec moi quand nous étions enfants. Elle avait toujours été trop occupée à bricoler des ordinateurs avec Jackson.

— Alors travaille bien, ma chérie. Maman lui a tapoté maladroitement l'épaule. — Et ne laisse pas Bilbo mâchouiller le tapis d'Aubusson.

— Il est là ? J'ai cherché le petit démon du regard dans la pièce.

Personne ne m'a entendue dans l'agitation de Charles guidant ma mère vers la sortie. La porte s'est refermée derrière eux, nous laissant dans le silence un instant, avant de s'ouvrir à nouveau, le torse de ma mère passant par l'ouverture pour attraper son sac à main sur la table près de la porte. — Au revoir, les filles. On se revoit dans deux semaines et demie !

J'ai laissé mon regard se poser sur ma sœur.

Depuis qu'elle avait lancé sa société, elle avait légèrement amélioré sa garde-robe. Tout était encore noir, mais maintenant, au lieu de pantalons militaires, elle portait un pantalon de travail d'aspect doux qu'elle avait probablement acheté grâce à une publicité en ligne. Son gilet informe avait disparu, remplacé par un pull qui n'était que d'une taille trop grand pour sa silhouette menue. Les manches couvraient tout sauf le bout de ses doigts non vernis.

Il y a eu un tintement, et son petit chien est apparu en haut des escaliers, quelque chose de poilu et rose dans sa gueule.

Mon estomac s'est glacé. — C'est un jouet à mâcher ?

— Non, je n'ai apporté que son cheval marron. Qu'est-ce que c'est, Bilbon Sacquet ? Apporte ça ici.

Remuant la queue, il a dévalé les escaliers. Mon estomac s'est contracté à chacun de ses pas guillerets. Il a laissé tomber son butin sur le sol, aux pieds de Sam.

— Oh, non. Mon sac en fausse fourrure Roger Vivier était presque méconnaissable. La fourrure était emmêlée de bave de chien, son fermoir à bijoux avait disparu, et sa sangle était rongée. Elle l'a ramassé et l'a tenu par un coin. — C'est à toi ? J'espère que ce n'était pas un de tes préférés.

Je me suis massé la tempe. — Ça change quoi ? Il est ruiné maintenant.

— Je peux te le rembourser ?

— J'en doute. Il coûtait deux mille dollars neuf. Tu es encore en mode start-up, et je suis sûre que tu te paies en dernier. Ta part du fonds en fiducie aurait pu couvrir ça, mais, oups, tu y as renoncé.

Elle est devenue encore plus pâle que d'habitude, ses taches de rousseur ressortant sur son nez et ses joues. — Je suis vraiment désolée. D'habitude, il ne détruit rien. Il doit être nerveux. Je… je pourrais te payer en plusieurs fois ?

J'ai levé les yeux au ciel. — Ne t'inquiète pas. Je ne peux pas porter un truc comme ça à mon nouveau travail.

— Nouveau travail ? Ses sourcils sombres se sont arqués, donnant à ses yeux d'un bleu profond un air d'un autre monde.

— Je travaille pour Jamila comme consultante en RP.

Elle a grimacé. — J'espère que ce n'est pas toi qui l'as laissée dire ces choses.

Mon visage s'est empourpré. — Personne ne *laisse* Jamila dire quoi que ce soit. Elle fait ce qu'elle veut. Mais j'y travaille.

Elle a eu un quasi-rire. — Bonne chance.

— Tu sais quelque chose sur Moo-Lah, l'entreprise ?

Elle a froncé le nez. — Un peu. J'ai rencontré le PDG, Pavel Thakor, plusieurs fois.

— Jamila pense qu'ils l'espionnent. Tu crois qu'ils seraient aussi capables de sabotage ?

— Waouh. C'est une accusation grave.

— Je sais. Je me suis mordu la lèvre. — Jamila pense que ce sont des défis de codage normaux, mais je commence à croire que quelqu'un travaille contre elle de l'intérieur, payé par Moo-Lah.

— Je ne sais pas, Nat. La plupart des entreprises de technologie sont trop occupées par leur travail pour s'en prendre aux autres.

— Mais tout va mal pour elle en ce moment.

— Parfois, ça arrive. Ma sœur a haussé les épaules. — Le développement de logiciels est un travail créatif, et ça ne se passe pas toujours sans heurts. Une partie du problème, c'est Jamila elle-même. Si elle faisait profil bas, elle n'aurait pas autant de problèmes.

La chaleur s'est propagée de mon visage à mon ventre. Comment osait-elle sous-entendre que tout ça était la faute de Jamila. — Tout le monde ne veut pas disparaître dans l'ombre comme toi, Sam. Jamila veut rester pertinente et au premier plan. Elle ne cacherait jamais qui elle est.

Sam a ramassé son chien et a enfoui son visage dans sa fourrure noire. Quand elle a relevé la tête, ses yeux brillaient. — Je vais me coucher. La journée a été longue.

J'ai soufflé. De quoi avait-elle à être contrariée ? — J'ai eu une longue journée aussi.

— Bonne nuit, alors. À demain... peut-être. Elle s'est traînée vers l'arrière de la maison, ses Doc Martens craquant. Son petit chien m'a gratifiée d'un sourire malicieux par-dessus son épaule, une touffe de peluche rose pendant à l'un de ses minuscules crocs.

Ma sœur pensait que Jamila devrait être plus discrète ? Cacher sa lumière ? Absolument pas. Je pariais que Pavel Thakor le pensait aussi. Peut-être qu'il essayait de la forcer à se retirer pour que Moo-Lah puisse régner sans conteste.

Sam me rappelait Rhiannon. Toutes les deux voulaient faire profil bas et faire leur travail. Elles pensaient que les RP étaient une perte de temps. Rhiannon devait probablement s'irriter sous la personnalité affirmée de Jamila. Peut-être que Moo-Lah lui avait offert quelque chose de plus — un poste de direction confortable ou un pot-de-vin pour financer une retraite anticipée.

Je trouverais la vérité, et ils réaliseraient tous que j'avais eu raison. Sam, Jackson, tous ceux qui pensaient que je jouais à la poupée. Quand je trouverais la fuite, quand je prouverais que Rhiannon avait divulgué les informations et sabotait activement Jamilow, Jamila serait reconnaissante.

Peut-être qu'alors elle me verrait comme une adulte, quelqu'un de précieux.

9

APRÈS ÇA, j'ai évité ma sœur et j'ai gardé la porte de ma chambre fermée pour que son sale rat de chien destructeur n'y entre pas. L'avantage d'avoir mes parents absents, c'est que je n'avais pas à faire les allers-retours au bureau en Uber, mais conduire la Mercedes cubique de Mère me donnait l'impression d'avoir cent ans. Je me suis surprise à porter des couleurs neutres et à chercher des pattes d'oie dans le rétroviseur.

Un bénéfice : les tailleurs noirs me faisaient passer plus inaperçue alors que mon plan prenait forme.

Le lundi après-midi, les yeux bleus de Mateo pétillaient alors qu'il se frottait les mains comme un méchant de dessin animé.

— J'ai une histoire personnelle ?

— Un quoi ? j'ai demandé en polissant les verres des lunettes high-tech avec le micro-enregistreur intégré dans la branche avant de les lui tendre. Nous étions installés dans la petite salle de conférence au rez-de-chaussée de l'immeuble Jamilow. Le soleil projetait des rayons bas qui perçaient les fenêtres de la façade.

— Tu m'as demandé de jouer un rôle dans ton plan diabolique, a-t-il dit. Les acteurs ont une histoire. Une motivation. Quelle est ma motivation ?

J'ai levé les yeux au ciel.

— Tu es un agent de Moo-Lah, engagé pour proposer de l'argent à Rhiannon contre des secrets. Plus précisément, tu veux le nom du partenaire de services financiers de Synergy.

Son visage s'est crispé.

— Mais on connaît le nom de leur partenaire. C'est…

— Moo-Lah ne le connaît pas. Du moins, je ne pense pas. N'oublie pas, tu joues un rôle. Comment mon amie si intelligente, Mimi, avait-elle pu tomber amoureuse d'un tel bellâtre écervelé ?

— L'argent pourrait être ma motivation, a-t-il réfléchi. Mon *abuela* est malade, et je dois payer la facture de l'hôpital.

— Bien sûr. Ce qui marche pour toi. Maintenant, essaie les lunettes.

Il les a mises et m'a regardée. Waouh. Comment ces montures noires ringardes pouvaient-elles le rendre encore plus sexy ? Mateo était beau d'une manière virile qui ne m'excitait généralement pas, mais les lunettes l'avaient rendu encore plus séduisant. Mais ces derniers temps, je ne trouvais personne, peu importe le genre, attirant, à moins d'être un génie grand et magnifique qui parlait de code toute la journée.

J'ai jeté un coup d'œil à mon téléphone et j'ai vu le sommet de ma tête. Je devais rafraîchir mes mèches. En secouant mes cheveux, j'ai de nouveau regardé Mateo.

— Maintenant, dis quelque chose.

— Quelque chose, a-t-il dit. Le mot est sorti de mon téléphone avec un son métallique.

— Malin. Ma réponse est revenue aussi, légèrement plus faible. Tu devras te tenir près d'elle quand tu lui feras l'offre.

— Quelle est sa motivation à elle ? a-t-il demandé.

— L'argent, aussi. Elle cherche à arrêter de trimer pour Jamila et à prendre sa retraite sur une plage.

Il a froncé les sourcils.

— Ça n'a pas l'air d'être une très bonne motivation.

— Je ne sais pas. Peut-être que son chat est malade. Ou qu'elle a une grand-mère.

— Sa grand-mère doit être assez âgée.

— Alors elle a probablement des frais médicaux aussi. Vous pourrez créer des liens en parlant du prix élevé des appareils auditifs ou des déambulateurs.

— Natalie. Tu fais partie des zéro virgule zéro zéro zéro zéro un pour cent. Qu'est-ce que tu peux bien savoir des frais médicaux ? Ou du désastre national qu'est le système de santé de ce pays ?

— Ça n'a rien à voir. On parlera du système de santé plus tard. Pour l'instant, j'ai besoin que tu fasses l'offre à Rhiannon.

— Tu avais dit que ce serait amusant. Ça n'a pas l'air amusant pour l'instant.

— Bien sûr que c'est amusant. Tu peux porter un costume. Tu as ta motivation, et tu vas discuter avec une inconnue. C'est comme… de l'impro. Fais comme si c'était un cours de théâtre.

— Je n'ai jamais aimé jouer la comédie. Par contre, la danse…

Un couinement de baskets s'est fait entendre derrière moi. J'ai jeté un œil par-dessus le coin du mur. Rhiannon se dirigeait vers la porte avec un sac à dos sur l'épaule.

— La voilà qui arrive. Vas-y, vas-y, vas-y. Je lui ai donné une petite poussée, mais Mateo était une montagne. Pour lui, ça a dû être comme une caresse d'aile de moucheron.

Heureusement, il a saisi l'allusion et a trottiné derrière elle.

— Hé, Rhiannon !

J'ai grincé des dents en entendant sa voix résonner si fort dans le hall, puis je me suis cachée derrière le mur. Sur l'écran de mon téléphone, le visage de Rhiannon s'est tourné vers la caméra. J'ai enfoncé l'écouteur dans mon oreille, et sa voix m'est parvenue faiblement. Avec une petite pointe de culpabilité, j'ai appuyé sur le bouton d'enregistrement.

Elle a froncé les sourcils.

— On se connaît ?

— Non, mais je pense que nous avons des intérêts en commun, a dit Mateo d'une voix suave.

Il était doué.

— Et quels seraient-ils ?

J'ai retenu mon souffle. *S'il te plaît, ne parle pas de ta fausse* abuela *et de son lumbago.*

— Je cherche une information.

— Quel genre d'information ?

— Tout ce dont j'ai besoin, c'est d'un nom. Avec qui Jamilow s'associe pour la nouvelle application ? Je peux vous payer cher pour ce renseignement.

J'ai retenu mon souffle.

— À quel point ? Elle a plissé les yeux.

Oh ! On la tenait !

— Très cher. De quoi payer l'insuline.

— L'insuline ? Elle a plissé le nez.

— Ou de quoi vous payer la plage. Vous pourriez acheter votre propre villa.

— L'argent pour une villa sur la plage, hein ? Pour un nom ?

J'ai retenu mon souffle.

— Exactement. Dites-moi une somme. Une qui vous mettrait à l'aise pour votre retraite.

Nouveau froncement de sourcils.

— Heureusement que je ne prends pas ma retraite, alors. J'aime trop ma patronne. Hé. Bruno. Elle a tourné la tête vers l'agent de sécurité qui était aussi costaud que Mateo et certainement plus méchant, si l'on en jugeait par son expression.

— Ce type t'embête ?

— Nan. Mais j'aimerais savoir comment il est entré. Il n'est pas un employé de Jamilow.

Merde, merde, merde. Est-ce que je devais me démasquer pour sauver Mateo ? Vu l'expression paniquée sur son visage, probablement. Mais c'était un grand gaillard. Il pouvait gérer tout ce que Bruno lui enverrait.

Je l'espérais.

Bruno s'est interposé entre Mateo et Rhiannon.

— Où est ton badge, mec ?

Mateo a fouillé dans sa poche et a sorti le badge visiteur que j'avais obtenu du garde précédent. Mince, j'avais signé pour lui !

Le registre de sécurité allait me trahir. Comment allais-je nous sortir de ce pétrin, Mateo et moi ?

— Hé, amigo, c'est bon. Mateo a levé les mains en signe d'apaisement. Garde le badge. Je m'en vais. Il a fait deux pas vers la sortie, puis il s'est retourné. Pas de nom ?

Oh. C'était pour ça que Mimi était tombée amoureuse de lui. Il était persévérant et charmant.

Les lèvres de Rhiannon se sont amincies.

— Pas de nom. Fous le camp de cet immeuble.

Je n'avais pas besoin d'en voir plus. J'ai arrêté l'enregistrement et j'ai appuyé sur le bouton pour éteindre l'écran de mon téléphone.

Rhiannon et Bruno ont marmonné pendant quelques minutes avant que j'entende le couinement de ses baskets. J'ai jeté un coup d'œil au coin du mur alors qu'elle poussait la porte vitrée de la sortie. J'ai attendu encore cinq minutes qu'elle monte dans sa voiture et parte avant de recoiffer mes cheveux pour cacher mon visage et de me diriger vers la sortie, la tête baissée.

— Bonne soirée, a lancé Bruno, d'un ton amical et pas du tout menaçant.

— Bonne soirée, ai-je marmonné.

Dehors, je me suis faufilée jusqu'à la Jeep de Mateo et me suis glissée sur le siège passager.

— Eh bien, c'était un fiasco monumental.

— Désolé, Nat. J'ai essayé.

— Je sais. Tu as fait de ton mieux.

— Je ne pense pas que ce soit elle la taupe.

— Tu ne crois pas que tu vas un peu loin ? Ce n'est pas parce qu'elle n'a pas mordu à ton hameçon qu'elle n'est pas corrompue. Peut-être qu'elle est une moucharde loyale, et qu'elle ne parle qu'à son contact chez Moo-Lah.

— Je ne sais pas, Nat. Elle avait l'air de beaucoup protéger Jamila.

Il avait raison. C'était vrai. Mais ça ne voulait pas dire qu'elle n'était pas la source de la fuite.

— Allons-y, ai-je dit.

Quand Mateo a démarré la voiture, les phares ont illuminé une femme minuscule portant une chemise bleue, un pantalon kaki et une expression furieuse.

J'ai hurlé.

Mateo a crié.

Elle a froncé les sourcils, puis a contourné la voiture de mon côté et a fait un geste de manivelle.

Grimaçant, j'ai baissé la vitre.

— Salut, Rhiannon.

— Ne me fais pas ton « salut, Rhiannon ». Tu devrais avoir honte de toi. Toi aussi. Elle a pointé un doigt vers Mateo.

— C'était entièrement moi, ai-je dit. Il me rendait juste un service. J'essayais de protéger Jamila.

— En essayant de me piéger ? Vraiment ? Son regard noir était de classe mondiale. Tu me la joues Catherine Zeta-Jones ?

— Comment ça ?

— Je suis loyale à Jamila depuis plus longtemps que tu n'es en vie, ma petite.

— Je ne pense pas que ce soit…

— Jamais, au grand jamais, je ne la trahirais. Ne t'avise plus de me chercher des noises.

— Non, madame, ai-je marmonné.

La tête haute, elle a tourné les talons et est partie.

— ¡Mierda! Je n'aimerais *vraiment pas* être à ta place au travail demain. Mateo a fait claquer sa langue.

— Moi non plus.

———

LE LENDEMAIN MATIN, je me suis arrêtée au café de Mountain View que Jamila aimait et j'ai commandé quatre cafés. Un café noir pour Jamila, un latte à la vanille pour Felicia — elle était la clé de l'agenda de Jamila, et je devais la garder dans ma poche — et deux macchiatos caramel glacés, un pour Hannah et un pour moi.

En posant ma carte de crédit sur le terminal, j'ai refoulé le pressentiment qui m'avait oppressé la poitrine toute la nuit.

La barista, une femme d'une soixantaine d'années, a déchiré le reçu.

— Tu as besoin de ça pour ta note de frais ?

— Non, merci. C'est pour moi.

Elle a haussé les sourcils, en examinant mon tailleur écru et mon chemisier rose pâle.

— Tu t'es faite belle pour quelqu'un de spécial ?

— Juste pour le travail.

Ses sourcils se sont dressés.

— Dans cette tenue ? Tout le monde dans la Silicon Valley porte des jeans et des casquettes de baseball au travail.

J'ai redressé la manche de ma veste.

— Pas ma patronne. Et tu sais ce qu'on dit, habille-toi pour le poste que tu veux, pas pour celui que tu as. Non pas que je veuille le poste de Jamila. Ça semblait plus horrible que tueuse de crustacés.

— En fait, ai-je avoué, j'ai fait une bêtise hier soir. J'ai besoin d'une armure pour avoir le courage d'y retourner. La boule d'angoisse était de retour, remplissant mon estomac. Peut-être que je pourrais donner mon café à Rhiannon. Non, elle penserait probablement que c'est un autre pot-de-vin.

— Je n'avais jamais vu un tailleur de créateur comme une armure, mais fais comme tu le sens. Elle s'est penchée sur le comptoir. Vas-y, ma belle, montre-leur de quel bois tu te chauffes.

— Merci. Passe une excellente journée.

Quand les cafés ont été prêts, je les ai emportés jusqu'à la Benz et j'ai calé le porte-gobelet dans la console.

À l'immeuble Jamilow, j'ai déposé deux gobelets chez Felicia. Jamila était déjà dans sa réunion du mardi matin avec les développeurs, mais Felicia a aspiré le sien avec un sourire reconnaissant.

Un point de marqué.

Ma bonne étoile a continué de briller alors que Hannah et moi nous sommes blotties dans notre bureau toute la matinée, à répondre aux appels des journalistes et à élaborer des stratégies pour les prochaines étapes. J'avais une liste de moyens pour Jamila de créer un buzz positif sur ma tablette quand nous avons descendu le couloir pour notre réunion quotidienne avec elle.

Les équipes de codage tenaient des réunions debout quotidiennes, et j'avais copié le concept pour nos points d'avancement. Nous restions littéralement debout — pour que personne ne se sente assez à l'aise pour s'éterniser — et nous fournissions des mises à jour rapides sur nos progrès et l'objectif du jour. Même si Jamila n'aimait pas parler de relations publiques, elle pouvait le supporter à ces petites doses. Nous avions dix minutes sur l'heure du déjeuner que Felicia gardait si farouchement.

Mais aujourd'hui, il y avait une personne de plus dans le bureau de Jamila.

Rhiannon.

— Oh, salut, on est en avance ? ai-je demandé.

Nous n'étions pas en avance. Nous étions exactement à l'heure, comme Jamila aimait.

Jamila a jeté un coup d'œil à son téléphone.

— Non, je finissais avec Ree.

J'ai poussé un petit soupir de soulagement. Elle partait.

— J'aimerais rester, aujourd'hui, a dit Rhiannon, la malice illuminant ses yeux couleur whisky. Voir comment avancent les efforts de relations publiques.

Mon cœur est tombé dans mon estomac. J'étais tellement foutue.

— Vraiment ? a demandé Jamila.

— Ça va être vraiment ennuyeux, ai-je dit. On va juste parler de la façon dont on peut améliorer le profil de Jamila dans la communauté.

— Je pense qu'on devrait parler de l'activité de relations publiques d'hier soir, a dit Rhiannon, un sourire narquois retroussant ses lèvres.

— La conférence de presse ? a demandé Jamila. C'était il y a des jours. On a déjà fait un débriefing. Je sais que je n'ai pas le droit de menacer la presse. Assure-toi que ce soit sur ta liste, Nat. Elle m'a fait un clin d'œil.

Rhiannon a dit :

— Pourquoi ne racontes-tu pas à Jamila ce que toi et ce gros balourd avez fait après le travail hier soir, Natalie ?

— Un gros balourd ? Jamila a haussé ses sourcils parfaits. Tu avais un rencart, Nat ?

— N-non. J'aurais souhaité qu'une trappe s'ouvre dans le bureau de Jamila et m'aspire dans un cachot. Au moins, je serais à l'abri des yeux perçants de Jamila.

Mais il n'y avait aucune échappatoire pour moi. Il ne me restait que huit minutes avant que Felicia ne nous éjecte toutes.

— Je... j'essayais de trouver la taupe. Alors, j'ai tendu un piège.

— Un piège ? a demandé Jamila. Pour qui ?

J'ai jeté un coup d'œil à Rhiannon, mais elle s'est contentée de croiser les bras sur son polo bleu clair.

— Pour Rhiannon. J'ai poussé un soupir. Je pensais qu'elle pourrait être la taupe.

À côté de moi, Hannah a eu un hoquet de surprise.

— Moi, a dit Rhiannon. L'une de vos employées les plus anciennes. J'ai quitté un poste stable avec un plan 401(k) et des vacances illimitées pour venir ici. Vous vous souvenez des quelques mois où nous n'avons pas été payées à temps ?

Jamila a hoché la tête, une expression neutre sur son visage.

— Je n'ai pas pris de congés pendant les trois premières années. Pas un seul jour de maladie, parce que je croyais en Jamila quand presque personne d'autre ne le faisait. Parfois, il n'y avait que Winslow et moi. Et, bien sûr, j'aurais pu prendre ma retraite il y a quelques années si j'avais vendu mes stock-options, mais je suis restée. Je n'ai même pas voulu de promotion ici à l'étage de la direction...

— Tu l'as refusée, l'a interrompue Jamila.

— Et comment, a dit Rhiannon. Tout ce que je veux, c'est créer de super logiciels. Je ne veux pas de villa sur la plage. Pas encore.

Mais quand ce sera le cas, croyez-moi, je me débrouillerai très bien. Tant que les actions de Jamilow ne s'effondrent pas.

J'ai fermé les yeux. Pourquoi n'y avais-je pas pensé ? Comme pour Winslow et Jamila, la richesse de Rhiannon était liée à Jamilow. Elle n'avait aucune raison de saboter l'entreprise.

— Je suis vraiment désolée, ai-je dit. C'était mal de ma part d'essayer de vous soudoyer.

— Vous avez essayé de soudoyer Rhiannon ? La voix de Jamila était assez forte pour être entendue dans le département voisin.

— Je l'ai fait. Je suis désolée. Je ne douterai plus de vous, Rhiannon.

Rhiannon n'a rien dit. Je n'étais pas pardonnée.

— Je vous ai laissé me convaincre de faire ces conneries de relations publiques. Ne me faites pas le regretter. La voix de Jamila était tranchante comme un glaçon. Restez à votre place, Natalie. Uniquement les relations publiques. Laissez mes employés tranquilles.

— Je... je... *Je voulais juste aider.* Je comprends.

— Natalie part d'une bonne intention, a dit Hannah d'une voix presque trop douce pour être entendue. J'ai cligné des yeux en la regardant. Elle ne disait jamais rien devant Jamila. Jamila la terrifiait.

— Je me fiche de savoir d'où part Natalie. J'ai besoin qu'elle se mêle de ses affaires. Compris ? Jamila m'a aboyé les deux derniers mots, mais Hannah s'est recroquevillée.

— Compris. Désolée. Encore. Maintenant, nous avons une liste d'idées...

La porte du bureau s'est ouverte, et Felicia s'est tenue dans l'embrasure, les mains sur les hanches.

— Le temps est écoulé. Tout le monde dehors. Jamila a besoin d'un peu de paix et de tranquillité.

— Mais...

— Envoie-lui par e-mail, a dit Felicia.

Mes épaules se sont affaissées sous le poids de ma déception. J'avais gâché ma chance d'aider Jamila.

Rhiannon est sortie, le menton haut.

— À plus tard, Jamila.

Hannah s'est éclipsée, et je me suis faufilée derrière elle. Après que Felicia ait fermé la porte, je me suis attardée à son bureau.

— Aucune chance que je puisse avoir cinq minutes avec elle plus tard ?

— Non. Elle part en voyage cet après-midi.

— Un voyage ? Où ?

— Austin. Ils lancent les camps de codage cette semaine. Elle ne manque jamais le premier jour.

— Attends. Elle va à Austin et passe du temps avec des filles qui codent dans un camp qu'elle a fondé ?

— Oui. Felicia a ouvert son tiroir et a sorti son sac à main. Elle l'a mis sur son épaule, un signal clair qu'il était temps pour moi de partir pour qu'elle puisse aller déjeuner.

— C'est parfait ! On va prendre quelques photos et les donner aux médias. Tout le monde saura à quel point elle est incroyable.

Felicia a pincé les lèvres.

— Je ne sais pas à quel point Jamila sera enthousiaste à ce sujet. Elle n'est pas du genre à exploiter des adolescentes.

— Il ne s'agit pas d'exploiter les filles. Il s'agit d'attirer l'attention sur le bien que Jamila fait. Ne veux-tu pas que les gens se concentrent là-dessus plutôt que sur ses faux pas médiatiques ?

— Bien sûr que si. Mais je ne suis pas sûre que Jamila verra les choses de cette façon.

— Envoie-moi ses informations de vol, et j'irai avec elle. On restera discrets. Je prendrai quelques photos et je les posterai sur les réseaux sociaux. Pas de journalistes. Je réserverai même mon voyage. D'accord ?

— Je suppose que ce serait acceptable. Je t'enverrai son itinéraire par e-mail après le déjeuner.

J'ai frétillé d'excitation.

— Parfait. Merci beaucoup ! Je l'ai serrée dans mes bras.

Elle a pressé ses lèvres l'une contre l'autre et a lissé des plis imaginaires sur son chemisier.

— On verra si tu me remercieras encore quand Jamila découvrira que tu t'es incrustée. Bonne chance.

— Profite bien de ton déjeuner !

J'ai presque sautillé dans le couloir jusqu'à mon bureau. J'avais trouvé le moyen idéal d'aider Jamila et de lui faire oublier mon erreur.

10

MALGRÉ LE COCKTAIL posé sur le bar devant elle, l'expression de Jamila s'est assombrie quand je me suis assise à côté d'elle dans le salon de première classe de l'aéroport.

— Felicia ne t'a pas dit que je venais ? ai-je demandé en accrochant mon sac au crochet sous le bar.

— Si, mais ne t'attends pas à ce que ça me fasse plaisir.

Faisant signe au barman, j'ai dit :

— Je sais que tu m'en veux. Je comprends. Mais je ne pouvais pas laisser passer cette occasion. Ça va nous donner une excellente visibilité sur les réseaux sociaux et, avec un peu de chance, ça fera oublier l'attention négative.

— Je ne finance pas ces stages pour les réseaux sociaux. Elle a porté le verre à ses lèvres, a bu une bonne gorgée et l'a reposé. Je le fais parce que j'aurais aimé pouvoir aller à un stage de codage quand j'étais plus jeune, pour pouvoir rencontrer d'autres filles comme moi. Et pour voir l'exemple d'une femme noire qui avait réussi dans la tech.

Je me suis frotté les bras, prise de chair de poule.

— Je sais. Je ne veux pas perturber ce que tu fais. Tout ce que je veux, c'est montrer à tout le monde le bien que tu fais. Élargir ta portée. Peut-être que d'autres filles verront ce que tu fais et cher-

cheront quelque chose de similaire dans leur ville ou décideront de tendre la main pour aider quelqu'un d'autre une fois qu'elles auront réussi.

— Réussi, a-t-elle ricané. Est-ce que ça existe vraiment ? Y a-t-il un palier où l'on peut se dire : « Ça suffit. J'ai réussi » ? S'il y en a un, je ne l'ai jamais vu.

J'ai pris une gorgée mesurée de mon vin.

— Je pense que certaines personnes sont comme ça. Jackson, par exemple. Il est heureux là où il est, à coder et à vivre sa meilleure vie avec sa famille. Mais toi, tu ressembles plus à ma mère, toujours en quête du prochain succès. Je n'ai pas ajouté : *Jamais satisfaite de ce qu'elle a.* Comment aurait-elle pu être satisfaite avec une fille qui n'arrivait pas à trouver sa voie ?

— Toi aussi, tu es comme ça. Elle a scruté mon visage. Tu pourrais être une mondaine, porter des vêtements chics et organiser des soirées. Et parfois, tu joues ce rôle. J'ai rougi en me souvenant de la soirée désastreuse chez Billie. Mais ça ne te suffit pas. Tu essaies toujours de t'améliorer avec toutes ces formations et ces carrières.

— Hein. Avait-elle raison ? Étais-je incapable de me fixer sur une carrière parce que j'aspirais toujours à la prochaine étape ? La réponse ne me convenait pas. Je ne pense pas que ce soit ça. Je crois que je dois trouver ce que j'aime faire. Et une fois que ce sera le cas, je serai satisfaite. Heureuse.

Elle a penché la tête.

— Quand tu l'auras trouvé, dis-moi ce que ça fait.

— Promis. J'ai levé mon verre. Au bonheur.

Elle a trinqué avec moi.

— Au bonheur.

LE STAGE se déroulait dans une résidence universitaire sur le campus de l'Université du Texas. Felicia m'avait dit que Jamila logeait dans la résidence comme les campeuses, mais j'avais réservé une chambre d'hôtel à proximité. J'avais à moitié peur que Jamila me mette dehors comme une invitée indésirable et à moitié la phobie des chambres de résidence universitaire. Ce n'était pas pour rien que je n'étais restée qu'un an à la fac.

À l'intérieur du bâtiment en briques beiges, je m'éventais le visage avec mon carnet, reconnaissante pour la climatisation. Il n'était que neuf heures du matin, mais mai à Austin était déjà caniculaire. J'ai regretté d'avoir pensé qu'un chemisier en soie, un blazer et un jean constituaient une tenue appropriée pour un stage de codage.

J'ai retiré ma veste et je l'ai pliée sur le dossier d'une chaise au bord de la salle à manger, d'où je pouvais observer les filles. Leur âge allait de douze à dix-huit ans, avec toutes les nuances de peau. Au centre de chaque table ronde, un enchevêtrement de cordons d'alimentation de leurs ordinateurs portables convergeait vers une multiprise.

J'ai réalisé mon erreur dès que j'ai aperçu Jamila sur scène. Le cliquetis des claviers et le bourdonnement des conversations ont cessé dès qu'elle est montée sur l'estrade, en face des portes de la cafétéria.

Mon erreur ? Penser que je pouvais venir à Austin et ne pas être affectée par l'assurance désinvolte de Jamila alors qu'elle arpentait la scène. Elle portait un short en jean coupé et un tee-shirt avec le logo du stage sur sa poitrine. Ses jambes fuselées paraissaient interminables dans ce short. J'ai dû me mordre la langue pour l'empêcher de pendre comme celle d'un loup de dessin animé.

— Bienvenue au stage de codage ! La voix de Jamila a résonné dans les haut-parleurs jusqu'au fond de la pièce. Les filles ont applaudi et acclamé. Quand elles se sont calmées, Jamila a poursuivi : Il n'y a pas si longtemps, j'étais assise dans ma chambre, chez ma grand-mère, à apprendre à coder toute seule. À l'époque, j'avais un gros livre de poche que j'avais emprunté à la biblio-thèque et un ordinateur de bureau d'occasion que j'avais acheté avec l'argent que j'avais gagné en faisant du baby-sitting et en promenant des chiens. Je partageais la chambre avec mes deux petits frères, qui me taquinaient parce que j'étais une nerd. Levez la main si quelqu'un vous a déjà traitées de ça.

De nombreuses mains se sont levées dans la salle.

— Eh bien, les nerds, assumons notre passion et soyons-en fières. Réapproprions-nous le mot *nerd* et célébrons-nous. Continuons à faire ce que nous aimons et croyons en nous malgré les mauvaises langues qui pensent que les filles ne savent pas coder. Prouvons-leur le contraire cette semaine. Son « Qu'est-ce que vous en dites ? » a été noyé sous les acclamations.

Je n'avais jamais voulu être programmeuse comme mes frères et sœurs, mais ce jour-là, je l'ai regretté. J'aurais aimé avoir trouvé quelque chose qui m'aurait enflammée comme les cent filles dans cette salle.

La directrice du stage, une Latina énergique de mon âge environ, a pris la place de Jamila sur scène et a parlé quelques minutes de la mission de codage de la semaine. Puis les filles se sont mises au travail. Les monitrices se déplaçaient entre les tables, répondant aux questions. Je prenais photo sur photo, essayant de capturer la joie dans les mouvements et les expressions des filles. Jamila s'est dirigée vers l'une des plus jeunes, qui regardait l'écran de son ordinateur portable en fronçant les sourcils, les bras croisés. J'ai trottiné pour assister à l'interaction.

— Qu'est-ce qui ne va pas… Jamila a lu le badge de la jeune fille, Ana Maria ?

La jeune fille a rejeté son épaisse tresse noire par-dessus son épaule.

— Mon programme fait la première chose, mais après il se bloque. Il ne veut pas faire la deuxième chose, même si je le lui ai dit dans le code.

— Ça m'arrive tout le temps. Mais au lieu de dire à Ana Maria comment régler le problème, Jamila lui a posé des questions sur la manière dont elle pourrait aborder le problème. Pendant qu'elles parlaient, le froncement de sourcils a disparu du visage de la jeune fille. Je prenais des photos aussi vite que je le pouvais.

Après quelques minutes, les yeux d'Ana Maria se sont illuminés.

— Ça y est ! C'est ça que j'ai fait de travers ! Elle a scruté l'écran, a positionné son curseur et a tapé quelques commandes. Une seconde plus tard, elle a crié : Ça a marché !

Jamila a tendu le poing et Ana Maria l'a cogné.

— Bien joué !

— Merci, Jamila. Ana Maria a reporté son attention sur l'écran et Jamila est passée à autre chose.

J'ai réussi à m'asseoir à côté d'elle à l'heure du déjeuner.

Elle m'a jeté un coup d'œil.

— Quoi, tu ne vas pas aussi immortaliser le déjeuner ?

— Non. Tu peux manger ton sandwich en paix. J'ai hoché la tête vers son assiette. Je l'ai promis à Felicia.

Elle a gloussé.

— Felicia pense que je ne mange pas assez.

— Je parie que tu oublierais si elle ne te le rappelait pas.

— Peut-être. Parfois j'oublie, le week-end.

— Il te faudrait une Felicia du week-end.

— Non, merci. Elle a croqué dans une chips. J'aime avoir mes week-ends pour moi. Personne pour me dire quoi faire.

— Oh, allons. Tu es la PDG de ta boîte. Personne ne peut te forcer à faire quoi que ce soit que tu ne veuilles pas faire.

— Vraiment ? C'est ce que tu penses ? Jamila a siroté son eau. Tout le monde me dit quoi faire. Le conseil d'administration, Felicia, mon équipe de direction, Kenneth Royal, et même toi, Miss-je-sais-tout. Je ne peux même pas m'échapper quelques jours sans que tu me suives et que tu me harcèles pour que je sourie à l'objectif.

— Je ne t'ai pas harcelée. J'ai posé ma fourchette avec un cliquetis qui a été absorbé par le bruit de la salle à manger. J'ai pris des photos sur le vif. Je n'ai jamais dit un mot.

— Hmph. Eh bien, j'étais constamment consciente de ta présence avec ce téléphone. C'est comme si tu m'avais harcelée.

— Désolée. Je détestais avoir gâché son plaisir au stage. Tu aimerais que j'arrête pour le reste de la journée ?

— Non. C'est bon. Je sais que tu essaies d'aider.

Ma poitrine s'est gonflée.

— Je te promets, tu vas adorer les posts. J'ai pris de superbes photos. Tu fais tellement pour ces filles.

— Merci. Elle a levé son sandwich et a pris une bouchée.

— J'ai remarqué que tu restais une nuit de plus. Tu vas voir ta grand-mère ?

Ses lèvres se sont pincées pendant qu'elle mâchait. Elle a dégluti avec difficulté.

— Non.

— Oh. Est-ce qu'elle…

— Elle est morte. Elle a tamponné ses lèvres avec sa serviette. Il y a dix ans.

— Oh. Mes mains me semblaient trop grandes, alors je les ai jointes sur mes genoux. Je suis désolée.

— C'est bon. On n'était pas si proches.

— Mais tu…

— On était différentes, d'accord ? Elle ne m'a jamais comprise, et moi, je ne l'ai jamais comprise non plus.

J'ai grimacé. Soudain, la climatisation était trop forte. J'ai frissonné.

— Désolée.

— Ne t'en fais pas. C'était il y a longtemps. Elle est retournée à son sandwich. La campeuse de l'autre côté d'elle lui a posé une question, alors j'ai demandé à la monitrice assise à côté de moi comment elle s'était impliquée dans le stage. Avant que je ne m'en rende compte, l'heure du déjeuner était terminée.

L'après-midi a été plus ou moins la même chose, plus de temps de codage, puis quelques filles ont partagé leurs programmes avec le groupe. Le dîner était prévu sous forme de pique-nique sur la pelouse, et j'espérais obtenir plus de photos de Jamila interagissant avec les filles dans la lumière du début de soirée. Les ombres aimaient jouer sur l'ossature de Jamila, accentuant ses pommettes saillantes et sa lèvre inférieure pulpeuse. J'avais hâte de capturer cela en haute résolution sur mon téléphone.

Alors que je suivais les dernières filles hors de la salle, j'ai aperçu Jamila avec deux hommes gigantesques. Ils portaient des jeans et des polos, l'un bordeaux et l'autre orange brûlé. L'un d'eux l'a poussée à l'épaule, et l'autre l'a rattrapée brutalement.

Qu'est-ce qui se passait ?

J'ai sprinté pour l'aider.

— HÉ ! Arrêtez ! Lâchez-la ! ai-je crié.

Les deux hommes étaient bâtis comme des armoires à glace, mais j'étais trop remontée pour avoir peur. Je me suis précipitée vers celui qui tenait Jamila et j'ai martelé son épaule. Le muscle sous sa chemise bordeaux n'a pas cédé d'un millimètre, mais il a baissé les yeux vers moi.

— Qu'est-ce que c'est que ça ? Il a attrapé ma main, mais au moins, ça l'a obligé à lâcher Jamila. Elle s'est écartée, à bout de souffle.

— Cours ! Va chercher de l'aide ! ai-je crié.

— Oh, elle me plaît bien, a dit celui en orange. Elle a du cran.

— Lâche-la, Jevin, a dit Jamila.

— Mais elle m'agresse, a-t-il dit. D'après ses vêtements, ça pourrait me rapporter gros au tribunal.

— Comme si tu manquais d'argent, s'est-elle moquée. Si tu ne la lâches pas, elle risque de te frapper. Et après, c'est elle qui te fera un procès *à toi* quand elle se cassera la main.

— Je sais comment frapper sans me casser la main, ai-je lancé sèchement.

Au même moment, il a dit : « Un procès *à moi* ? Peu probable. » Il a lâché ma main et a reculé, en haussant les épaules.

— Ça va ? a demandé l'autre. Tu as besoin que je regarde ta main ?

— Non. Merci. C'était quoi, ces agresseurs ? Jamila, ça va ?

— Ça va. Elle a levé les yeux au ciel. Natalie, je te présente mes frères, Jevin et Jaleel Jallow. Les garçons, voici Natalie Jones. Elle s'occupe de mes relations publiques.

— Appelle-moi J.J. Celui à la chemise orange m'a tendu la main. Sa poignée de main était étonnamment douce.

— Attends. Vous êtes tous des J.J. — tous les trois.

Quand il a souri, ses dents étaient d'un blanc éclatant contre ses lèvres pleines et sombres. La ressemblance familiale m'a frappée. Pourquoi n'avais-je pas vu que ce n'était qu'une chamaillerie entre frère et sœurs et pourquoi ne m'étais-je pas mêlée de mes affaires ?

— C'est une fille. On ne lui donnerait jamais un surnom comme ça. Elle, c'est Mila. Moi, on m'appelle J.J. parce que je suis l'aîné, et lui, c'est juste Jevin.

— *Juste* Jevin ? Je suis le plus beau gosse des deux. Son sourire était tout aussi étincelant. En fait…

— Vous êtes jumeaux ? J'ai promené mon regard de l'un à l'autre. Jevin avait une posture plus décontractée et J.J. se tenait droit comme un séquoia, mais sinon, ils étaient identiques.

— En effet, a dit Jamila. Un vrai cauchemar.

— On te rendait juste la monnaie de ta pièce pour tous les coups que tu nous as donnés quand tu étais plus grande que nous, a dit Jevin. C'est cent pour cent juste.

— Ah. Je me suis souvenue de ce qu'elle avait dit plus tôt. C'était donc ces frères qui la traitaient d'intello.

— On était des morveux, a dit J.J. Bien sûr qu'on allait traiter notre grande sœur studieuse d'intello. Tout était bon pour qu'elle lève le nez de son écran d'ordinateur et nous remarque.

— La question, c'est : qu'est-ce que vous faites ici ? a demandé Jamila. Je suis pourtant certaine de *ne pas* vous avoir envoyé de texto.

— On sait que tu viens toujours le premier jour. Jevin a haussé les épaules. On voulait te voir.

— Et si j'avais été occupée ?

— Occupée ? Il m'a regardé, puis il a dû y regarder à deux fois. Oh, je vois.

Jamila lui a donné une tape sur son bras musclé. — Pas dans ce sens-là. Je voulais dire que je suis occupée avec la colonie.

Pas dans ce sens-là. Bien sûr que non. J'aurais seulement aimé que ce soit le cas.

— Trop occupée pour que tes frères t'emmènent dîner ? Jevin a fait une imitation parfaite de l'émoji aux yeux de chien battu.

Elle a mis les mains sur ses hanches. — Vous n'allez pas me refiler l'addition ?

— Tu *es* milliardaire, a dit J.J.

— Vous vous débrouillez très bien, a-t-elle rétorqué. Et qui a payé vos études ?

— Toi. Quand il a baissé les yeux vers ses baskets, j'ai cru revoir le garçon qu'il devait être quand il était plus petit que Jamila. J.J. était le plus discret.

— C'est nous qui payons, a dit Jevin. Alors, viens. Toi aussi, Natalie. Je veux en savoir plus sur ce travail de relations publiques.

Mais sur le trajet vers le restaurant, il n'y a eu aucune question sur mes relations publiques. Je me suis assise à l'arrière de l'Escalade noire de Jevin à côté de J.J., pendant que Jamila et Jevin se disputaient à l'avant pour savoir où on allait, sur la conduite de Jevin et pour décider s'il fallait mettre la climatisation ou ouvrir les fenêtres. Finalement, il s'est garé sur un parking de gravier à côté d'une cabane.

Une cabane, au sens littéral du terme.

Un ensemble hétéroclite de tables de pique-nique était disséminé sur la pelouse clairsemée, et toutes sortes de gens les occupaient, la plupart habillés de façon décontractée, mais quelques-uns portant des costumes d'affaires avec leurs vestes pliées à côté d'eux sur les bancs.

Comme je ne bougeais pas pour sortir, J.J. a repassé la tête dans la voiture. — Tu viens, Natalie ?

— Attends, je… je pensais que c'était une autre blague. On va vraiment manger ici ?

— Les Texans ne plaisantent pas avec le barbecue, a-t-il dit. C'est le meilleur barbecue d'Austin.

Je suis sortie du SUV.

— Trouve-nous une table, Mila, a-t-il dit. On va faire la queue.

Ce n'est qu'au moment où J.J. l'a mentionnée que j'ai remarqué la file d'attente. Elle s'étendait presque jusqu'au parking. Tandis que les deux hommes se dirigeaient nonchalamment vers le bout de la file, plusieurs femmes les regardaient. Quelques-unes ont hoché la tête en signe d'appréciation.

— Viens. Jamila m'a attrapé la main comme si j'avais six ans et m'a entraînée vers une table qu'un groupe d'hommes en jeans et bottes usés venait de quitter. — C'est bon pour vous, les gars ? a-t-elle demandé d'une voix mielleuse.

— Ouaip. Un grand gaillard a posé un chapeau de cowboy en paille sur sa tête et a essuyé une tache de sauce sur la table. La précision de son geste, ainsi que ses cheveux blond sable et ses yeux bleus, m'ont rappelé Cooper Fallon. C'est tout à vous. Il a fait un clin d'œil.

— Merci, cowboy. Elle a souri.

Les joues en feu, j'ai essayé de me libérer de sa main pour qu'elle puisse flirter convenablement, mais elle a tenu bon.

Il a attrapé une bouteille de bière sur la table et l'a levée pour trinquer. — Passez une bonne soirée.

— Merci. Vous aussi. Elle s'est assise sur le banc et s'est décalée pour que je puisse m'asseoir à côté d'elle.

Mais je ne me suis pas assise. J'ai attrapé quelques serviettes en papier du rouleau au centre de la table et j'ai commencé à l'essuyer. — Tu n'es pas obligée de rester ici avec moi, ai-je marmonné. Tu peux… tu peux discuter avec lui si tu veux. J'ai frotté une tache, mais elle était si vieille qu'elle faisait partie du bois.

— Discuter avec qui ?

— Ce cowboy. J'ai fait un signe de tête dans sa direction. Lui et ses amis se dirigeaient vers le parking.

— Pourquoi je ferais ça ?

— Il… vous… vous flirtiez. Il est ton genre. Tu ne veux pas son numéro ?

— Flirter ? On était juste amicaux. C'est comme ça que sont les gens, ici. Ça ne veut rien dire.

— Ah bon ? J'ai essuyé une autre tache invisible.

— Et je n'ai pas de genre, a-t-elle dit. Sauf les gens qui sont intelligents et intéressants.

Deux mots qui, c'est certain, ne me décrivaient pas. J'ai chiffonné la serviette en papier et j'ai cherché une poubelle.

— Tes joues sont rouges. Tu as pris un coup de soleil ? Elle a scruté mon visage.

Je voulais me cacher, mais le coin repas en plein air n'offrait aucun abri. — Je ne sais pas. Peut-être. J'ai repéré une poubelle et m'y suis dirigée pour jeter la boule de serviettes en papier. J'ai pris une grande inspiration pour essayer de calmer mes rougeurs, mais l'air était tout sauf frais. Même avec le soleil qui planait juste au-dessus des arbres lointains près de la rivière, il faisait chaud et moite.

— J'oublie à quel point le soleil tape fort par ici, a dit Jamila quand je suis revenue à la table. Assieds-toi dos au soleil. Ce serait dommage d'abîmer ta jolie peau avec une brûlure.

— Tu trouves que ma peau est jolie ? En m'asseyant sur le banc en face d'elle, j'ai touché mes joues, qui se sont enflammées au compliment.

— Bien sûr que oui. Elle a levé les yeux au ciel. Elle est comme une pêche à la crème.

— Ta peau est magnifique, ai-je lâché. Puis j'ai fermé les yeux pour ne plus voir son visage. *Quelle chose ridicule à dire !*

Mais elle a dit : — Merci. Quand j'ai rouvert les yeux, elle me souriait, ses yeux se plissant aux coins et les pommettes de ses joues brillant dans la lumière du début de soirée.

J'aurais fait quelque chose de stupide, comme tendre la main pour toucher son visage lumineux si ses frères n'étaient pas arrivés à ce moment-là, des bouteilles de bière à la main.

— La nourriture arrivera dans une minute, mais on a ça, a dit J.J.

Il a essayé de me passer une bouteille brune, mais j'ai levé la main. — Non, merci, je n'aime pas la bière.

— Pas de bière ? Qu'est-ce que je peux te servir d'autre ?

Je ne pouvais pas imaginer que la cabane ait une carte des vins décente. — De l'eau, ce sera parfait.

— Je sais exactement ce qu'il te faut, a dit Jevin. Il a fait un clin d'œil et est retourné à la cabane.

Une minute plus tard, il était de retour avec un gobelet rouge, une tranche de citron vert en équilibre sur le bord. — Un ranch water avec un verre d'eau pour faire passer. Il a posé une bouteille d'eau.

J'ai reniflé la boisson pétillante. Une odeur d'alcool et d'agrumes s'en est échappée. J'ai pris une gorgée prudente. C'était agréablement pétillant et citronné, avec une pointe d'alcool. — Qu'est-ce que c'est ?

— De l'eau minérale gazeuse, de la tequila et un filet de citron vert. C'est ce que toutes les filles minces boivent.

J'ai pris une autre gorgée. — Je ne bois pas souvent de tequila, mais c'est bon.

Il a souri, puis a penché la tête vers la voix brouillée qui sortait du haut-parleur suspendu à la gouttière de la cabane. — C'est nous. Viens, J.J.

Les deux hommes sont revenus une minute plus tard, chacun tenant deux plateaux en aluminium. Le rectangle doublé de papier sulfurisé que J.J. a posé devant moi contenait une barquette en papier remplie de fines tranches de bœuf, un carré de pain de maïs, une plus petite barquette de quelque chose de vert en ragoût et un gobelet de haricots en sauce.

— C'est à partager, n'est-ce pas ? J'ai attrapé un paquet de lingettes humides au centre de la table et je me suis lavé les mains.

— Tout ça, c'est pour toi. Si tu veux échanger un peu de chou vert contre un peu de mon okra frit, je ne dirai pas non.

— Bien sûr, et tu peux prendre la viande.

— Tu es végétarienne ? a demandé J.J., en prenant la barquette de viande et en la déposant sur son plateau.

— Oui.

— Désolé pour ça. Mila, tu aurais dû nous le dire.

Elle a plissé les yeux. — Tu as refusé le bacon au brunch, mais je ne pensais pas que c'était pour de bon.

Mes joues se sont à nouveau empourprées. Bien sûr qu'elle ne pensait pas que je m'y tiendrais. Je ne m'étais jamais tenue à rien.

— Depuis quand es-tu végétarienne ? a demandé Jevin.

— Depuis mon cours de boucherie à l'école de cuisine. J'ai dû abandonner.

— Ah. Ça se comprend, a dit J.J. J'ai arrêté la viande pendant un moment après mon cours d'anatomie macroscopique.

— Ton… quoi ? ai-je demandé. Dans son polo moulant, J.J. ressemblait plus à un athlète professionnel qu'à un intellectuel qui avait suivi des cours d'anatomie.

— On a disséqué des cadavres en fac de médecine.

— Fac de médecine ? Vous n'êtes pas des seconde-lignes ?

J.J. a gloussé. — Tu penses que Mila a pris tous les cerveaux de la famille ? Certes, on a joué à l'université, mais je suis oncologue et Jevin est avocat.

— Tiens, a dit Jamila, enlevant une cuillerée de salade de pommes de terre crémeuse avant de déposer la barquette sur mon plateau. Tu manges toujours des produits laitiers, n'est-ce pas ?

— Bien sûr. De l'okra frit, de la purée de pommes de terre et du gratin de macaronis ont atterri sur mon plateau. Attends. Je ne pourrai jamais manger tout ça.

— Mange ce que tu veux. Mon frère et moi, on peut finir tout ce que tu laisses. Jevin a tapoté son ventre plat.

J'ai goûté à chaque plat. Ils étaient tous incroyables. J'ai dû rendre le gratin de macaronis à Jevin, sinon j'aurais mangé toute la montagne de calories et de glucides.

À un moment donné, Jamila m'a apporté un deuxième gobelet de ranch water et a échangé sa place avec J.J. pour s'asseoir à côté de moi. Entre les anecdotes amusantes, les blagues entre eux, le soleil dans mon dos et l'odeur chaude d'épices à barbecue dans l'air, tout a pris une teinte rosée.

Peut-être que c'était le soleil se fondant à l'horizon qui colorait tout en rose. Peut-être que c'était la tequila. Ou peut-être que c'était la main de Jamila, posée sur le banc entre nous, son petit doigt pointé vers moi. Tout ce que j'avais à faire, c'était de tendre mon auriculaire pour toucher le sien.

J'ai jeté un coup d'œil furtif vers elle. Elle écoutait une histoire que Jevin racontait sur son client, dont le divorce était simple comme bonjour jusqu'à ce que la femme refuse de séparer leurs deux chiens. Ils avaient dû engager un psychologue pour animaux pour savoir si la séparation des chiens entraînerait de la douleur et de la souffrance pour l'un ou l'autre.

Je me fichais du couple ou de leurs animaux. Tout ce qui m'importait, c'était la longue colonne de son bras, doré sur le dessus par le soleil couchant. Ses épaules et ses triceps étaient fins mais dessinés, et sa peau ressemblait à de la soie. Le dos de sa main brillait d'un éclat doré, et j'imaginais que si je le touchais, ce serait comme une pierre de rivière, lisse et chaude.

Ce devait être la tequila qui m'a fait tendre mon auriculaire pour caresser le sien. C'était tout aussi soyeux et chaud que je l'avais imaginé. Elle n'a pas tressailli ni même baissé les yeux, mais son sourire s'est élargi. J'ai pris ça comme un signe pour enrouler mon petit doigt autour du sien, les côtés de nos mains nichés l'un contre l'autre. Je tenais la main de Jamila.

En quelque sorte.

Mais ça n'a pas duré longtemps.

Elle a retiré sa main de la mienne pour étirer ses deux bras au-dessus de sa tête. Son T-shirt est remonté, me laissant entrevoir son ventre plat que je voulais embrasser.

— Le couvre-feu est à vingt et une heures, a-t-elle dit, et la colonie commence tôt demain.

J.J. a plissé les yeux. — Tu ne vas pas rendre hommage à Nana ?

Cela m'a sortie de la douce torpeur dans laquelle j'avais dérivé. Ce voyage m'avait révélé les différentes facettes de Jamila. Austin était l'endroit où elle gardait ses frères et les souvenirs de sa Nana.

— C'est pour ça que vous nous avez kidnappées ? Vous vouliez m'entraîner au cimetière ?

— Tu n'y es pas retournée depuis l'enterrement. Il a haussé les épaules. J'imagine que vous avez des choses à vous dire.

— Elle est morte, J.J. On ne peut plus se parler. Si on le pouvait, elle me hurlerait probablement dessus. La semaine avant sa mort, elle m'a laissé un message vocal qui m'a presque arraché la peau des oreilles. Je n'ose pas imaginer ce qu'elle aurait à dire maintenant.

— À propos de tes problèmes de relations publiques ? Jevin m'a jeté un coup d'œil.

— Ouais. Jamila a levé les yeux vers le ciel sans nuages. Elle est probablement là-haut en train de dire à tout le monde quelle ratée je suis.

J.J. a grimacé. — Tu sais qu'elle t'aimait…

— Tout ce qui l'importait, c'était que je ne la dérange pas. Tu t'en souviens.

— Ne sois pas comme ça, a dit J.J. Elle nous aimait à sa manière. Elle nous a donné un foyer…

— Un foyer *à contrecœur*. Un foyer que j'ai été ravie de quitter quand je suis allée à l'université. Un foyer où je suis reconnaissante de ne jamais avoir eu besoin de retourner. Maintenant, est-ce que vous allez nous ramener au campus, ou est-ce qu'on appelle un VTC ?

— Non, on vous ramène. Jevin s'est levé.

J.J. s'est levé. — Je pense vraiment…

Jevin a posé une main sur l'épaule de son jumeau. — Ça suffit, mec. Elle a toujours suivi son propre chemin.

J.J. a hoché la tête, mais il n'avait pas l'air content. Jamila non plus. Elle a attrapé mon plateau, l'a cogné contre le sien et est partie d'un pas furieux vers la poubelle.

Quand je me suis levée, le monde a tangué autour de moi. J'ai essayé de passer ma jambe par-dessus le banc et j'ai vacillé. Je me suis agrippée à la table pour me stabiliser.

— Doucement, ma belle. Jamila m'a saisi le coude. Comment était-elle arrivée là si vite ? Avait-elle une vitesse surhumaine, en plus de son intelligence ? Ça va ?

— Il y avait combien de tequila dans ces verres ?

De mon autre côté, le bras de J.J. s'est enroulé autour de ma taille pour soutenir mes jambes en coton. — Les gens d'ici aiment les boissons fortes. Ce deuxième verre était probablement une mauvaise idée, vu ton poids.

— Mais elle a mangé, a dit Jamila comme si je n'étais pas là. Elle ne devrait pas être aussi soûle.

— Elle ne doit pas boire beaucoup. Le genre à siroter un verre de vin toute la soirée ?

— Bon sang. Qu'est-ce que je vais dire à son frère ?

J'ai vivement relevé la tête, heurtant le menton de J.J. — Ne le dis pas à Jackson.

J.J. a juré et s'est frotté le menton. — Mince, ma belle. Ça va laisser une marque.

— Et ta tête, ma belle ? Jamila a posé ses mains sur ma tête et a cherché une bosse.

J'ai imaginé qu'elle passait ses mains dans mes cheveux. — C'est agréable. Puis elle a touché un point qui a envoyé une douleur fulgurante à travers mon cerveau embrumé. Aïe !

— Ah. Tu n'es pas en forme ce soir, hein ?

Nos visages étaient si proches que j'aurais pu me pencher en avant et l'embrasser. Mais elle ne voulait pas embrasser quelqu'un d'aussi maladroit et enfantin que je me montrais ce soir.

— Oui, ai-je dit. Comme si je ne m'étais pas déjà assez ridiculisée, une larme a glissé sur ma joue.

Elle a relevé mon menton et a essuyé l'humidité. — Allons te ramener à ton hôtel.

— Ma voiture de location est sur le campus, ai-je marmonné.

— Elle ne peut pas conduire, a protesté J.J.

— Ramenez-nous au campus, a dit Jamila. Je la conduirai à son hôtel, puis je la récupérerai le matin avant la colonie.

Jamila s'est assise à l'arrière du SUV avec moi. Normalement, j'aurais apprécié sa proximité, mais après m'être ridiculisée en me soûlant avec deux verres, je me suis affalée sur le siège et me suis penchée vers la fenêtre ouverte, l'air humide me fouettant le visage pour contenir la nausée.

Quand ils nous ont déposées près de ma Buick de location, les frères de Jamila m'ont fait une accolade. Ils ont serré Jamila plus longuement dans leurs bras et ont murmuré avec elle pendant quelques minutes. J'étais trop occupée à me maudire pour écouter. J'étais venue ici pour aider Jamila, et voilà que je la forçais à s'occuper de moi.

Après le départ de ses frères, Jamila m'a conduite sur la courte distance jusqu'à mon hôtel. Elle s'est garée sur une place de stationnement de dix minutes en face.

— Tu as besoin d'aide pour monter dans ta chambre ?

— Non, ça va. La digestion et l'air frais avaient fait leur effet, et je me sentais plus stable. Tout ce que je voulais, c'était me cacher dans ma chambre pour les huit prochaines heures. Au diable, peut-être que je me cacherais pour le reste de ma vie. Jamila n'oublierait jamais à quel point j'avais été ridicule ce soir.

— Hé, ma belle. Jamila a glissé un doigt sous mon menton et l'a relevé. Ses yeux bruns ont percé les miens. Tu es sûre que ça va ? Je ne crois pas t'avoir jamais vue aussi silencieuse.

— Ça va, ai-je marmonné.

Elle n'a pas retiré son doigt, et son regard a glissé plus bas.

Elle était à une trentaine de centimètres de moi. Son parfum fleuri s'est répandu autour de moi dans la voiture compacte. La plupart de son rouge à lèvres bordeaux était parti pendant le dîner, mais une légère teinte restait sur ses lèvres charnues. Sa langue a jailli pour les lécher, et sa lèvre inférieure brillante a luie sous les lumières de sécurité de l'hôtel. Elle m'appelait, et je n'ai pas pu résister.

Je me suis penchée et j'ai effleuré sa bouche avec la mienne.

Une fois. Deux fois. Mes lèvres plus sèches se sont accrochées aux siennes comme si ma peau ne voulait pas la lâcher. Aucune partie de moi ne voulait la lâcher. Mes mains se sont levées comme si je pouvais prendre son visage en coupe.

— Natalie, a-t-elle murmuré, rompant le charme. J'ai reculé brusquement, heurtant la portière du côté passager.

Mon Dieu. Je venais d'embrasser Jamila Jallow. Contre son gré. Ce murmure n'était pas un murmure de désir. C'était un murmure pour que j'arrête.

— Désolée, me suis-je lamentée, en me débattant avec la boucle de la ceinture de sécurité.

— Hé, ce n'est…

J'ai finalement réussi à défaire la ceinture et je suis sortie en trombe de la voiture, puis je me suis enfuie comme une lâche dans le hall de l'hôtel.

Je n'ai même pas fait un signe pour dire au revoir.

12

LE SOLEIL n'était pas encore couché — à peine — mais j'avais l'impression qu'il était minuit quand j'ai claqué la portière de la Hyundai et fait signe au chauffeur de VTC devant ma maison. La combinaison de ma lutte contre la gueule de bois pendant une journée entière de camp de codage, du vol depuis le Texas, et de l'effort supplémentaire pour éviter Jamila autant que possible m'avait complètement épuisée.

Toute la journée, j'avais attendu avec impatience de prendre un long bain avec la bombe de bain en édition limitée, promue par une célébrité, que je gardais pour une occasion spéciale. Même à travers l'emballage, elle sentait le miel et promettait une relaxation aux herbes.

J'ai déverrouillé la porte et je suis entrée en traînant les pieds, faisant rouler ma petite valise à roulettes par-dessus le seuil. Mais au lieu du silence bienheureux d'une maison vide, des jappements sont parvenus à mes oreilles. Bilbo Baggins a dérapé sur le carrelage. Une fois qu'il a retrouvé l'équilibre, il s'est mis à danser autour de mes pieds. Je me suis figée, ne voulant pas lui marcher dessus en pleine pirouette.

Sam était appuyée contre le chambranle de la porte du couloir qui menait au salon. — C'est Natalie, a-t-elle lancé.

— Évidemment que c'est moi, ai-je grogné. J'habite ici, moi, contrairement à toi.

Ma sœur a enfoncé les mains dans ses poches. — Ce n'est pas moi qui étais inquiète.

Une masse de cheveux bouclés et sombres a rempli mon champ de vision avant qu'une paire de bras ne m'enserre. — Te voilà enfin. J'étais si inquiète quand tu n'es pas venue pour l'apéro.

— L'apéro ? Zut. Avec ce voyage de dernière minute, j'avais complètement oublié mon happy hour hebdomadaire du jeudi soir avec Mimi. Obsédée par les alcools bon marché et les trucs à grignoter, elle nous avait trouvé un bar qui proposait une sélection de margaritas à moitié prix, ainsi que des chips et de la salsa à volonté. Même si je n'étais pas sûre de pouvoir un jour reboire de la tequila après le désastre du ranch water… ou de pouvoir regarder Jamila dans les yeux.

— Je suis désolée de l'avoir manqué. J'ai lâché la poignée de ma valise et j'ai serré Mimi dans mes bras. Ce n'était pas aussi bien qu'une bombe de bain infusée au CBD, mais ses étreintes étaient merveilleuses, et je me suis fondue dans sa douceur.

— Ce n'est pas grave. Je suis contente que tu n'aies pas disparu. Elle m'a relâchée et s'est penchée en arrière pour scruter mon visage. Où étais-tu ? Pas au travail, j'espère.

— Asseyons-nous. Je suis épuisée. J'ai entraîné Mimi dans le salon et je me suis laissée tomber sur le canapé. Mimi s'est assise à côté de moi, et Sam, inexplicablement, nous a suivies et s'est installée dans le fauteuil préféré de Charles. Bilbo a sauté sur le fauteuil et s'est pelotonné sur ses genoux.

— Je suis désolée d'avoir raté l'apéro, ai-je dit. J'espère que tu ne m'as pas attendue longtemps.

— Ça a été. Mateo m'a rejointe quand je lui ai envoyé un texto pour lui dire que tu n'étais pas là, puis il m'a déposée ici en allant au travail. Il est de nuit cette semaine chez tía Rosa.

— Comment va Mateo ? Il n'est pas fâché pour ce que je lui ai demandé de faire chez Jamilow, n'est-ce pas ? J'ai jeté un regard coupable à Sam. Je ne lui avais pas dit ce que Mateo et moi avions fait lundi soir dernier. Ma sœur, qui réussissait tout ce qu'elle entreprenait, ne se serait jamais abaissée à un tel piège.

Elle est restée silencieuse, nous observant avec ses yeux bleus d'un autre monde.

Mimi a gloussé. — Il s'est éclaté à jouer à ton petit jeu d'espionnage, même si vous vous êtes fait prendre. Ce soir-là, il est rentré à la maison et… Ses joues sont devenues écarlates.

— Vous n'avez *pas* fait un jeu de rôle d'espions ! J'ai ri en voyant son air coupable, et soudain, je n'étais plus si fatiguée.

— En fait, il a un fantasme sur *Mr. & Mrs. Smith*. Il m'a peut-être attachée à une chaise à un moment donné. Maintenant, tout son visage était cramoisi.

— Waouh. Je me suis éventée le visage. Heureuse d'avoir pu rendre service.

— Des pistes sur la fuite ? a-t-elle demandé.

— Aucune. J'ai froncé les sourcils. Mais le camp de codage de Jamila a été une mine d'or pour les relations publiques. C'est pour ça que j'ai raté l'happy hour. Nous sommes allées à Austin pour qu'elle puisse être là le premier jour. J'ai pris un million de photos, et après avoir flouté les visages des filles, j'en posterai tellement que tout le monde oubliera sa petite gaffe. Ou peut-être que je les enverrai à Hannah pour qu'elle les poste. Je n'étais pas sûre de pouvoir retourner un jour chez Jamilow après ma propre gaffe.

— Attends. Tu es partie en voyage avec Jamila ? Les yeux bruns de Mimi se sont écarquillés.

— Ce n'était pas ça.

— C'était comment, alors ? a demandé Mimi.

— Eh bien, j'ai commencé à la comprendre un peu plus, comme pourquoi elle organise les camps, et j'ai même rencontré ses frères. Tu savais qu'elle avait des frères ?

Mimi a secoué la tête.

— Ils sont drôles et incroyables, tout comme Jamila. On est

sortis manger un barbecue, et j'ai bu ce verre, et… et il se peut que j'aie été un peu saoule et que je l'aie embrassée. J'ai murmuré la dernière partie.

Mais Mimi n'a pas murmuré. — Tu as embrassé Jamila ? Enfin ! Elle a brandi le poing. C'était incroyable ?

Je me suis jetée en arrière contre les coussins du canapé et j'ai plaqué mes mains sur mon visage pour cacher ma rougeur. — Incroyablement humiliant. Elle m'a pratiquement virée de la voiture. J'ai passé toute la journée à me cacher d'elle. J'ai même attendu sur ces horribles sièges en plastique à l'aéroport au lieu de traîner dans le salon première classe. Je ne pense pas que je puisse y retourner.

— Oh, non. Mimi a retiré l'une de mes mains de mon visage et en a caressé le dos. Les amours de bureau, c'est le pire. Quand ça tourne mal, il n'y a aucune issue. J'ai dû démissionner quand mon ex et moi avons rompu.

— *Amour de bureau*, c'est un peu exagéré, vu que l'attirance est complètement à sens unique.

— Complètement ? a demandé Sam. Tu en es certaine ?

J'avais oublié qu'elle était dans la pièce. Et qu'elle ne savait pas que j'avais un énorme béguin pour ma patronne, ni que j'étais bisexuelle — notre mère non plus.

— Ce n'est rien, ai-je dit. Juste un béguin.

Ma sœur a froncé les sourcils. — Pourquoi penses-tu ça ?

— Parce que… parce que c'est *Jamila Jallow*, et qu'elle est brillante et tellement plus posée que moi.

— Tu es brillante et posée, a dit Sam.

— Je ne suis pas aussi intelligente que toi, Jackson ou Jamila. Je fais seulement semblant d'être organisée. Je ne dirige pas une start-up comme toi ni une fondation comme Mimi.

— Oh, je ne suis pas du tout organisée, moi, a dit Mimi. Je ne sais pas ce que je fais. J'étais comptable avant de prendre ce poste à la fondation. Je passe la moitié de la journée à chercher sur Google comment diriger une fondation et l'autre moitié à le faire.

— Je n'ai jamais dirigé d'entreprise auparavant, a dit Sam. Je vois Cooper une fois par semaine pour du coaching.

— Mais... vous êtes incroyables dans votre travail, toutes les deux !

— Certains jours oui, et d'autres jours, vraiment pas, a dit Mimi.

— Je ne t'ai jamais vue ne pas aller chercher ce que tu veux, a dit Sam. Tu as inventé un poste chez Jamilow et tu as convaincu Jamila de te laisser le faire. Pourquoi ne pourrais-tu pas appliquer ça à une relation avec Jamila ?

— Euh... parce que c'est inapproprié ? Elle est ma patronne, même si je ne suis pas vraiment une employée payée. En plus, je ne l'intéresse pas.

— Est-ce qu'elle a répondu à ton baiser ? a demandé Mimi.

J'y ai repensé, mais tout était flou à cause de la tequila. — Je pensais que oui sur le moment, mais peut-être pas ? J'avais bu.

— Tu devrais lui parler, a dit Sam.

— C'est facile à dire pour toi, ai-je répliqué d'un ton sec. Ce n'est pas toi qui dois lui faire face.

— Non, mais tu peux le faire, a dit Sam. C'est toi, la courageuse.

— Pas du tout ! Je lui ai jeté un coussin.

Elle l'a renvoyé. — Si, absolument.

— Arrêtez, vous deux. Vous allez réveiller Bilbo. Mimi m'a arraché le coussin des mains. Nat, tu es magnifique et intelligente. Jamila serait folle de ne pas vouloir de toi. Demain, tu vas marcher jusqu'à son bureau et lui parler de ce baiser.

J'ai croisé les bras. — Ce serait beaucoup plus simple de démissionner.

— Mais alors Jamila n'aurait pas sa consultante en relations publiques pour la sauver de ce pétrin, a dit Sam doucement. Elle a besoin de toi, et tu as besoin de crever l'abcès pour que vous puissiez travailler ensemble.

— Et vous *rapprocher au travail,* si tu vois ce que je veux dire. Mimi m'a donné un coup de coude dans les côtes.

— Vous êtes les pires, ai-je dit, mais je ne le pensais pas. Je pensais tout le contraire. Elles m'avaient donné assez d'espoir pour retourner vers Jamila.

Non, pas vers Jamila. Je voulais dire retourner chez Jamilow — retourner à mon travail.

13

— BONNE NOUVELLE. Je me suis forcée à sourire, appuyée contre le chambranle de la porte du bureau de Jamila. J'avais annulé nos points RP quotidiens. J'avais dit que c'était grâce à la sympathie que nous avaient valu les publications sur le camp de codage, mais la vérité, c'est que j'étais encore trop gênée pour être dans la même pièce qu'elle.

— Ah oui ? Son regard s'est attardé une seconde sur son écran avant qu'elle ne me consacre toute son attention.

— Oui. Je vous ai décroché un article dans *Buzz Bizz*. Ils veulent une interview et quelques photos.

— Super. Demandez-leur de m'envoyer les questions, et j'enverrai mes réponses. Felicia a mon portrait officiel. Elle a reporté son attention sur son écran et a recommencé à taper.

Je me suis éclairci la gorge. — Non. Je veux dire une véritable interview. Du genre, assise dans une suite d'hôtel à parler à un journaliste, suivie d'une séance photo.

Le bruit du clavier s'est tu. — Je croyais que vous aviez dit que c'était une *bonne* nouvelle. On dirait plutôt que je vais devoir trouver du temps dans mon emploi du temps pour parler à quelqu'un, le laisser déformer mes propos, et me retrouver dans une situation pire qu'avant. Et en plus, des photos. Rester assise trop longtemps me donne un torticolis.

Elle donnait l'impression que c'était terrible, mais voir le bon côté des choses était l'un de mes super-pouvoirs. — La meilleure nouvelle, c'est que vous n'avez pas à négocier l'emploi du temps. Je l'ai déjà fait pour vous. L'interview est demain, samedi, suivie de la séance photo. On attend juste de trouver un lieu.

— Vous m'avez planifié ça un samedi. Ses sourcils se sont haussés. — C'est plutôt cavalier de votre part. Et si j'avais quelque chose de prévu ?

J'ai grimacé. Peut-être qu'elle avait un rendez-vous galant. — C'est le cas ?

— Non. À part une soirée danse avec Quill.i.am.

— Il ne verra pas d'inconvénient à ce que vous reportiez. C'est l'occasion parfaite pour vous de raconter votre histoire, d'amener les gens à se concentrer sur le bien que vous faites et sur Jamilow. Pas sur l'erreur que vous avez commise.

— Croyez-moi, ce n'était pas une erreur. Ce type le méritait.

— Alors, dites-leur ce qu'il a dit. Je me demandais toujours ce qu'un journaliste avait bien pu dire pour faire perdre son sang-froid à Jamila.

— Non, merci. Je ne veux pas lui accorder une minute de plus de l'attention de qui que ce soit, y compris la mienne.

— Je leur enverrai un e-mail pour dire que l'incident est hors de question pour l'interview.

— Dites-le-leur simplement quand nous arriverons, a-t-elle dit. *Nous ?* — Vous voulez que je sois là ?

— Vous êtes ma spécialiste en relations publiques. Bien sûr que je vous veux là.

Une chaleur a bouillonné dans ma poitrine, et j'ai tapoté le cadre de la porte pour dissimuler ma rougeur. Elle voulait de *moi.* — D'accord.

———

JAMILA NOUS A RENDU service à toutes en trouvant un lieu pour l'interview et la séance photo. Malheureusement, c'était un endroit que je connaissais mal à l'aise, le manoir de Billie Woods à Atherton. Bien que ce soit la ville voisine de celle de Jamila, le quartier de Billie n'aurait pas pu être plus différent. C'était le genre d'endroit où je m'attendais à ce que Jamila vive : une immense maison avec une vaste pelouse, le tout méticuleusement entretenu. Les demeures étaient situées loin de la rue sinueuse, ce qui rendrait impossible les conversations d'un perron à l'autre à propos d'avocats. Il n'y avait pas de vélos qui traînaient dans les allées ni de chiens jouant à rapporter dans les jardins. Une majestueuse Rolls-Royce noire a glissé sur la chaussée. Pas une Ford ou une Toyota à l'horizon.

Comme le soir de la fête, un post-it au-dessus de la sonnette m'indiquait d'entrer. Mais quand j'ai poussé la porte, j'ai dû ressortir pour vérifier l'adresse une seconde fois.

La maison était vide. Les meubles avaient disparu, tout comme les livres sur les étagères. Même les tapis avaient été roulés et enlevés. Quand j'étais venue pour la fête, une centaine de personnes avaient rempli l'espace ouvert de leurs bavardages et de leurs rires. Maintenant, c'était le silence.

— Allô ? ai-je appelé.

— Par ici. La voix venait de l'arrière de la maison.

J'ai suivi la voix, mes talons claquant sur le carrelage et résonnant sur les surfaces dures et vides.

Je me suis retrouvée dans une grandiose véranda. Elle était aussi grande que le salon, avec des portes de garage en verre qui pouvaient être levées pour ouvrir la pièce sur l'espace piscine extérieur. Les meubles élégants avaient été retirés ici aussi, et des pièces dépareillées avaient été amenées, y compris une chaise longue blanche et quelques chaises d'aspect industriel. Des rideaux de gaze blanche dansaient dans la brise des fenêtres ouvertes.

Quand j'ai vu le matériel du photographe déjà installé et la maquilleuse ajustant la lumière sur une table pliante, mes muscles abdominaux se sont détendus. Tout semblait prêt pour Jamila. Je ne gaspillerais pas une minute de plus de son précieux samedi que nécessaire.

J'ai fait le point avec l'assistant du photographe sur le déroulement de la séance. Il m'a montré le petit salon attenant qu'il avait désigné comme loge pour Jamila. Un portant de vêtements se tenait à côté d'un paravent. Pendant qu'il baissait les stores des fenêtres extérieures, j'ai vérifié que les tenues de Jamila étaient bien arrivées. Elle avait envoyé quelques tailleurs et une robe fourreau. J'avais ajouté un jean, un t-shirt de son camp de codage, et une chemise à carreaux de style bûcheron à superposer pour faire ressortir son côté humain.

Tout était en ordre.

Un côté de la pièce était aménagé pour les photos. De l'autre côté, il y avait un coin salon pour l'interview. Deux canapés beiges se faisaient face de part et d'autre d'une table basse. Une paire de fauteuils à oreilles marron foncé encadraient les côtés. Le vase de marguerites africaines que j'avais commandé était la seule touche de couleur dans l'espace. J'espérais qu'elles étaient assez similaires à celles que j'avais vues sur son porche pour que Jamila se sente plus à l'aise.

Je me suis présentée à la journaliste, Nita D'Alessio. J'avais déjà lu ses articles. Bien qu'elle ait un penchant anticapitaliste certain, ses articles étaient généralement justes, et ils présentaient les titans de la tech qu'elle interviewait comme des êtres humains.

— N'oubliez pas, Jamila a stipulé que nous ne discuterons pas de l'incident sur TikTok, ai-je dit. Elle m'a demandé d'interrompre toute question à ce sujet.

— C'est ce que tout le monde veut savoir. Nita a porté un doigt à son menton. — Les lecteurs seraient plus compréhensifs s'ils savaient ce qui l'a fait craquer.

C'est exactement ce que j'avais pensé. — Elle ne veut pas donner à ce type plus d'attention qu'il n'en a déjà reçue.

— Compréhensible. C'est un connard.

— Vraiment ? Vous le connaissez ?

— Bien sûr. C'est celui qu'on évite dans les soirées, si vous voyez ce que je veux dire.

J'ai retroussé ma lèvre. — Beurk.

— Exactement. Et son directeur des opérations, Winslow Keating-Ashworth ? Est-il hors limites ? Elle a jeté un coup d'œil vers la piscine. — Leur divorce a dû être intéressant.

Intéressant ? J'en avais entendu parler une ou deux fois, but je ne pouvais pas imaginer que quoi que ce soit concernant Winslow soit aussi fascinant que Jamila. — Concentrons-nous sur Jamila. C'est elle la star de Jamilow.

— D'accord. Nita a haussé les épaules. — Vous pouvez vous asseoir sur ce canapé. Elle a montré celui qui n'était pas dans le champ de la caméra. — Jamila s'assoira sur l'autre. Je serai dans le fauteuil à oreilles.

— Compris. Nous devrons approuver toute vidéo de l'interview avant sa publication.

— Bien sûr. C'est surtout pour la transcription, mais nous vous ferons savoir si nous souhaitons en diffuser une partie. Je vous enverrai le fichier. Vous aurez le droit de regard, évidemment.

— Parfait.

Les poils se sont hérissés sur ma nuque une seconde avant que Nita ne dise : — Ah, la voilà.

Quand je me suis retournée, j'ai dû lutter pour que mon visage ne fasse rien de bizarre. Jamila s'avançait vers nous comme si elle était chez elle, vêtue d'un pantalon droit en jean décontracté pour le week-end — je défiais quiconque d'appeler « jean » ce pantalon droit et repassé qu'elle portait —, d'une veste en daim beige, d'une douce blouse coquille d'œuf et de petits talons. Personne, pas même moi, ne portait le tailleur comme Jamila. Elle donnait l'impression que c'était sans effort, comme si elle était sortie du ventre de sa mère en tailleur à rayures.

Je voulais me prélasser dans son aura.

Je me suis secouée et j'ai affiché un sourire. — Jamila, voici Nita D'Alessio. Nita, je vous présente Jamila Jallow.

Alors que les deux femmes se serraient la main, Nita l'a

jaugée. Quand Jamila a à son tour examiné la journaliste, la jalousie m'a poignardée au ventre. J'aurais aimé que Jamila me prête autant d'attention.

Nous nous sommes installées pendant que le technicien faisait la balance audio. Une fois cela fait, Nita a commencé avec quelques questions sur le prochain lancement de Jamilow, que Jamila a gérées avec aisance, les yeux pétillants tandis qu'elle parlait du génie de son équipe et qu'elle taquinait le public à propos du produit, en évitant soigneusement de révéler de vrais détails sur sa fonction ou sur le partenariat qui le rendait possible.

Changeant de sujet, Nita a dit : — Racontez-moi comment vous avez créé Jamilow.

— Tout le monde connaît cette histoire. Jamila a fait un geste dédaigneux de la main.

Nita s'est penchée en avant. — Faites-moi ce plaisir.

J'aurais aimé avoir le courage de faire ça. De parler de manière aussi suggestive que Nita, d'offrir à Jamila un aperçu de son décolleté bien que — j'ai baissé les yeux — je n'avais pas tant de décolleté que ça à montrer. J'ai croisé les jambes et gardé la bouche fermée.

— J'ai commencé à Stanford. Jamila s'est calée contre les coussins du canapé. — Enfin, je suppose que j'ai commencé l'application pendant mes vacances de Stanford. Quand je suis rentrée chez moi pendant les vacances d'hiver de ma première année, je suis allée à une fête avec mes amis du lycée. Vous voyez le genre. Elle a fait un clin d'œil.

Nita a hoché la tête et a griffonné sur son bloc-notes.

— Certains des plus jeunes étaient là, et ils m'ont posé des questions. Pas tant sur Stanford que sur l'université en général. Le processus était écrasant pour eux. J'ai réalisé que certains n'avaient personne dans leur famille qui était allé à l'université. Jamila s'est penchée en avant, les coudes sur les genoux. — Ma grand-mère est allée à l'université. Elle était enseignante. Elle a fait tout ce qu'elle pouvait pour me pousser. Alors je leur ai un peu raconté comment j'avais fait et je leur ai donné mon numéro.

— Puis, quand je suis retournée chez ma grand-mère et que j'ai discuté avec mes frères, j'ai réalisé qu'ils étaient assez perdus eux aussi. Ils jouaient au football, et ils allaient se faire recruter, mais ils ne comprenaient pas comment évaluer leurs options. Ou ce qu'ils feraient sur le plan scolaire une fois arrivés. Après avoir parlé avec eux, j'ai compris que je pouvais fournir un service aux jeunes comme eux. Aux jeunes comme mes amis.

J'avais déjà entendu l'histoire, mais maintenant que j'avais rencontré ses frères, je comprenais comment les conseils de Jamila avaient pu mener à leur succès. J'ai incliné la tête, avide de saisir chaque mot et de l'examiner sous ce nouvel éclairage.

— Alors j'ai programmé une application pour répondre à la plupart des questions que mes amis se posaient sur l'université. Un feu brûlait dans les yeux de Jamila. — Les tests standardisés, les notes, l'aide financière, les dossiers de candidature et les formulaires, les bourses. Je voulais juste que ce soit utile aux élèves de mon ancien lycée. Mais ensuite, en parlant à certains de mes camarades de classe comme Winslow, qui avaient tous les avantages que je n'avais pas, j'ai réalisé que ce n'était pas seulement les jeunes comme mes amis du lycée qui pouvaient en bénéficier. Tout le monde le pouvait. Alors je l'ai développée. Je lui ai donné une interface d'IA pour qu'elle puisse prendre les informations des jeunes et fournir un plan et des conseils personnalisés.

— Vous vous êtes associée à Winslow Keating-Ashworth, a dit Nita.

— En effet. Il n'était pas aussi bon que moi en codage, mais il avait des idées pour le côté commercial. Des relations, aussi. C'est lui qui a dit que nous devrions orienter l'application vers le coaching de vie. Des choses simples comme une routine matinale, faire des listes, ranger son téléphone le soir, ou s'affirmer auprès des professeurs.

— Et les coachs humains ? a suggéré Nita.

Jamila a gloussé. — J'ai suivi un cours de psychologie et j'ai appris que les gens peuvent être bien plus compliqués que ce que l'intelligence artificielle peut gérer. Nous avions donc prévu d'augmenter l'IA avec un accès à des thérapeutes, mais nous avions besoin de financement pour ça. C'est à ce moment-là que nous avons inscrit l'application à un concours. Nous n'avons pas gagné, mais nous avons suscité l'intérêt de l'une des juges, et elle nous a donné notre premier soutien financier.

— Et vous l'avez rachetée quelques années plus tard ? a dit Nita.

J'ai froncé les sourcils. Je ne savais pas ça.

— Je ne voulais personne d'autre pour prendre les décisions. Je n'ai jamais voulu… Jamila a fixé la piscine étincelante par la fenêtre un instant.

— Qu'est-ce que vous ne vouliez pas ? l'a pressée Nita.

Jamila a secoué la tête et a finalement posé son regard sur moi. — Je ne voulais pas raconter l'histoire de ma vie à une journaliste. Je préférerais me concentrer sur mon entreprise.

J'aurais aimé pouvoir la libérer de cette interview. Il était injuste qu'un crétin puisse la pousser à faire un commentaire spontané et imprudent, et que seule Jamila en paie le prix. Mais c'était ça, la vie d'une femme dans la tech. Jamila savait à quoi s'attendre. Bien qu'elle n'aurait jamais pu prévoir que quinze ans plus tard, elle serait ici, dans le manoir vide de quelqu'un, à partager des détails inconfortables de sa vie. Je lui ai adressé un sourire compatissant.

— Mais vous n'avez pas reculé devant d'autres partenariats, a dit Nita. — Vous vous êtes associée à des coachs, des thérapeutes et des services de préparation à l'université, alors avec qui collaborez-vous ensuite ?

Jamila a souri, suffisante. — Allons, Nita, vous savez bien que je ne peux pas commenter cela.

Une chaleur m'a picoté la peau. Être témoin de l'alchimie entre Jamila et Nita m'a donné l'impression d'être une voyeuse. Le caméraman était-il mal à l'aise lui aussi ? J'ai levé les yeux vers le ventilateur de plafond, souhaitant pouvoir l'allumer par la seule force de ma volonté.

— L'article ne sera pas imprimé avant votre lancement, a dit Nita. — Vous êtes sûre de ne pas vouloir en parler ?

— Appelez-moi après le lancement. Jamila a fait un clin d'œil. — Je serai ravie d'en parler à ce moment-là.

— Super. Je prendrai votre numéro quand on aura fini.

Je voulais courir dehors et sauter dans les profondeurs fraîches de la piscine. Là où je n'aurais pas à regarder Jamila séduire la femme que j'avais fait venir pour sauver sa réputation.

14

JE SUIS RESTÉE ASSISE en silence pendant que Nita et Jamila m'ignoraient.

Je n'avais pas le droit d'être jalouse, me suis-je rappelé avec amertume. Jamila ne tenait pas à moi, du moins, pas de cette façon. Je l'avais embrassée sans même prendre la peine de lui demander sa permission, qu'elle m'aurait sûrement refusée. Elle avait parfaitement le droit de flirter avec qui elle voulait, où elle voulait.

Nita a posé une autre question que je n'ai pas entendue, et j'ai laissé mon regard glisser sur la journaliste. Elle était pulpeuse d'une manière que ni Jamila ni moi n'avions. Peut-être que Jamila aimait les femmes plus en chair. Comme moi, elle avait les cheveux longs et épais, mais les siens étaient brun chocolat, pas blonds. Sa peau avait un teint mat, pas pâle comme la mienne. Ses yeux sombres étaient vifs, révélant une intelligence qui, de toute évidence, intriguait Jamila.

En plus, elle avait une assurance que je ne faisais que feindre. Je savais, grâce à mes recherches, qu'elle était journaliste depuis plus de dix ans et qu'elle écrivait pour des publications de plus en plus prestigieuses. Et maintenant, elle avait un grand article pour *Buzz Bizz* avec une séance photo personnalisée. Elle était si sûre de ce qu'elle voulait dans la vie. Sa carrière était en pleine ascension, et moi, j'étais incapable de choisir un domaine, et encore moins d'y réussir.

Nita était tout ce que je n'étais pas. Pas étonnant qu'elle plaise à Jamila.

Jamila a changé de position pour croiser les jambes, ce qui m'a alertée que quelque chose n'allait pas. Normalement, elle occupait le plus d'espace possible, mais là, elle semblait se recroqueviller. Secouant mon introspection, je me suis reconcentrée sur la conversation.

— Tout le monde sait que Jamila Jallow était une star à Stanford et qu'elle a créé une application à un million de dollars moins d'un an après son diplôme. Mais peu de gens savent que vous avez grandi modestement au Texas.

— Je n'en parle pas d'habitude. Elle a tourné son regard vers moi.

J'ai pris ça pour un appel à l'aide. — Tu n'es pas obligée de parler de ce dont tu n'as pas envie.

— Votre travail avec vos camps de code a beaucoup fait parler de lui récemment sur les réseaux sociaux, a insisté Nita. Qu'est-ce qui motive votre intérêt à offrir des camps gratuits aux jeunes filles défavorisées ?

Jamila lui a décoché un sourire dangereux. — Je veux rendre service à la communauté d'Austin et offrir aux enfants les opportunités que j'aurais aimé avoir.

— Les opportunités que vous auriez aimé avoir ? Vous n'aviez pas de cours de code dans votre école ?

Jamila a éclaté de rire. — Non. Mon lycée ne proposait même pas de cours de niveau avancé. Je me suis trouvé un job d'été pour pouvoir payer les frais de scolarité dans un *community college* local afin de suivre les cours de maths et de sciences avancés que mon école ne proposait pas.

— Considéreriez-vous votre famille comme étant économiquement défavorisée ?

— Non. Jamila a croisé les bras. — Nous avions assez à

manger et une famille et une communauté qui nous soutenaient. Nous avions tout ce dont nous avions besoin.

— Concentrons-nous sur le présent, sur ce que Jamila fait pour rendre aux autres, ai-je dit avant que Nita ne puisse poser une autre question. — Jamila, peux-tu nous en dire plus sur les camps ? Depuis combien de temps les organises-tu ?

Les épaules de Jamila se sont détendues alors qu'elle se lançait dans l'historique des camps. Mais comme Nita, je m'interrogeais sur la vie de Jamila avant Stanford. Elle avait fait irruption dans ma vie, déjà pleinement formée en une étudiante déterminée. Elle et ses frères réussissaient maintenant, et elle affirmait qu'ils n'avaient manqué de rien en grandissant. Elle avait mentionné sa relation tendue avec sa grand-mère, mais elle n'avait pas dit un mot sur ses parents. Quelle *était* l'histoire de Jamila ?

De toute évidence, elle ne voulait pas la raconter, et Nita a cessé d'insister. Au bout d'une autre demi-heure, elles avaient terminé, l'échange de numéros de téléphone a été fait, et Nita s'est éloignée d'un pas chaloupé, laissant les techniciens remballer. Le photographe a appelé Jamila. Il a pris quelques clichés d'essai, a ajusté l'éclairage, et a testé à nouveau. Une fois satisfait, il a envoyé Jamila se changer.

Elle est sortie de la loge dans un tailleur Alexander McQueen jaune beurre. La veste était longue et cintrée. J'ai failli avaler ma langue quand j'ai réalisé qu'elle la portait à même la peau. Le bouton unique se trouvait juste à la base de ses côtes, m'offrant — je veux dire, au photographe et au monde entier — une vue plongeante en V sur sa peau satinée.

— Qu'est-ce que tu en penses, Nat ? Elle a levé les bras et a tournoyé, à la Wonder Woman, pour me montrer comment la veste s'évasait dans le dos, juste au-dessus de son postérieur bien dessiné dans son pantalon ajusté.

— Waouh. Je me suis agrippée à l'accoudoir de la chaise que j'avais tirée pour regarder. — Tu es... tu es fantastique, ai-je dit, assez fort pour être entendue par-dessus le rythme lancinant de la musique de club que le photographe avait mise.

— Tu trouves ? On ne dirait pas à voir ton expression. Elle m'a gratifiée d'un sourire narquois par-dessus son épaule.

La garce, elle savait exactement à quel point j'aimais ce tailleur.

La maquilleuse lui a fait une retouche, puis le photographe lui a fait signe de venir. Il a demandé à Jamila de s'étendre sur la chaise longue blanche. Après avoir pris une douzaine de photos, il lui a demandé de se percher sur la chaise, les coudes sur ses genoux écartés, et de regarder droit dans l'objectif avec le même sourire narquois qu'elle m'avait adressé. Son expression défiait quiconque de la sous-estimer.

Je ne la sous-estimais certainement pas. Jamila était puissante, confiante. Elle n'hésiterait pas à agir si elle sentait que son entreprise était menacée. Et c'est pourquoi elle avait engagé le détective. Elle n'était pas paranoïaque. Elle savait que quelque chose clochait, et elle ne laisserait jamais une fuite mettre son entreprise en danger.

— Nat.

Quand j'ai levé les yeux, Jamila me dominait de toute sa hauteur. Elle s'était approchée de moi sans un bruit, tel un ninja.

— Salut. J'ai cligné des yeux une douzaine de fois pour remettre mes idées en ordre. — Qu'est-ce qu'il y a ?

— Je vais mettre une robe. Tu peux m'aider avec la fermeture éclair ?

— Oh, euh... Seule avec Jamila, je serais tentée de faire à nouveau quelque chose de ridicule, quelque chose que je ne devrais pas. Comme l'embrasser. J'ai cherché des yeux quelqu'un d'autre pour l'aider. Mais mes genoux traîtres m'ont fait me lever. Je supposais que je ferais tout ce qu'elle me demanderait. — Bien sûr.

Je l'ai suivie dans la loge. Elle a attrapé la robe fourreau sur le portant et s'est dirigée derrière le paravent dans le coin. Après une minute à tourner en rond maladroitement de l'autre côté, j'ai parcouru les autres tenues sur le portant pour me distraire.

— Tu as toujours aimé les vêtements, n'est-ce pas ?

J'ai jeté un coup d'œil par-dessus mon épaule. Jamila regardait par-delà le bord du paravent. Le blazer et le pantalon jaunes étaient jetés par-dessus. Était-elle nue ?

Je me suis éclairci la gorge. — J'adore toujours les vêtements. Laisse-moi suspendre ça pour toi.

Je me suis avancée vers le centre du paravent pour ne pas être tentée de jeter un œil. Après avoir soulevé le tailleur, encore chaud de son corps, j'ai résisté à l'envie d'y enfouir mon nez pour inhaler son parfum. J'ai tendu une main par-dessus. — Cintre ?

Le cintre en bois s'est pressé dans ma paume, et je me suis affairée à arranger le tailleur.

— Prête. Elle est sortie de derrière le paravent, une main pressée contre sa poitrine pour empêcher la robe de glisser.

La robe crayon fourreau était d'un rouge coquelicot intense, avec une fente haute sur le devant. Le décolleté bateau échancré s'accrochait à peine à ses épaules et révélait un V de peau entre ses seins. À la fois professionnelle et séduisante, la robe attirerait tous les regards dans n'importe quelle pièce où Jamila entrerait. Je ne pouvais pas détacher les miens de sa silhouette élancée.

Elle s'est retournée. — La fermeture, s'il te plaît.

L'ouverture descendait bas dans le dos, sous ses omoplates. La fermeture éclair partait de son coccyx, me laissant entrevoir la ceinture en dentelle rose pétale de sa culotte. Elle n'avait pas du tout essayé de la remonter. Elle ne portait pas non plus de soutien-gorge.

— Tout va bien, Nat ? Elle a de nouveau jeté un coup d'œil par-dessus son épaule et a souri d'un air narquois en voyant l'expression idiote que j'affichais.

— Hum, ouais. Je me suis élancée vers elle et j'ai essayé de ne pas poser mes paumes moites sur le mélange de laine et de soie. Le photographe râlerait si je laissais une empreinte. J'ai pincé le tissu au bas de la fermeture, et de mon autre main, j'ai lentement remonté la tirette le long de son dos.

— Tu sais, a-t-elle dit, si je ne te connaissais pas mieux, je pourrais croire que je te plais.

Mes doigts ont glissé de la fermeture éclair. — Qu-est-ce qui te fait dire ça ?

— Oh, je ne sais pas, juste la façon dont tu n'arrêtes pas de me fixer aujourd'hui. Et puis il y a eu ce baiser l'autre soir quand tu étais ivre, ou tu ne t'en souviens pas ?

Elle me tendait une perche. Ce serait si facile de prétendre que je ne me souvenais de rien. De tout mettre sur le compte de la tequila. Mais ce n'était pas moi. J'avais peut-être caché la vérité pendant un temps, comme je l'avais fait avec mes parents quand j'avais abandonné l'école de cuisine et quand j'avais perdu ma voiture, mais je n'étais pas une menteuse.

— Je m'en souviens. Et je suis désolée.

— Tu es désolée ? Elle a attendu que j'aie remonté la fermeture complètement, puis elle a pivoté avec la grâce d'une ballerine pour me faire face.

— Ouais. J'ai, euh, pas demandé d'abord. Et puis, je sais que je ne te plais pas.

— Ah oui ? Ses sourcils se sont haussés. — Tu en es absolument certaine.

— Je... oui ? Comment diable s'attendait-elle à ce que je réponde à ça ?

— Tu es sûre que c'est moi qui te plais ? Avec ses talons beiges, elle me dominait de toute sa hauteur. Elle a planté les poings sur ses hanches. — Tu n'es pas juste bi-curieuse ?

Je me suis tenue aussi droite que possible, et je n'arrivais encore qu'à son menton. — Je suis bi, c'est sûr. J'ai un peu d'expérience. J'avais embrassé une fille à l'université, et pour reprendre les mots immortels de Katy Perry, j'avais aimé ça. Alors j'en avais embrassé quelques autres.

— Vraiment ? Son regard s'est fixé sur mes lèvres. Je les ai humectées. Elle portait un rouge à lèvres bordeaux, brillant et à croquer, et j'ai vacillé en avant. — Intéressant.

Laissant tomber une main le long de son corps tandis que l'autre restait appuyée sur sa hanche, elle est sortie de la pièce en se dandinant, les hanches se balançant.

Je suis restée bouche bée devant la porte. Qu'est-ce qui venait de se passer, bon sang ? Est-ce que ça voulait dire que Jamila Jallow s'intéressait à moi ? Était-elle en train de me taquiner ? J'ai repassé la conversation dans ma tête. Elle n'avait jamais vraiment dit que je lui plaisais. Ni qu'elle voulait m'embrasser.

Le voulait-elle ?

Tel un zombie, je suis sortie de la loge en titubant et je me suis affalée sur une chaise pour regarder la séance photo. Est-ce que j'interprétais trop le regard intense qui errait parfois jusqu'à moi ? Ou le balancement exagéré de ses hanches lorsqu'elle se tournait sur les indications du photographe ? Et le clin d'œil effronté qu'elle m'a lancé quand elle m'a surprise en train de la dévisager, la bouche ouverte ?

Quand le photographe l'a enfin libérée, elle m'a fait signe de la main. Je l'ai suivie dans la loge improvisée. Elle m'a tourné le dos sans un mot, et j'ai descendu la fermeture éclair, m'arrêtant tout en bas. J'ai laissé mon index flotter au-dessus de la ceinture de sa culotte, souhaitant avoir l'audace de demander si je pouvais la toucher.

Mais je ne l'ai pas fait.

— Je pense qu'on devrait fêter ça, a-t-elle dit en passant derrière le paravent.

— Fêter ça ?

— Que ce truc ridicule soit terminé. Tiens, attrape. La robe rouge a flotté en arc par-dessus le paravent, et je l'ai rattrapée.

Elle sentait son parfum floral, et il m'a fallu toute ma volonté pour ne pas y enfouir mon visage. Soigneusement, je l'ai glissée sur un cintre et je l'ai accrochée sur le portant.

Elle a émergé, vêtue du pantalon et du blazer qu'elle portait auparavant. — Dîner de célébration ? C'est moi qui invite.

— Euh, bien sûr. Même s'il était insensé de me torturer en passant encore plus de temps avec elle, je ne pouvais pas résister.

Elle a reniflé. — Ne sois pas si enthousiaste.

— Je suis enthousiaste, ai-je protesté. — Où veux-tu aller ?

— Ça te dérange si on prend à emporter chez moi ? J'ai hâte d'enlever ces talons et de me démaquiller.

Seigneur...

15

CE SOIR-LÀ, je me suis affalée sur le canapé de Jamila. Des boîtes de nourriture chinoise éventrées étaient éparpillées sur la table basse, et Quill.i.am reniflait une balle pour chat bruissante à l'intérieur de son habitat. Un épisode classique de *Star Trek* passait à la télévision.

Elle a mis Patrick Stewart sur pause, anéantissant mon faux sentiment de sécurité.

— Alors... je te plais. Elle s'est assise par terre, le dos contre le canapé. Ce soir, son legging était d'un rose tendre qui m'a rappelé de manière gênante le coup d'œil que j'avais jeté à sa culotte.

J'ai posé les deux pieds par terre et j'ai regardé en direction de Quill. Il a pointé son petit nez rose en l'air, à l'écoute.

— Je pense que tu le sais, ai-je dit d'un ton sec.

— Intéressant.

— Tu l'as déjà dit. Je ne savais toujours pas ce que ça signifiait.

— C'est pour ça que tu m'aides pour les relations publiques ?

— Non ! J'ai pivoté pour lui faire face. Je t'aide parce que tu as besoin d'aide. Le fait que tu me plaises... c'est autre chose.

— Tu as commencé à m'apprécier quand tu es venue travailler chez Jamilow ?

— Pourquoi c'est toi qui poses toutes les questions ? J'en ai peut-être, moi aussi.

— Peut-être bien. Mais je crois qu'on sait toutes les deux comment ça marche, ma belle.

J'ai baissé les yeux sur mes genoux. Bien sûr que je savais comment ça marchait. C'était toujours Jamila qui menait la danse. C'était l'une des choses qui me faisaient vibrer.

— Depuis combien de temps ? Sa voix était douce, mais l'exigence qu'elle contenait était d'acier.

— Depuis que j'ai, genre, quatorze ans. En fait, c'est seulement à ce moment-là que j'ai réalisé que tu me plaisais de la même manière que Harry Styles. Ça a probablement commencé plus tôt que ça.

— Attends. Tu n'es pas vraiment sortie avec Harry Styles, si ?

— Oh mon Dieu, si seulement. Même si je détesterais sortir avec quelqu'un qui a de plus beaux cheveux que moi.

— Pas de souci à ce niveau-là. Elle a passé une main sur ses boucles courtes. J'aurais aimé pouvoir me pencher et suivre sa main avec la mienne pour lui montrer à quel point j'aimais ça.

— Si longtemps que ça ? Elle m'a dévisagée de ses yeux sombres. La lumière de la télévision mettait en valeur ses pommettes.

— Ouais, j'ai compris à ce moment-là que j'étais bi. Mais je pensais que c'était juste un aspect gênant de ma personnalité. Un que je pouvais ignorer. Alors je ne suis sortie qu'avec des mecs. À cause de Mère. J'ai plissé le nez.

— Et que dirait Audrey si elle savait que tu m'avais embrassée ?

J'ai reniflé. — Tu connais Mère. Elle ne m'estime que lorsque je joue le rôle de la petite mondaine parfaite. Elle a renoncé à ce que je trouve une carrière et veut que je me pose et que je lui donne d'autres petits-enfants. Le travail de relations publiques que je fais pour toi est la seule chose qui l'empêche de me jeter dans les bras d'un type riche. Peut-être qu'une femme riche ferait tout aussi bien l'affaire ? Je l'ai regardée du coin de l'œil.

Elle a éclaté de rire, un rire fort et effronté. — Peut-être. Mais elles sont plus difficiles à trouver. Foutu patriarcat. Je ne suis pas du genre à m'engager à long terme. Désolée, ma belle.

Bien sûr qu'elle n'était pas intéressée par le grand amour, et certainement pas avec moi. Elle me voyait comme une fille ridicule avec des étoiles dans les yeux. Je devrais prendre mon sac et partir avant de m'humilier plus que je ne l'avais déjà fait.

— Parle-moi de l'expérience que tu as mentionnée tout à l'heure. Tu ne sors qu'avec des mecs, mais… Elle a haussé les sourcils.

Mes joues se sont enflammées. — J'ai, euh. J'ai eu quelques rencards studieux à la fac, avec des filles. On s'est embrassées et on s'est un peu touchées.

— Vous avez joui ? a-t-elle exigé.

— Parfois. Puis, après…

— Quand tu étais à l'école de mode, ou quand tu avais la boutique de fleuriste ?

— Je ne savais pas que tu avais suivi ma carrière de si près. J'ai gloussé. Ni l'un ni l'autre. Quand je faisais ce stage dans l'agence événementielle.

— Tu es sortie avec une demoiselle d'honneur ? Ses yeux se sont agrandis.

— Non. Les invités étaient interdits.

— Et tu suis toujours les règles.

— La plupart du temps. Libérer Larry avait été l'exception. Quoi qu'il en soit, parfois l'équipe sortait après les événements, et quelques fois, je suis rentrée avec quelqu'un que je rencontrais au bar. Parfois un mec. Parfois une fille. Et toi ? Je t'ai vue sortir avec des hommes et des femmes. En fait, elle s'était rendue à beaucoup d'événements avec Cooper Fallon. C'était avant qu'il ne se fiance avec son ancienne assistante.

— Ouais, j'ai toujours su que j'étais bi. Je suis sortie avec plus de filles que de garçons au lycée. J'aimais le sexe — beaucoup — mais la dernière chose que je voulais, c'était de tomber enceinte et de rater ma chance d'aller à l'université. Les filles étaient plus sûres.

— Ah oui ? ai-je demandé. Elle avait dit ça avec une amertume inattendue.

— Enfin, sauf pour ma popularité. J'étais la nerd lesbienne du lycée. C'était amusant.

J'ai essayé d'imaginer une Jamila intello au lycée, mais sans succès. Elle était si sûre d'elle, si élégante. Je me suis mordu la lèvre. J'avais eu un aperçu de son histoire à Austin, puis un autre aujourd'hui. J'en voulais plus.

— À Austin, tu as dit que tu vivais avec ta grand-mère et tes frères. C'était comment ?

Elle s'est frotté le visage avec la main. — Merci d'avoir supporté mes frères, au fait. Je sais qu'ils peuvent être envahissants.

J'ai souri. — Ils sont drôles. Et ils t'idolâtrent. *Tout comme moi.*

Elle a reniflé. — Je n'en sais rien, mais on a toujours été proches. Notre papa était camionneur, et il partait pour une semaine d'affilée. Maman travaillait à temps partiel, et elle nous laissait chez la voisine qui n'était pas très sympa. Je me rends compte maintenant que s'occuper de trois enfants turbulents, c'était beaucoup demander, mais c'était un peu nous contre eux, tu vois ? J'essayais d'éviter que les garçons n'aient des ennuis, et je les défendais quand je ne pouvais pas.

Elle a détourné le regard. — Bref, Papa est mort quand j'avais six ans et les jumeaux trois ans.

J'ai posé une main sur son épaule. — Je suis vraiment désolée.

Elle a haussé les épaules. — Ça fait très, très longtemps. Elle s'est tournée vers la télévision, mais je savais qu'elle ne voyait pas le Capitaine Picard.

— C'était beaucoup pour ma mère, a-t-elle dit. Je ne comprenais pas à l'époque, mais je comprends maintenant. Elle est devenue l'unique soutien de famille pour trois jeunes enfants, dont deux n'étaient pas encore en âge d'aller à l'école. Elle ne pouvait pas se permettre le prêt immobilier et la garderie. Pas sans aide. Maman était brouillée avec ses parents depuis qu'elle était tombée enceinte de moi au lycée.

Quand elle a fait une pause, Quill.i.am a commencé son exercice nocturne sur sa roue qui grinçait.

— Ils voulaient de plus grandes choses pour elle, tu sais ? Enfin, elle les voulait aussi, mais les préservatifs ne sont pas infaillibles. Les États-Unis sont peut-être le pays de toutes les possibilités pour beaucoup, mais ça n'inclut pas les filles qui tombent enceintes à dix-sept ans.

Maintenant, je comprenais les copines de Jamila au lycée. J'ai serré son épaule.

— Alors on a emménagé chez la mère de Papa, Nana. Elle était du même avis. Elle pensait qu'ils auraient dû se faire avorter et aller à l'université comme prévu pour faire quelque chose de leur vie. Elle avait probablement raison. C'est ce que j'aurais fait. Mais dans ce cas, je ne serais pas là, alors… Elle a haussé les épaules.

— Je suis contente qu'ils t'aient eue.

Un sourire a traversé son visage. — Ma nana critiquait Maman de ne pas avoir un meilleur travail — elle était serveuse —, de ne pas reprendre ses études, et d'avoir plus d'enfants qu'elle ne pouvait en élever. Je pense qu'elle m'en voulait un peu aussi, pour avoir ruiné ses rêves pour son fils.

Je me suis glissée par terre à côté d'elle et j'ai passé un bras autour de ses épaules. — Ce n'était pas de ta faute.

Elle a niché son épaule osseuse contre ma poitrine. — Je sais que non, mais Nana et moi, c'était le jour et la nuit. Toujours.

— Et ta mère ? Vous étiez proches ?

— Pas vraiment. Elle travaillait tout le temps. Elle disait que c'était pour l'argent. Je la soupçonnais de vouloir être hors de la maison, loin des reproches de Nana et loin de nous, les enfants, qui lui rappelions Papa. Puis elle a eu une opportunité à Houston dans un programme de formation de manager de restaurant. Quand elle est partie, elle a dit qu'elle reviendrait à la fin du programme et trouverait un poste de manager à Austin.

— Mais les choses ne se sont pas passées comme ça. Je ne sais pas si c'était son choix ou non. J'avais neuf ans, et je pensais que les adultes pouvaient faire tout ce qu'ils voulaient. Bien sûr, j'ai pensé qu'elle l'avait choisi. Elle est restée là-bas et a dit qu'elle ne pouvait pas nous prendre avec elle puisqu'elle travaillait tout le temps et ne gagnait pas assez pour payer la garderie après l'école et tout le reste. Elle envoyait de l'argent à Nana pour nous. Pas beaucoup, mais on avait toujours des baskets neuves pour la rentrée et des vêtements pour l'église le dimanche.

— L'argent n'est pas la seule chose dont les enfants ont besoin. Nous en avions beaucoup, mais il y avait toujours un vide dans notre famille depuis la mort de notre père. Charles en a comblé une partie, surtout pour moi qui suis la plus jeune, mais il y avait une partie de mon cœur que même lui ne pourrait jamais atteindre.

— Nana nous aimait, mais elle n'était pas la personne la plus chaleureuse. La dernière chose qu'elle voulait, c'était qu'on grandisse en tirant le diable par la queue comme nos parents, alors elle nous a poussés à fond.

— Avec le recul, j'apprécie. Je ne serais pas là où j'en suis aujourd'hui sans son harcèlement. Mais à l'époque, j'étais en colère. Je protégeais toujours J.J. et Jevin d'elle, je les couvrais quand ils faisaient des bêtises. J'ai appris à imiter sa signature sur leurs mots d'école. Elle a gloussé. Ils en recevaient tout le temps. Quand le réseau d'amies de l'église de Nana lui racontait ce qu'ils avaient fait, c'était moi qui séchais leurs larmes et leur disais qu'ils étaient assez bien.

J'ai essayé d'imaginer Jamila en mère de substitution. Elle était une telle force au travail, poussant tout le monde à donner le meilleur d'eux-mêmes. Avec Jackson et Cooper, elle était intense aussi, mais je me suis souvenue des moments où elle les encourageait d'une tape dans le dos ou les réconfortait avec une étreinte. Je pouvais l'imaginer faire de même avec ses frères. Peut-être que c'était pour ça qu'elle avait formé un trio avec Jackson et son colocataire de fac. Loin de chez elle, elle avait besoin d'une famille de substitution et d'une paire de garçons à tenir à l'écart des ennuis.

Je me suis permis de la tirer plus près de moi pour respirer son parfum floral. Son épaule pointue me rentrait dans le sein, mais je m'en fichais. — Tu avais raison. Ils ont super bien réussi. Toi aussi.

— On s'en est bien sortis.

— Mieux que bien. Puis je lui ai demandé ce qui m'intriguait depuis que j'avais vu sa maison. C'est pour ça que tu as acheté cet endroit ? Parce que tu envoyais tout ton argent à ta famille pour la soutenir ?

— C'est en partie pour ça. Je n'ai pas grandi comme toi. Ma nana a vécu frugalement toute sa vie, et elle avait fini de payer sa maison au moment où on a emménagé. Sa pension et ce que Maman envoyait couvraient la nourriture, les vêtements et les impôts, mais il n'y avait jamais de surplus. J'ai vu à quel point la vie pouvait être précaire, alors j'ai choisi une maison que je pouvais payer cash. Elle est confortable, et c'est tout ce dont j'ai besoin. C'est amplement suffisant. Ses épaules s'étaient crispées jusqu'à ses oreilles.

J'ai caressé son bras. — Bien sûr que ça l'est. C'est une très belle maison. Ton quartier est sympa aussi. Même ta voisine avec les avocats.

— Je me suis fait gronder pour ça, tu sais. Tu ne m'as pas dit que Mme González avait besoin d'aide avec son arbre. Je me suis fait remonter les bretelles la fois suivante où je l'ai vue.

— Oups. Quand j'avais vu Jamila avec son sweat qui glissait de son épaule, j'avais tout oublié.

— Elle a parlé d'une Mercedes de luxe. Ce n'est pas la voiture d'Audrey ? Qu'est-il arrivé à la tienne ?

J'ai grimacé. Elle m'avait raconté son histoire. Il était temps de partager la mienne.

— J'ai toujours une voiture, techniquement, ai-je dit. Tu te souviens. Mes parents me l'ont offerte pour mon dix-huitième anniversaire. C'est un adorable petit coupé BMW rouge.

— Je m'en souviens bien. Je n'ai jamais cru que les gens offraient de vraies *voitures* en cadeau. Où est-ce qu'on trouve un gros nœud rose comme ça ?

— Je ne sais pas. Mais toutes mes amies du lycée ont eu une voiture avec un nœud dessus.

Jamila a marmonné quelque chose et a secoué la tête. — Alors, que s'est-il passé ? Tu as eu un accident ?

J'ai aspiré une grande bouffée d'air malgré la honte qui pesait sur mes poumons comme un presse-papier en cristal. — Non. J'ai rencontré cette femme le premier jour de l'école de cuisine. Appelons-la… Ruby. On a commencé comme partenaires d'étude. On se retrouvait dans un café près de l'école et on révisait nos notes avant les examens. Je suis allée chez elle une fois pour faire des tartes. Je n'arrivais pas à réussir la pâte, et elle avait le tour de main. Ses pâtes étaient feuilletées, tendres et… magiques. J'ai soupiré en me souvenant.

— Ma nana faisait toujours une bonne pâte à tarte, a dit Jamila. Je n'ai jamais réussi à prendre le coup.

— C'est dur, hein ? Bref, on est restées traîner après pour regarder *Le Meilleur Pâtissier*. Tout le monde en parlait, et je ne l'avais jamais vu. Elle m'a taquinée à ce sujet, puis elle a commencé à me chatouiller, et tout d'un coup, on s'embrassait. Elle avait le goût beurré de sa pâte à tarte.

Jamila m'a caressé le genou.

J'étais contente qu'elle ne puisse pas voir mes joues en feu dans le noir. — La semaine suivante, je suis arrivée en retard au café, et elle m'a vue arriver dans ma BMW. C'est, tu sais, pas très discret dans le quartier de l'université. Elle m'a posé des questions dessus, alors je lui ai raconté comment mes parents me l'avaient offerte.

Jamila s'est redressée. — Ne me dis pas que tu as fait ça.

Sa chaleur m'a manqué. — J'étais naïve. Je le sais maintenant. Elle m'a demandé si elle pouvait la conduire et, bien sûr, j'ai dit oui. On s'est baladées pendant quelques heures. Elle l'a même prise sur la 101. Après, on a fini dans ce restaurant en bord de plage. J'ai payé, bien sûr, et on a marché sur le sable en se tenant la main, puis on s'est embrassées contre le ponton. Ses cheveux auburn balayés par le vent étaient doux contre ma joue.

— Oh, ma pauvre. Jamila a secoué la tête.

— Écoute, je pensais que ça signifiait quelque chose, d'accord ? Alors ce vendredi-là, après les cours, elle avait l'air toute triste, et je lui ai demandé pourquoi. Elle a dit qu'elle devait aller à Sacramento pour aider sa mère à faire des courses. Les achats de Noël et tout ça. Elle a dit que sa mère avait un cancer. Et que sa voiture était en panne. Elle n'avait pas les moyens de la faire réparer tout de suite. Alors j'ai dit, emprunte ma voiture. Je veux dire, n'importe qui aurait dit ça, non ?

— Non.

J'ai soupiré. — Eh bien, moi oui. J'étais heureuse tout le week-end de l'avoir aidée — elle et sa mère. Quand elle est revenue le lundi, elle était si reconnaissante et adorable. On s'est encore embrassées en plein milieu du couloir de l'école. Elle avait oublié de rapporter les clés, et j'étais tellement sur un petit nuage que je n'y ai pas pensé.

— Ma pauvre… Cette fois, Jamila a souri avec indulgence.

— Je sais, je sais. Ça a l'air ridicule maintenant, mais je n'y ai pas vu de mal. J'aidais ma copine. C'est arrivé la semaine des examens, et c'était la folie dans ma vie. Je savais que c'était pareil pour elle, et j'ai laissé couler. Je me suis dit qu'on se retrouverait après les examens, et que je récupérerais les clés à ce moment-là.

— Mais après les examens, elle m'a ghostée. Le temps que je comprenne, il était trop tard. Je suis allée chez elle, et elle était partie. La voiture n'était pas sur le parking. Elle avait juste… disparu. Et Ruby aussi. Mon cœur s'était effrité comme sa pâte à tarte quand son propriétaire avait dit qu'elle avait déménagé. Il n'y avait pas de place pour la tristesse à propos de la voiture.

— Qu'ont dit Audrey et Charles ?

— Tu crois que je leur ai dit ?

— Comment aurais-tu pu ne pas le faire ? C'était il y a cinq mois.

J'ai haussé les épaules. — Chaque fois qu'ils me posent la question, je trouve une excuse. Je n'ai pas envie de conduire. J'ai prêté ma voiture à une amie. Les deux sont vrais. Comme je fais toujours ce genre de choses, ils se contentent de lever les yeux au ciel et de conduire. Parfois, je demande à mes frères de me conduire ou j'appelle un Uber.

— Dis-moi que tu as porté plainte.

J'ai grimacé. — Non. Je suppose que j'espérais qu'elle rappellerait ou répondrait à mes textos. Je me disais que lorsque l'immatriculation arriverait à renouvellement, ce serait son problème, puis qu'elle la ramènerait ou me contacterait ou quelque chose du genre, mais elle ne l'a jamais fait.

J'ai mis une main sur mon visage. Jamila ne laisserait jamais une chose pareille lui arriver. Personne n'essaierait jamais. Pas avec une femme aussi forte et sûre d'elle. Le genre de femme que je ne pourrais jamais être.

16

JE ME SUIS SENTIE SI légère après avoir raconté à Jamila comment je m'étais fait avoir que je flottais. Je ne sentais même pas le tapis pas tout à fait moelleux de son salon.

— Ma belle, tu as le cœur trop tendre. En se tournant vers moi, Jamila a pris une de mes mèches et l'a enroulée autour de son doigt. J'ai savouré la légère traction.

— Ruby avait besoin d'aide. Enfin, c'est ce que je pensais.

— Tu essaies toujours d'aider les gens. Même moi.

— Aider les autres me fait du bien.

Elle a souri, mais son sourire était un peu triste. — Est-ce qu'elle t'a fait du bien ?

— Oui. Je l'ai crue au sujet de sa mère malade. J'espère que c'était vrai et que je l'ai aidée.

— Non, ma belle. Est-ce qu'elle t'a fait *jouir* ? Elle a tiré un peu plus fort sur mes cheveux.

— Oh. *Oh.* Tu veux dire, est-ce qu'elle m'a fait jouir ? Non, on s'est juste embrassées.

Les doigts de Jamila se sont immobilisés. — On peut jouir en s'embrassant. Si on le fait bien.

J'étais encore en train d'assimiler cette information quand elle a demandé : — Et avec tes coups d'un soir sans lendemain après la fac ? Tu jouissais avec eux ?

Je me suis agitée sur le tapis. — En général. Pas toujours avec les mecs. Je peux avoir du mal à… euh, me détendre, parfois.

— Tu étais plutôt détendue quand tu m'as embrassée à Austin.

J'ai enfoui mon visage dans mes mains. — Pff, j'aimerais avoir un de ces neuralyseurs de *Men in Black*. Je te ferais oublier cette soirée.

— Pourquoi est-ce que j'oublierais cette soirée ? Elle a décollé mes doigts de mon visage.

— Je suis super gênée, d'accord ? Et je suis désolée. Je ne t'ai même pas demandé la permission avant de t'embrasser.

— C'est vrai. Mais ça ne veut pas dire que ça m'a énervée.

— Mais tu es restée assise là ! Tu n'as pas bougé !

— J'étais surprise, c'est tout. Je ne savais pas que la petite sœur de Jackson était bi, et je ne savais pas que je te plaisais.

Une légèreté a bouillonné dans ma poitrine et s'est logée à la base de ma gorge. Quand j'ai parlé, ma voix était haletante. — Et qu'est-ce que tu en penses, maintenant ?

— Intriguée. Elle a fait glisser un doigt le long de ma gorge et l'a arrêté dans le creux entre mes clavicules, juste là où les bulles s'étaient coincées. — Bien qu'il y ait quelques raisons pour lesquelles je devrais garder ça à un intérêt purement intellectuel.

Non ! Mon cœur a cogné contre mes côtes. — Des raisons ?

Elle s'est reculée et les a énumérées sur ses doigts. — Premièrement, tu es mon employée.

— Je t'aide avec les relations publiques, ai-je argumenté. Je suis entrée dans ton bureau et j'ai exigé que tu me laisses t'aider.

— Deuxièmement, tu as dix ans de moins que moi. Nos expériences de vie sont radicalement différentes.

— Les opposés s'attirent. C'est pas ce que dit Paula Abdul ?

Jamila a levé les yeux au ciel. — Tu n'étais même pas née quand cette chanson est sortie. Et puis, elle a fait un clip avec un putain de chat de dessin animé. Qu'est-ce qu'elle en sait, sérieux ?

— Je pense qu'elle n'avait pas tort. J'ai croisé les bras.

Jamila a fait glisser son doigt le long de mon bras, mais ses paroles contredisaient ce contact sensuel. — Troisièmement, et c'est le vrai point rédhibitoire, tu es la petite sœur de mon ami.

— Un point rédhibitoire ? Jackson ne me possède pas. Il n'a pas son mot à dire sur ma vie amoureuse.

Jamila a enfoui sa main dans mes cheveux et m'a gratté le cuir chevelu avec ses ongles courts. — Ah oui ?

— Mm-hmm. La main de Jamila sur moi, c'était le paradis. J'ai osé poser un doigt sur sa mâchoire et le faire glisser le long de la colonne de son cou, comme j'avais voulu le faire tout l'après-midi.

Elle a frissonné, puis s'est penchée dans ma caresse. — En gardant à l'esprit toutes les raisons que je t'ai données pour que ça ne soit rien de plus qu'un truc occasionnel, des amies avec des avantages limités, que dirais-tu de repartir de zéro ?

Mon cerveau a calé. — Des amies avec des avantages limités ?

— Je t'ai dit que je ne faisais pas dans le long terme. Surtout pas avec la fratrie de mes amis. Mais on peut calmer cette envie que tu as pour moi. Je serais prête à ajouter une séance de galoches occasionnelle à notre amitié.

Un frisson a parcouru mon corps, jusqu'à me faire claquer des dents. Je me suis dégagée de sa main et j'ai tortillé les miennes sur mes genoux. — Tu te moques de moi, c'est ça ?

— Non, ma belle. Elle a posé sa main sur le coussin du canapé derrière moi. — Écoute, tu m'as vraiment aidée ces deux dernières semaines. Tu es une adulte, maintenant. Et je suis un peu curieuse de savoir ce que ça donnerait.

— Tu es curieuse, ai-je dit d'un ton neutre. Tu m'embrasserais pour satisfaire ta curiosité.

— Si c'est ce que tu veux retenir de ce que j'ai dit, très bien. Elle a haussé les épaules, mais son regard brûlant était tout sauf indifférent.

J'ai plissé les yeux en la regardant. — Je te plais aussi.

— Ce n'est pas ce que j'ai dit.

J'ai pincé les lèvres. Elle me proposait un baiser, peut-être quelques caresses par-dessus les vêtements, à titre expérimental. Sans attaches.

Était-ce suffisant ? Non.

Mais je ne pouvais pas non plus y renoncer.

— Pourquoi faut-il que tu sois une si grande connasse ? ai-je demandé avant de me pencher pour l'embrasser, fort.

Elle s'est figée comme elle l'avait fait dans la voiture mardi soir. Mais ensuite, ses lèvres se sont adoucies. Je me suis pressée contre elle, léchant sa lèvre inférieure pulpeuse.

Elle s'est ouverte à moi, et j'ai plongé, en quête, en recherche, affamée.

Elle s'est retirée, me laissant haletante.

— Doucement, ma belle. Je m'occupe de toi.

Elle s'est penchée vers moi et a posé ses lèvres de biais sur les miennes, me taquinant, avançant, reculant. Chaque fois que je la poursuivais, elle se dérobait. Puis elle recommençait doucement, lentement, m'en donnant de plus en plus. Finalement, j'ai appris que si je me détendais, elle me donnerait tout ce que je voulais. Tout ce dont j'avais besoin.

Sa poitrine se pressait contre la mienne. Je mourais d'envie de sentir sa peau contre moi.

J'ai fait glisser ma main de son cou, par-dessus son épaule, jusqu'à son sein. J'ai frotté ma paume sur le petit renflement et j'ai senti son téton durci à travers son débardeur fin. Mon Dieu, elle ne portait pas de soutien-gorge. Si je l'avais su, je n'aurais pas eu une seule pensée cohérente de toute la soirée.

Est-ce que je l'imaginais, ou est-ce qu'elle s'était pressée contre ma paume, aussi excitée que moi ? Elle ne m'avait touchée nulle part où mes vêtements couvraient normalement, mais chaque parcelle de mon corps était allumée comme un sapin de Noël. J'ai frotté mes cuisses l'une contre l'autre, pressant la couture de mon jean contre mon clitoris gonflé. Ma respiration s'est accélérée.

Elle avait toujours sa main dans mes cheveux, et elle a tiré sur les racines. Une traînée d'étincelles a jailli de mon cuir chevelu, a descendu ma colonne vertébrale et s'est enroulée dans mon ventre. Est-ce que j'allais jouir juste avec ça ? Je ne le voulais pas. Je ne voulais pas jouir avant qu'elle ne touche ma peau.

J'ai arraché mes lèvres des siennes et j'ai embrassé sa joue jusqu'à son oreille, où son parfum floral se heurtait à la noix de coco de son produit capillaire, et je me suis retrouvée dans un jardin tropical avec l'élue de mon cœur. — Jamila, je te veux, ai-je murmuré.

Elle a gémi dans mon oreille. — Non, ma belle. Pas ce soir.

— Quoi ? J'ai léché son lobe d'oreille. — Tu es sûre ?

— On va y aller doucement. Tu ne veux pas garder quelques avantages pour plus tard ? Ses doigts ont glissé sur ma nuque, envoyant des picotements le long de ma colonne vertébrale.

— Non. Ma voix est sortie boudeuse.

— Eh bien, moi si. Elle s'est reculée, et sa main a quitté ma peau.

— Pourquoi ? ai-je geint.

— Je ne veux pas tout griller d'un coup. Je veux que tu reviennes en redemander.

— On dirait que tu es une grande allumeuse. J'ai fait la moue. Elle s'est penchée et a déposé un léger baiser dessus. — On peut arrêter ça maintenant.

— Non !

— Tu as l'air de quelqu'un qui n'a pas l'habitude d'entendre le mot non.

Elle avait raison. C'était l'un des nombreux privilèges d'être une Jones. — Pas souvent, j'imagine.

— Avec moi, tu l'entendras souvent. On fera les choses à ma façon. Aujourd'hui, ma façon, c'est que tu rentres chez toi. D'ailleurs, je suis en train de te commander un VTC. Elle a attrapé son téléphone sur la table basse et a tapoté l'écran.

— Quand est-ce que je te revois ?

— Lundi, au travail. Quand elle a levé les yeux de l'écran, son expression était innocente, mais ses yeux brillaient d'une lueur malicieuse.

— Mais tu ne m'embrasseras pas au travail.

— Ça, c'est clair et net. Mais je t'emmènerai boire un verre après.

— Vraiment ? L'espoir a jailli dans mon cœur.

— Promis. Elle s'est penchée pour un dernier baiser doux, scellant l'accord. — Maintenant, allons-y. Ton VTC sera là dans cinq minutes. Elle s'est levée et m'a aidée à me relever du sol.

— En cinq minutes, je peux t'aider à nettoyer tout ça. J'ai désigné les boîtes à emporter.

— D'accord. Elle en a ramassé quelques-unes, et j'ai attrapé le reste pour la suivre jusqu'à la cuisine.

Quand son téléphone a sonné, elle m'a raccompagnée à sa porte d'entrée et a passé son pouce sur mes lèvres gonflées par les baisers. — Bonne nuit, ma belle. On se voit lundi.

17

LE VENDREDI SUIVANT, alors que je programmais des publications pour les réseaux sociaux, Hannah a poussé un petit cri perçant.

— Regarde tes e-mails, a-t-elle dit. Tout de suite.

— C'était un bon cri ou un cri de panique ? ai-je demandé en changeant de fenêtre sur mon ordinateur portable.

— Regarde, regarde, regarde ! Elle a fait le tour de mon bureau en courant et s'est penchée par-dessus mon épaule en pointant un e-mail non lu. C'est l'article de *Buzz Bizz* et les photos. Ouvre, ouvre, ouvre !

J'ai cliqué sur l'e-mail et ouvert les pièces jointes. J'ai parcouru l'article en diagonale. Les mots *posée*, *sûre d'elle*, *rationnelle* et *franche* me sautaient aux yeux. Que de bons signes. Il faudrait que je le relise plus tard.

— Regarde les photos. Hannah a attrapé ma souris et a cliqué pour les ouvrir.

Jamila a rempli mon écran, l'air à la fois sophistiquée, gracieuse et simple. Enfin, aussi simple que peut le paraître quelqu'un qui porte une robe à mille dollars.

— Elle est superbe, non ?

— Fabuleuse. Le sourire d'Hannah a dévoilé ses dents parfaites.

— Et l'article ? Tu l'as lu ?

— Il la fait passer pour une déesse sur Terre. Tout le contraire de ce qu'elle avait l'air dans cet extrait sur TikTok. Tu as bien travaillé, patronne.

L'excitation a bouillonné dans mon ventre.

— Je vais demander si on peut récupérer la vidéo de l'interview pour mettre des extraits sur TikTok. On va étouffer les mauvaises choses.

— Déjà demandé. Ce sera une victoire totale.

Je me suis levée et j'ai tendu les bras pour la serrer contre moi.

— On a bien travaillé. Merci.

Elle m'a étouffée dans ses bras, froissant ma chemise empesée.

— Je pense que tu as un avenir dans les RP.

Je ne m'étais jamais sentie comme ça dans aucune de mes autres carrières. Pas même quand j'avais réussi une pâte à tarte qui n'était pas complètement ratée.

— Peut-être que tu as raison.

Un raclement de gorge s'est fait entendre sur le seuil. Felicia se tenait là, une enveloppe à la main.

En relâchant Hannah, j'ai contourné mon bureau. Felicia m'a tendu l'enveloppe.

— Qu'est-ce que c'est ? ai-je demandé en glissant un doigt sous le rabat.

— Votre fiche de paie. Elle s'est retournée pour partir.

— Et Hannah ? Comment avais-je pu avoir une fiche de paie et pas elle ?

— J'ai mis en place le virement automatique, a dit Hannah. Comme je la regardais d'un air vide, elle a continué : Ma paie va directement sur mon compte en banque. Tu n'as jamais fait ça avant ?

J'ai grimacé.

— Je n'ai jamais eu d'emploi rémunéré avant. Juste du bénévolat et des stages non payés. Mon beau-père s'occupait des finances de la boutique de fleurs.

Elle a eu un petit rire.

— Ça doit être sympa.

Felicia a laissé son dédain transparaître sur sa lèvre retroussée.

— Ça doit.

Mon visage s'est empourpré.

— Je… je… Je ne pouvais pas accepter l'argent de Jamila. Tout ce que je voulais, c'était l'aider. Je ne pouvais pas non plus passer pour la fille de riche privilégiée devant ces deux femmes qui travaillaient dur. Il faut que je la voie.

Pinçant l'enveloppe entre mes doigts, j'ai marché d'un pas décidé jusqu'au bureau de Jamila, j'ai frappé à la porte et je l'ai poussée pour entrer.

Winslow était assis sur la chaise en face de Jamila. Sa posture était détendue, une cheville posée sur son autre genou. Son pantalon rose framboise révélait les pois pastel incroyablement vifs de ses chaussettes, totalement dépareillés avec ses richelieus bicolores. Il a dit d'une voix traînante :

— Quelle urgence de RP est survenue cette fois ?

Jamila a levé les mains, paumes vers l'avant.

— Je te jure, je n'ai rien fait. J'ai fait cette interview comme tu me l'as dit. Et j'ai travaillé comme une acharnée toute la semaine.

Lundi soir, Jamila m'avait emmenée boire un verre comme elle l'avait promis, mais elle n'avait pas arrêté de regarder son téléphone qui explosait de messages. Le service qualité avait trouvé un autre problème dans le code, et l'équipe de développement se démenait pour le déboguer. C'était un jeu sans fin : dès qu'ils corrigeaient un problème, un autre surgissait. On aurait toujours dit que quelqu'un travaillait contre eux — mais pas Rhiannon. Ça, je le savais maintenant.

Après un verre, j'avais eu pitié d'elle et je lui avais dit de retourner au bureau. Tout ce que j'avais eu, c'était un baiser fugace sur la joue. Jamila avait bondi pour aider les codeurs, et il n'y avait pas eu de baisers de suivi. J'avais dû recycler ceux de vendredi chez elle pour alimenter ma réserve de fantasmes.

Non pas que je me plaigne. Ces baisers chez elle avaient été incendiaires.

— Ce n'est pas un truc de RP. J'ai croisé les bras. C'est un truc de RH.

— Ouh là. Winslow a gloussé. Je vais vous laisser régler ça entre vous.

— Les RH dépendent des opérations. Jamila a haussé un sourcil.

— Pas quand il s'agit de cas particuliers. Il a levé un doigt. Je n'ai rien à voir avec son embauche. C'est entièrement toi.

— Il me semble me souvenir que tu étais en faveur de l'embauche d'une spécialiste des RP, a-t-elle dit.

Il a fait semblant de réfléchir.

— Non. Aucun souvenir de ça. Il est passé nonchalamment à côté de moi et a refermé la porte derrière lui.

— Qu'est-ce qu'il y a, Natalie ? Jamila a posé son menton sur sa main. Des ombres s'accumulaient sous ses yeux.

Quelque chose m'a piqué la poitrine. J'ai failli faire demi-tour et suivre Winslow dehors pour laisser à Jamila quelques instants de paix, mais c'était important. Ça nous concernait, nous et cette étrange situation de plan cul qu'elle avait établie.

J'ai soulevé l'enveloppe.

— Je t'avais dit que je ne voulais pas être payée.

Elle a levé les yeux au ciel.

— Et je *t*'ai dit que tu fais un travail pour moi. Les gens qui travaillent sont payés. Je paie Hannah alors que, techniquement, personne ne l'a embauchée.

— Je l'ai embauchée. Tu as besoin d'elle.

— Alors, ipso facto, tu es mon employée. Je ne permets pas aux non-employés d'embaucher des gens pour travailler chez Jamilow.

Merde. C'était logique.

— Mais… mais qu'est-ce que ça veut dire ?

Un sourire a ourlé ses lèvres bien que ses yeux soient restés ternes d'épuisement.

— Eh bien, ma belle, être une employée signifie que tu reçois une paie toutes les deux semaines, que le gouvernement la taxe, et que nous fournissons des avantages, donc si tu es malade, tu peux aller à l'hôpital.

— Je n'ai pas besoin d'avantages ni d'une paie. Pas si ça veut dire que toi et moi...

— On ne peut pas avoir l'autre type d'avantages ?

— Tu as déjà eu des avantages avec un employé ?

— Bien sûr.

J'ai agité la fiche de paie, et la petite fenêtre en plastique a cliqueté.

— Avec *ton* employé ?

— Putain, non.

— Alors je vais... J'ai pincé le haut de l'enveloppe pour la déchirer.

— Non !

Je me suis figée.

— Nat, j'ai besoin de toi. Que tu travailles ici. Les choses sont beaucoup plus calmes maintenant. Elle a regardé par la fenêtre. Plus de camionnettes de presse. Grâce à toi. Je ne veux pas que tu démissionnes.

— Mais je veux ça. J'ai fait un geste entre nous deux, toujours pas sûre de ce qu'était *ça*, mais déterminée à m'y accrocher des deux mains.

— Alors on va essayer. Je ne peux rien promettre de plus qu'une relation sans attaches. Si l'une de nous décide que ça ne marche pas, on peut y mettre fin. Sans rancune et sans conséquences. Toujours amies. D'accord ?

Ses dents ont effleuré sa lèvre si désirable. Son regard était froid, comme si elle s'en fichait, mais ce seul indice m'a donné l'espoir qu'elle pouvait y tenir autant que moi.

— Et on est exclusives ? ai-je demandé.

Elle a soufflé.

— Bordel, ma belle, tu crois que j'ai le temps de papillonner ?

Ce n'était pas une super offre, mais c'était la meilleure que j'obtiendrais.

— D'accord.

Un large sourire s'est dessiné sur son visage.

— D'accord.

— Et maintenant ? J'ai plié le chèque et l'ai mis dans ma poche. On se serre la main ? On s'embrasse ?

— On ne s'embrasse pas dans mon bureau. Il y a des limites à tout ça. C'en est une.

— Compris. On boit un verre ce soir ?

— L'équipe se démène pour respecter une échéance. Je ne peux pas m'en aller d'ici alors qu'ils travaillent encore.

— Ah, oui. Son travail était plus important que notre histoire sans lendemain. Je suppose que…

— Demain, s'est-elle empressée de dire. Je t'emmènerai. En plus, j'ai un cadeau pour toi.

— Un cadeau ? J'ai souri. J'adore les cadeaux.

— Viens là. Elle a attrapé quelque chose sur son bureau, puis s'est dirigée vers la fenêtre qui donnait sur une partie du parking. Elle m'a tendu l'objet en plastique noir.

— Une clé de voiture ?

— C'est une vraie galère de venir de San Francisco tous les jours sans voiture. Appuie dessus.

J'ai cliqué sur le bouton de déverrouillage, et il y a eu un faible bip. Je l'ai refait en me concentrant cette fois. Une Porsche décapotable rouge pomme d'amour a fait clignoter ses phares.

J'ai dévisagé Jamila, bouche bée. La BMW de mes parents, c'était une chose. Je ne connaissais personne qui offrait une voiture à une amie. Même les plans culs ne faisaient pas ça.

— Ils ne la font pas en rose, a-t-elle dit. J'ai demandé. Et je leur ai dit qu'ils pouvaient laisser tomber le nœud géant.

— Tu ne peux pas m'offrir une voiture. Ce n'est pas ce que les p… J'ai dû ravaler le mot *petites amies*. Ce n'est pas ce que font les amies.

— Les employeurs le font tout le temps. C'est un leasing. Appelle ça une voiture de fonction.

— Mais… Je ne connaissais pas la politique de Jamilow sur les voitures de fonction, mais je soupçonnais que les spécialistes en RP qui s'embauchaient elles-mêmes n'en obtenaient pas après moins d'un mois de travail.

— Conduis-la jusqu'à chez moi demain. On aura un rendez-vous galant.

Un rendez-vous galant. Un vrai rendez-vous galant. Dans un cadeau extravagant.

— D'accord. J'ai refermé mon poing sur la clé. Normalement, c'est là que je t'embrasserais.

Ses yeux bruns me brûlaient, et sa voix est sortie rauque.

— Garde ça pour demain.

Je ne savais pas comment j'avais réussi à sortir du bureau de Jamila, mais j'ai flotté dans le couloir jusqu'à celui que je partageais avec Hannah.

— Tout est réglé ? a demandé Hannah.

— Quoi ? Ce que je venais de faire était tout sauf réglé.

— Ta fiche de paie.

— Oh, oui. Perplexe, je l'ai sortie de ma poche.

Bon sang, qu'est-ce qu'on pouvait bien faire avec un chèque, au juste ?

18

J'AI EU l'audace de préparer un petit sac de voyage pour mon rendez-vous avec Jamila, mais cette audace m'a quittée au moment où je l'ai mis sur mon épaule et où j'ai descendu les escaliers sur la pointe des pieds. J'espérais que Maman et Charles feraient la grasse matinée après leur arrivée de Paris la nuit dernière, mais alors que je me glissais furtivement devant la salle à manger, Maman m'a interpelée :

— Natalie, ma chérie. Nous sommes là.

En soupirant, j'ai posé mon sac dans l'entrée et je suis entrée dans la salle à manger. Maman était assise en bout de table, Charles à sa droite et Sam à sa gauche. Ma sœur a glissé une tranche de banane sous la table à sa petite terreur dévoreuse de sacs à main.

— Bon voyage ? ai-je demandé en me penchant pour embrasser la joue de Maman.

— Merveilleux, a-t-elle dit en adressant un tendre soupir à Charles. Tellement romantique. Assieds-toi, et on te racontera tout.

— Beurk, non merci. Il m'a été facile de me glisser dans la peau de la benjamine capricieuse de la famille. J'ai attrapé une fraise dans la corbeille de fruits. Je m'en vais.

— Où vas-tu ? Maman a reposé sa tasse de café dans sa soucoupe avec un tintement.

— Chez Jamila. Et il se pourrait que je dorme chez elle.

— Que tu dormes là-bas ? Maman a haussé les sourcils. Est-ce que Jamila te fait trop travailler ?

J'espérais bien qu'elle allait me mener la vie dure ce soir, jusqu'à me faire cogner la tête contre son lit. J'ai enfourné la baie dans ma bouche pour ne pas avoir à répondre.

Sam a levé les yeux de son téléphone.

— Nat a beaucoup travaillé ces derniers temps. Je l'ai à peine vue pendant que vous étiez partis.

Je lui ai lancé un regard furieux. Traîtresse.

— Jamila est une excellente influence, a dit Charles. Elle peut t'apporter la direction dont tu as besoin.

— Je parie qu'elle en donne, des directions, a marmonné Sam. Elle grignotait dans la cuisine samedi soir dernier quand je suis rentrée de chez Jamila, les cheveux en bataille et le rouge à lèvres étalé jusqu'au menton.

— Quand est-ce que ton appartement sera de nouveau prêt ? ai-je exigé.

— Ne vous disputez pas, les filles, a dit notre mère d'un ton las. Elle avait tellement prononcé cette phrase au fil des ans qu'elle devait avoir creusé un sillon dans sa gorge. Natalie, nous parlions de l'influence de Jamila sur toi.

Mes joues m'ont brûlée. Elles devaient être aussi rouges que les fraises sur la table.

— Elle est contente de mon travail jusqu'à présent. Je lui ai obtenu un article incroyable dans *Buzz Bizz*.

— Ma chérie, personne ne doute de ton ambition. Tu as juste besoin de te concentrer. Charles m'a adressé un doux sourire. Jamila a ça à revendre. Nous espérons qu'elle déteindra sur toi.

J'ai réprimé un petit cri. J'espérais bien qu'on allait déteindre l'une sur l'autre, au lit.

En ricanant, Sam s'est détournée pour donner une myrtille à Bilbo Baggins.

— Bon, je file, ai-je dit. Je t'enverrai un texto si je reste dormir. Je risque de manquer le brunch demain.

— Avant que tu partes, a dit Maman, nous devons parler du pique-nique du week-end prochain.

— Le pique-nique ? Je me suis figée dans l'embrasure de la porte.

— Le pique-nique annuel du Memorial Day du député Crawford. Nous irons et nous en profiterons pour lui parler de notre programme d'alphabétisation.

— Non, a dit Sam.

J'aurais aimé pouvoir envoyer balader Maman comme ça, mais je n'avais jamais été aussi forte.

— Natalie, ma chère, qui amènes-tu ? a demandé Maman.

J'ai cligné des yeux. L'année dernière, j'y étais allée avec Daniel van der Poel. Nous allions souvent à des événements en tant qu'amis, mais les gens commençaient à associer nos noms de manière plus sérieuse. Normalement, je n'aurais pas hésité une seconde à me présenter au pique-nique avec lui, mais je ne voulais pas perturber l'équilibre délicat de ce que j'avais avec Jamila, quelle que soit sa nature, surtout après la débâcle de la fête de Noël de Billie Woods.

— Je... je ne sais pas. J'avais oublié.

— Oublié ? Ça ne te ressemble pas. Emmène Daniel. Je vais appeler sa mère.

— Non ! J'ai grimacé dès que je l'ai dit. Ce genre de choses demandait de la nuance, et j'avais complètement manqué de tact.

— Quoi ? Vous n'êtes pas en froid, j'espère ?

— Non. C'est juste que... nous ne nous sommes pas beaucoup vus ces derniers temps.

— Est-ce qu'il sort avec quelqu'un ?

— Je ne sais pas.

— Il vient de rompre avec Bella Waddingworth, a dit Charles.

Nous nous sommes tournées vers lui, les yeux ronds.

— Quoi ? J'entends des choses. Bob Waddingworth et moi avons joué au golf samedi dernier.

— Alors c'est le moment idéal pour que tu sortes avec lui, a dit Maman. Tu dois te caser. Daniel est un bon choix.

— Me caser ? Je n'ai que vingt-six ans !

— J'avais seulement un an de plus que toi quand j'ai eu Jackson.

— Pff. C'était une autre époque, Maman. Je ne suis pas prête à me caser avec qui que ce soit. Certainement pas Daniel van der Poel, qui se soucie plus de son portefeuille d'actions que de toutes les personnes avec qui je l'ai vu sortir.

— Un petit ami stable te donnerait la concentration dont tu as besoin.

J'ai laissé les mots de Maman reposer sur la table comme l'assiette de bacon, dont la graisse figeait sur sa surface froide.

Après un silence, j'ai dit :

— Tu as laissé Jackson, Andrew et Sam avoir une carrière avant de les pousser à sortir avec quelqu'un.

— Natalie. Les yeux de Maman se sont adoucis. Tu pourrais avoir plus de succès en tant que soutien qu'en faisant carrière. Comme moi.

Bien sûr, j'aimais aider les gens. Mais ça ne voulait pas dire que j'avais renoncé à trouver une carrière. Mais ma mère, elle, avait renoncé pour moi, et ça faisait mal.

— Au revoir, Maman. Je dois rejoindre Jamila.

— Réfléchis à ce que j'ai dit, m'a-t-elle lancé. Je téléphonerai à la mère de Daniel.

— Non, merci, ai-je crié depuis le couloir en ramassant mon sac.

Après ce baiser magique avec Jamila, l'idée d'aller n'importe où avec quelqu'un comme Daniel me répugnait. Même si je ne pourrais jamais amener Jamila à un pique-nique politique, je préférais devenir une ermite comme ma sœur plutôt que de rejouer mon numéro de mondaine.

———

NOUS NE SOMMES RESTÉES chez Jamila que le temps pour elle de mettre un panier de pique-nique à l'arrière de la décapotable rouge et d'attacher confortablement Quill.i.am contre son corps dans une pochette de transport souple. Quand il s'est blotti entre ses seins et a fermé les yeux, je l'ai un peu envié. Puis nous avons pris la route, Jamila au volant.

Pendant l'heure de route vers le sud, nous avons parlé de sa semaine de travail. J'aurais aimé avoir prêté attention au jargon informatique de mes frères et sœurs programmeurs pour pouvoir comprendre le problème que Jamila décrivait. Ça lui avait pris ses soirées toute la semaine, mais ils avaient trouvé une solution tard le vendredi après-midi qui la rendait follement optimiste quant à la date de sortie, dans à peine trois semaines. Elle tapotait le volant au rythme d'une chanson de Lizzo qui passait à la radio.

— On va à Santa Cruz ? ai-je finalement demandé alors que nous prenions la sortie.

— Ouais. Elle a souri. À un feu rouge, elle a appuyé sur un bouton, et le toit s'est rétracté dans un compartiment à l'arrière de la voiture.

J'ai pris une profonde inspiration d'air salin.

— À la plage ?

— Yep.

— Tu aurais dû me le dire. J'aurais apporté un maillot de bain.

— Plutôt une combinaison, a-t-elle dit en frissonnant. L'eau est glacée. De plus, a-t-elle ajouté avec un sourire de loup, j'aime cette robe sur toi.

— Celle-ci ? J'ai battu des cils et l'ai regardée comme si je ne savais pas exactement ce que je portais, une minirobe rose foncé si courte que je pouvais à peine m'asseoir sans tout dévoiler. Elle avait une découpe aguicheuse juste en dessous de mes seins qui, je l'espérais, tenterait les doigts de Jamila de la parcourir.

— Tu sais bien que oui. Elle s'est retournée vers la route.

— Ce n'est pas comme si j'allais me baigner aujourd'hui. Le maillot de bain serait pour le soleil. Telle une fleur, j'ai incliné mon visage vers le soleil.

— Hmm. J'aurais peut-être dû te dire d'apporter un maillot, a-t-elle ronronné.

Oui, s'il te plaît.

— Je pourrais t'en emprunter un.

— Ça pourrait s'arranger. Elle a gardé les yeux sur la route et les mains sur le volant pendant que nous traversions la ville.

Nous nous sommes garées devant une maison à deux étages qui était énorme comparée à la sienne à Menlo Park. Dans l'étroit espace entre elle et sa voisine, j'ai aperçu une plage de sable et l'eau bleue au-delà. C'était le genre de maison que je m'attendais à ce qu'elle possède. Mais maintenant que je la connaissais mieux, je comprenais son besoin de ne jamais rien devoir à personne. Je respectais sa modeste maison à Menlo Park. Et je m'émerveillais devant cette maison de plage. Jamila devait avoir déboursé plusieurs millions, en cash.

Souriant, Jamila m'a laissée l'admirer un instant, se pavanant devant mon expression ébahie, avant de déverrouiller la porte. Elle a attrapé le panier de pique-nique d'une main et mes doigts de l'autre et m'a entraînée à l'intérieur.

L'opulente demeure, l'une des nombreuses regroupées autour d'une étendue de plage de sable, avait un plan ouvert parsemé de meubles bas et offrait une vue magnifique sur l'océan. La lumière du soleil scintillait sur l'eau bleue, et le sable doré était parsemé de parasols et de serviettes de plage des familles venues jouer dans le sable et les vagues.

— On mange d'abord ou la plage d'abord ? a-t-elle demandé en posant le panier sur l'îlot de la cuisine.

— On peut faire les deux ? Si tu as une couverture de plage, on peut emporter notre déjeuner dehors.

— Bien sûr. Elle est allée à un placard et en a sorti une. D'un autre placard, elle a sorti un morceau de tissu couleur lilas. Elle a désigné une porte du menton. Tu peux te changer là-dedans.

Emportant le maillot de bain dans les toilettes du rez-de-chaussée, j'ai retiré ma robe d'été et me suis glissée dans le bikini. J'aurais aimé avoir moins de cellulite sur les cuisses et avoir pensé à faire une séance d'autobronzant. Au moins, je m'étais épilée partout dans l'espoir de passer un peu de temps nue avec Jamila. J'ai croisé mon propre regard dans le miroir. En portant le maillot de Jamila, j'ai essayé de canaliser un peu de sa confiance. *Tu vas sortir d'ici — non, tu vas marcher fièrement hors d'ici — et agir comme si tu la méritais.* Hochant la tête à mon reflet, je suis sortie d'un pas décidé.

Jamila était déjà dans la cuisine, vêtue d'un deux-pièces blanc bien plus modeste que le bikini qu'elle m'avait donné. L'étendue lisse de sa peau a rendu ma bouche aussi sèche que le sable dehors. Je voulais la toucher partout et voir si sa peau était aussi soyeuse qu'elle en avait l'air.

Elle s'est éclairci la gorge, et j'ai brusquement reporté mon regard sur son visage. Est-ce que des amies avec des « peut-être avantages » se reluquaient ? Il me fallait un manuel pour ça.

Mais elle me fixait aussi. Plus précisément, mes seins.

— Tu devrais garder ce maillot, a-t-elle dit d'une voix rauque. Il ne me va pas comme ça.

Le bikini lilas avait des bonnets en forme de triangle, et une partie de ma peau débordait de l'élasthanne. Audacieusement, j'ai regardé son haut. Ses seins étaient à peu près une taille de bonnet plus petits que les miens, mais ils se nichaient parfaitement dans le haut de type « dos nu ». Ses tétons étaient pointus, et j'ai eu envie de frotter mes paumes dessus.

Elle s'est de nouveau éclairci la gorge.

— On y va ?

— Où est Quill ? Il vient avec nous ?

— Non, je l'ai mis dans son habitat pour une sieste. Il a la peau sensible. En parlant de ça… Elle a attrapé une bouteille de crème solaire et me l'a tendue. Badigeonne-toi, ô Impératrice Héméra. On dirait un de ces vampires de *Twilight*.

Je lui ai lancé un regard vide.

— Très drôle.

Pourtant, j'ai fait ce qu'elle a dit et me suis frotté de crème solaire du cou aux orteils.

— Et ton visage ? a-t-elle demandé.

— Mon maquillage a un indice de protection.

— Tourne-toi. Je vais te faire le dos.

Je me suis retournée, en contractant mes fessiers pour essayer de les faire paraître aussi fermes que les siens. À la seconde où ses doigts ont touché ma nuque, j'ai frissonné.

— Froid ?

— Oui, ai-je menti. De toute évidence, notre contact peau contre peau ne lui faisait pas le même effet qu'à moi. Ma peau frémissait alors qu'elle continuait de ma nuque le long de ma colonne vertébrale jusqu'à l'attache arrière du bikini, puis sur chaque omoplate. Puis — bon sang de bonsoir ! — elle a glissé ses doigts sous la cordelette et a lissé ses mains sur mon dos, jusqu'à l'endroit chatouilleux au creux de mes reins.

— Un petit peu sous la ceinture du maillot, a-t-elle dit en glissant deux doigts à l'intérieur. C'était seulement le bout de ses doigts qui glissait sur le haut de mes fesses, mais je n'ai pas pu m'en empêcher. Tous les poils de mon corps se sont hérissés. Il ne faudrait pas que tu prennes un coup de soleil. J'ai encore frissonné et j'ai dû retenir un gémissement.

Soudain, ses lèvres se sont retrouvées à mon oreille. — Plus tard. D'abord, tu profites de la plage. Et du déjeuner.

Je me suis pressée contre elle, sentant la chaleur de sa peau contre mon dos. — Et si je voulais autre chose avant ?

— On a passé cinq minutes à mettre de la crème solaire. Allons prendre un peu le soleil.

— Et toi ? ai-je demandé en me retournant et en lui tendant la main pour prendre le flacon. Tout le monde a besoin d'une protection UV.

— Je suis couverte. Elle a attrapé un vêtement sur le comptoir et l'a enfilé par la tête. La tunique de plage était d'un blanc vaporeux, avec de longues manches qui cachaient ses courbes tentantes et s'arrêtaient à mi-cuisse. Littéralement. Allons-y.

Elle a pris le panier de pique-nique et j'ai attrapé la couverture. En sortant, elle a jeté un immense chapeau de soleil sur sa tête, puis en a écrasé un autre sur la mienne. — Maintenant, on est toutes les deux couvertes.

Nous sommes sorties sur la terrasse en bois et avons descendu une série d'escaliers pour arriver sur le sable. Nous avons trouvé un endroit à plusieurs mètres des familles, avec une vue imprenable sur la plage.

J'ai secoué la couverture et Jamila a déballé le panier. Elle a sorti une bouteille d'eau pétillante, des fromages, des crackers, du raisin et des fraises. Sélectionnant soigneusement un échantillon de tout, elle l'a disposé sur une assiette en mélamine qu'elle m'a tendue avant de faire de même avec sa propre assiette. Elle a versé de l'eau dans deux gobelets en acrylique transparent.

— C'est si chic, l'ai-je taquinée.

— Tu t'attendais à quoi ? À un plateau-repas pour gamins ? C'est moi qui t'ai invitée.

J'ai écarquillé les yeux. — Donc c'est un repas de rendez-vous ? Pas un repas entre amies ?

— Un repas de rendez-vous. J'aurais aimé pouvoir voir ses yeux derrière ses lunettes aviateur à effet miroir. S'il n'y avait pas la règle qui interdit l'alcool sur la plage, j'aurais apporté du vin pétillant pour toi, princesse.

J'ai grignoté un cracker, le savourant pour le geste romantique qu'il représentait.

— Ça te plaît ?

— Oui. Beaucoup. J'ai posé une main sur son genou, qui était étendu vers moi sur la couverture. Il était aussi soyeux qu'il en avait l'air.

Elle a retiré ma main de sa jambe et l'a tenue brièvement avant de la poser sur la couverture. — Je préférerais ne pas faire ça ici. Elle a adouci ses mots d'un sourire, mais j'ai senti un pincement au cœur.

— Pourquoi pas ? Ces gamins là-bas sont en train de se rouler des pelles. J'ai indiqué d'un coup de menton un adolescent et une adolescente. Ils avaient jeté une serviette sur eux, mais n'importe qui pouvait voir qu'il avait la main sous le haut de son bikini. Je pensais que tu avais fait ton coming out.

— Ma bisexualité n'est pas un secret, mais j'essaie de faire en sorte que ça ne regarde que moi. D'ailleurs, si je me souviens bien, tu n'as pas fait ton coming out. Pas à ta famille.

J'ai fait une grimace en pensant à la guerre nucléaire qui éclaterait si j'amenais une femme au pique-nique politique du Memorial Day. — Pas exactement.

— Il vaut mieux faire profil bas. N'oublie pas, je suis une femme noire dans la tech. Tous les yeux sont braqués sur moi. N'est-ce pas ce que me dirait ma conseillère en relations publiques ? Elle m'a fait un clin d'œil.

J'ai grogné. — J'imagine. Même si j'espérais ne pas être ta responsable des relations publiques aujourd'hui, et juste être… j'ai pris une grande inspiration, ta personne.

Elle a soutenu mon regard et ses lèvres se sont retroussées en un sourire enjôleur. J'avais désiré cela depuis si longtemps, être l'objet de l'attention de Jamila Jallow. Malgré la chaleur de la journée, les poils se sont hérissés sur ma peau nue. J'ai frotté ma main sur la chair de poule de mon bras.

Rompant notre duel de regards, Jamila a plongé la main dans le panier. — Goûte ça. Ce sont des brochettes de salade caprese.

J'ai sorti une petite brochette de billes de mozzarella, de tomates cerises et de feuilles de basilic, arrosée de glaçage balsamique. J'en ai pris une bouchée. — Mmm, ai-je dit.

— C'est bon, hein ? C'est la première chose que j'ai appris à faire pour les fêtes après avoir compris que le dip au Rotel et le caviar texan ne passeraient pas en Californie du Nord. Même la version de ma grand-mère, avec un peu de chorizo épicé dedans.

— Le dip au Rotel ?

— Bon sang, tu ne sais même pas ce que c'est.

— C'est triste que tu aies dû abandonner tes plats préférés quand tu as déménagé ici.

Elle a haussé les épaules. — J'ai dû abandonner beaucoup de choses. Ça en valait la peine. J'ai ma propre entreprise, et même

Pavel Thakor ne peut pas m'arrêter. On va mettre une raclée à Moo-Lah avec cette nouvelle application. Je suis sur le point de lui faire ravaler son air condescendant. Sauf si on n'a pas arrêté la fuite, et qu'il est sur le point de me le faire ravaler à moi. Elle a froncé les sourcils et a posé son assiette.

— Tu penses qu'ils pourraient vous devancer sur le marché ?

— On y est presque, mais ces bugs n'arrêtent pas de nous retarder. J'aimerais savoir à quel point ils sont proches du lancement.

— Tu ne crois pas qu'il y a de la place pour vous deux sur le marché ?

— Je ne sais pas. S'ils nous devancent de quelques jours, ce n'est probablement pas grave, même si je détesterais qu'il rafle toute la couverture médiatique et nous fasse passer pour des copieurs. Si c'est des semaines… Elle a levé les mains. Ils pourraient s'implanter durablement. Ce serait difficile de regagner des parts de marché.

— Pourquoi as-tu décidé de lancer une application de coaching de vie ?

Elle a haussé les épaules. — C'était mon rêve.

J'ai reniflé. — Tu rêvais de créer une application pour que les gens calculent quel pourcentage de leur salaire mettre dans un plan d'épargne retraite ?

— Non. Elle a tracé un motif sur la couverture de plage. En grandissant, tout ce que je voulais, c'était une maison où je me sentirais la bienvenue.

Mon corps s'est glacé. — Tu ne te sentais pas la bienvenue chez toi ?

— Nana ne voulait pas de nous. Elle l'a bien fait comprendre. Je veux dire, elle nous aimait, mais j'étais toujours dans ses pattes. Et mes frères ? Elle a eu un rire sombre. Ils étaient toujours fourrés dans les ennuis, tu vois ?

— Ouais. Jackson avait été un fauteur de troubles. Je ne pouvais qu'imaginer les catastrophes qu'une paire de lui aurait pu provoquer.

— Alors j'ai imaginé des moyens de m'en sortir toute seule. Nana parlait toujours de l'université, et je savais que c'était la solution. Mais les choses étaient très différentes de l'époque où elle y était allée. Mes professeurs de collège n'étaient pas bien meilleurs. Ils avaient fréquenté des universités locales. Moi ? Je voulais quelque chose de plus grand.

— Bien sûr que oui. Je voulais la toucher et effacer l'amertume qui retroussait sa lèvre.

— Je me suis défoncée pour avoir de bonnes notes et j'ai pris les cours les plus difficiles que je pouvais. Mon conseiller d'orientation l'a remarqué. Il m'a parlé de Stanford, mais personne de mon école n'y était jamais allé. Il a dit que j'aurais plus de chances d'y entrer si j'allais au lycée privé du centre-ville. Ils proposaient des cours avancés, et certains élèves avaient même été acceptés dans des universités de l'Ivy League.

— Mais Nana ne pouvait pas se permettre des frais de scolarité privés. Alors j'ai pris rendez-vous avec le diacre de mon église. C'était un ami de Nana et, je le croyais, un ami à moi. L'église collectait toujours des fonds pour des communautés en Afrique. Je me suis dit qu'ils aideraient une jeune de leur propre communauté. Je suis allée à son bureau et je lui ai demandé s'il pouvait m'obtenir une bourse. Elle a regardé au loin vers l'eau, comme si le diacre se tenait là, dans les vagues.

J'ai attendu qu'elle continue, mais elle ne l'a pas fait. Elle fixait simplement l'océan. Doucement, j'ai touché son pied. — Qu'est-ce que le diacre a dit ?

Elle a sursauté comme si elle avait oublié ma présence. — Tu n'as pas envie de m'entendre radoter sur ce qui s'est passé quand j'avais quinze ans.

— Si, justement. Je tiens à toi, et je veux savoir ce qui t'a amenée jusqu'à cette plage, depuis le Texas.

Sa mâchoire s'est crispée. — Il a dit que bien sûr, il pouvait aider. Puis il a demandé ce que je lui donnerais en retour. J'ai commencé à lui expliquer que je rembourserais l'église quand j'aurais un travail, mais ce n'était pas ce qu'il voulait. Quand il m'a touchée, je n'ai pas su quoi faire. Ce n'est que lorsqu'il a glissé sa main sous ma chemise que je l'ai repoussée d'une gifle et que je suis sortie de son bureau en courant. Elle s'est secouée et a roulé des épaules. Tu te rends compte du nombre de séances de thérapie qu'il m'a fallu pour raconter cette histoire, n'est-ce pas ?

J'ai dégluti, la gorge nouée. — Oh mon dieu, Jamila. Je suis tellement désolée. Qu'est-ce que ta grand-mère a dit ?

— Elle… elle ne m'a pas crue. Elle a dit que le diacre ne ferait jamais ça, et que je devais m'être trompée.

J'ai eu le souffle coupé. — Non !

— Si. Elle et moi n'avons pas beaucoup parlé après ça. Et je ne l'ai jamais dit à personne d'autre. Ni à mes frères, ni à mon conseiller d'orientation. Personne à l'église. Je pensais que je pouvais faire confiance au diacre, ou au moins à Nana, mais ce n'était pas le cas. La seule personne à qui je l'ai jamais dit, c'est ma thérapeute. Et maintenant, toi.

Je suis restée assise un moment avec le cadeau de sa confiance. Je ne le dirais jamais à personne, pas même à Jackson, qui irait probablement tabasser ce diacre, ou du moins s'assurer que ses données personnelles fuitent sur le dark web.

— As-tu trouvé un moyen d'aller au lycée privé ?

— Non. Je suis restée où j'étais, à bosser comme une folle à l'école, et quand j'ai eu l'âge, dans un petit boulot après les cours dans un de ces magasins de tech, tu sais, où ils réparent ton téléphone quand tu casses l'écran ? J'adorais être la dure à cuire dans l'arrière-boutique qui pouvait résoudre les problèmes difficiles.

— Mais c'est du matériel. Comment es-tu passée au logiciel ?

— N'oublie pas que je suis un peu plus âgée que toi, et les applications n'existaient pas vraiment quand j'étais au lycée. J'ai mis la main sur un des premiers smartphones dans l'atelier de réparation et j'ai vu les possibilités. J'ai programmé un jeu dessus pour amuser mes frères, et ils ont aimé, alors je l'ai mis sur l'app store. Ça a décollé, et quand j'ai mis ça sur mon dossier pour Stanford, j'ai été remarquée.

Tout ce qu'il m'avait fallu pour entrer à l'université, c'était le nom de ma famille et des notes correctes. Et puis j'avais gâché cette opportunité. Comme tant d'autres qu'on m'avait données. J'ai posé mon assiette. Ma voix a tremblé quand j'ai demandé :

— Stanford a été à la hauteur de tes espérances ?

— Eh bien, oui. C'était beaucoup plus dur que mon lycée, mais j'ai adoré le défi. Je me suis développé un réseau. C'est là que j'ai rencontré Winslow et, par son intermédiaire, Billie, et je suis devenue amie avec Jackson et Cooper. Ta famille m'a accueillie d'une manière que je n'avais jamais connue à Austin.

— Et tu n'as jamais regardé en arrière ?

— Plus ou moins. Elle a penché la tête d'un côté et de l'autre, son énorme chapeau oscillant.

— Attends, qu'est-ce que tu as fait ?

Elle s'est mordu la lèvre comme si elle voulait se retenir, mais ensuite elle s'est penchée en avant. — J'aurais aimé qu'il y ait un moyen pour maman de trouver un logement qu'elle pouvait se permettre pour ne pas avoir à supplier Nana de l'héberger. C'était mon idée de départ, tu sais ? Créer un endroit pour rassembler les gens en difficulté. Quelqu'un qui ne pouvait pas payer son hypothèque mais qui avait une chambre, et quelqu'un qui avait besoin d'une chambre mais ne pouvait pas se payer un appartement entier.

— Pourquoi as-tu changé d'avis ?

— Je savais programmer, mais je ne comprenais pas grand-chose aux affaires, pas à vingt ans. C'est là que je me suis associée à Winslow. Il était en première année et avait la tête pour les affaires. Il m'a montré des études de marché et m'a convaincue d'orienter l'application vers la location à court terme. On a envisagé d'accepter de la publicité de complexes d'appartements et de chaînes hôtelières nationales, mais on a fini par vendre l'appli. Un an plus tard, c'est devenu cette application de location de maison que tout le monde utilise. On a utilisé l'argent pour développer In the Know, qui a été notre première appli en tant que Jamilow.

J'ai osé entrelacer mes doigts avec les siens sur la couverture, et elle ne m'a pas arrêtée. — Je trouve que ta vision originale était magnifique. Penses-tu que tu en feras quelque chose un jour ?

— Oh, elle existe. J'ai créé une nouvelle version que les gens peuvent utiliser gratuitement. On l'appelle KnowHome. Il faut juste savoir où chercher. Assez de gens l'utilisent pour louer des chambres et des choses comme ça pour que je sois satisfaite.

— Vraiment ? Je n'en avais aucune idée.

— On ne la commercialise pas. Elle a assez de bouche-à-oreille dans les bonnes communautés, donc les gens qui en ont besoin peuvent généralement la trouver.

— C'est incroyable. Jamila mettait tant d'efforts à paraître dure à l'extérieur que je me suis sentie honorée qu'elle m'ait donné un aperçu de son cœur tendre.

— Le reste nous permet de tenir. Les prévisions de Winslow sur cette application de conseil financier grimpent en flèche. Mais si Moo-Lah nous bat, ils prendront une grosse partie de ces revenus. KnowHome sera en danger. En tant que service non générateur de revenus, c'est la première chose que le conseil d'administration voudra couper.

— Moo-Lah ne vous battra pas. On ne les laissera pas faire.

Elle a serré mes doigts, puis les a lâchés. — Non, je ne les laisserai pas faire.

J'ai plissé le nez en voyant comment elle avait transformé mon *nous* en *je,* mais j'ai oublié dès qu'elle a prononcé les mots qui ont fait battre mon cœur la chamade.

— Je crois qu'il est temps de rentrer pour que je te rince cette crème solaire.

19

À PEINE ENTRÉES, j'ai balancé mon chapeau de soleil par terre et je me suis collée contre Jamila. Elle m'a laissé la plaquer contre la porte et l'embrasser, un doux glissement de lèvres avant que je ne glisse ma langue dans sa bouche pour goûter à son ardeur.

Un instant plus tard, elle a pivoté et m'a pressée contre la porte. Elle a pris mon visage entre ses mains et a riposté, explorant ma bouche. J'ai gémi face à cette douce invasion.

— N'oublie pas qui commande ici, ma petite, m'a-t-elle murmuré à l'oreille.

J'ai eu le souffle coupé quand elle a fait glisser sa main le long de mon flanc jusqu'à mes fesses et a passé un doigt le long de l'élastique de mon bas de bikini.

— Tu es un peu sensible, par ici.

Un frisson a parcouru tout mon corps.

Elle a eu un petit rire. — Peut-être même très sensible. On s'en occupera dans un instant. D'abord, allons rincer cette crème solaire sous la douche.

Laissant les restes du pique-nique et la couverture pleine de sable près de la porte arrière, elle m'a conduite le long du couloir jusqu'à une grande chambre. Sous un ventilateur de plafond qui tournoyait paresseusement, un immense lit à armature métallique était fait de draps blancs.

Sans s'arrêter, Jamila m'a entraînée dans la salle de bain attenante. Elle était de belle taille, à peu près la même que la mienne dans la maison de mes parents, toute en carrelage blanc avec des touches de gris. Il y avait une immense baignoire dans un coin et une douche à l'italienne dans l'autre. Elle a allumé le jet de la douche de tête et a reculé.

— Face au miroir.

J'ai obéi, lui tournant le dos, frémissante d'anticipation.

— Ça te va si on fait ça ? a-t-elle demandé en observant mon visage dans le miroir.

— Oui. Mes pupilles étaient immenses. Ses yeux étaient si sombres que je ne pouvais pas dire dans le reflet si les siens l'étaient aussi, mais la façon dont son regard parcourait mon corps m'a indiqué qu'elle était très, très intéressée par ce qu'il y avait sous mon bikini.

Elle a dénoué les cordons dans mon dos, puis ceux de mon cou, et le haut est tombé au sol.

— Ooh, ma petite. Tu as oublié un endroit.

Elle avait raison. Je n'étais pas allée sous le maillot de bain comme elle l'avait fait dans le dos, et les côtés de mes seins avaient chacun une bande rosée là où le haut de bikini s'était déplacé.

— Je te mettrai de l'aloe vera après ta douche.

— Après *ma* douche ? J'ai essayé de croiser son regard dans le miroir, mais le sien était fixé sur mon corps. J'espérais qu'elle pourrait ignorer mon coup de soleil et se concentrer sur les parties de moi qu'elle voulait toucher. — Je pensais qu'on prendrait notre douche ensemble.

Son regard s'est plongé dans le mien. — Qu'est-ce que Jackson dirait si on faisait ça ?

— Je t'ai dit que Jackson n'avait pas son mot à dire sur ma vie amoureuse. Ni ma mère, d'ailleurs, ai-je ajouté, plus pour moi que pour elle. — De toute façon, je ne lui en parle pas. Le sujet ne se présenterait même pas.

— Tu veux dire que ce qu'il ne sait pas ne lui fera pas de mal ?

— Exactement.

Elle s'est mordu la lèvre, comme j'avais envie de le faire. Non, comme j'allais le faire. Je me suis retournée, me suis hissée sur la pointe des pieds et l'ai embrassée avec toute la faim qui s'était accumulée sur la plage, explorant le goût sucré de la réduction de balsamique sur sa langue. Puis j'ai mordillé sa lèvre inférieure pulpeuse.

Elle a gémi. — Déshabille-toi. Je te rejoins sous la douche.

— Je t'attends. J'ai fait glisser mon bas de bikini sur mes jambes et je suis sortie.

Elle m'a dévisagée de la tête aux pieds, puis s'est léché les lèvres. Elle a saisi l'ourlet de sa robe de plage et l'a retirée par-dessus sa tête. J'ai pris une photo mentale d'elle dans le bikini blanc, mémorisant chaque courbe, y compris la façon dont ses hanches s'évasaient légèrement au-dessus du bas de maillot taille haute.

— Retourne-toi, ai-je dit d'une voix rauque. — Je vais m'oc-cuper des attaches.

J'ai défait le crochet du haut, puis celui du milieu de son dos et j'ai jeté le morceau de tissu par terre. J'ai posé mes mains sur ses hanches. — Je peux ?

— Ouais.

J'ai crocheté mes pouces dans le bas de son maillot et je l'ai fait glisser le long de ses jambes. Prenant une profonde inspiration, je suis revenue devant elle. J'ai admiré les tétons bruns qui coiffaient ses petits seins, la ligne impeccable de son ventre tendu, et le triangle de poils taillés au-dessus de son sexe. Je voulais explorer chaque centimètre de sa peau nue.

— Viens, a-t-elle dit. — Allons rincer toute cette crème solaire.

— Et le sable. N'oublie pas le sable. Pourquoi diable est-ce que je parlais de sable alors que j'avais une Jamila nue qui m'invitait dans son immense douche embuée ?

— Ne t'inquiète pas, ma petite. Je vais enlever chaque grain de sable coincé entre tes orteils. Dis, tu as une pince ou quelque chose pour tes cheveux ?

— Dans mon sac… Ça me paraissait très loin, à l'entrée de la maison.

— Ce n'est pas grave. Je m'en occupe. Elle a décroché un bonnet de douche d'un crochet sur le mur, puis a attrapé mes cheveux en queue de cheval et les a enroulés sur ma tête. Ça a tiré un peu, et j'ai grimacé.

— Désolée, tes cheveux se sont emmêlés avec le vent. Je les brosserai plus tard. Elle a posé le bonnet sur mes cheveux et l'a coincé derrière mes oreilles.

Me prenant la main, elle m'a conduite sous la douche. J'ai tourné le dos au pommeau principal pour pouvoir lui faire face. Elle a fait un réglage, et les jets corporels se sont déclenchés, froids au début mais se réchauffant rapidement. Elle a attrapé une éponge de mer et un flacon de gel douche sur une étagère.

— Attends. Je, euh… J'ai baissé les yeux vers l'éponge.

— C'est encore une histoire comme celle du homard ? Sérieusement, ces choses sont récoltées de manière durable. Ça ressemble plus à des plantes qu'à Bob l'éponge.

J'ai plissé le nez.

— Pas de problème. Elle a reposé l'éponge sur l'étagère. — J'utiliserai mes mains.

Elle a versé le liquide sans parfum dans sa main et l'a frotté pour le faire mousser. Elle a commencé par de longues caresses le long de mon cou. J'ai frémi sous la légère pression.

— Ça te plaît ? a-t-elle demandé.

— Je ne sais pas. Ça ne m'est jamais arrivé avant. Une ou deux fois, un mec avait posé sa main sur ma gorge, mais je l'avais repoussée, certaine de ne pas être fan d'asphyxie érotique. Mais les mains de Jamila étaient différentes, plus douces, dignes de confiance. — Peut-être que ça pourrait. Et toi ?

— Pas vraiment. Mais on pourrait essayer plus tard.

J'aimais la sonorité de ce *plus tard*. Il portait en lui la promesse qu'une relation sans attaches avec Jamila ne se limiterait pas à une ou deux fois, comme tous mes autres coups d'un soir.

Elle a fait glisser ses mains sur mon épaule droite et le long de mon bras, jusqu'au bout de mes doigts. Puis elle a répété le mouvement sur mon épaule et mon bras gauches. Son toucher doux était comme le soleil, comme la pluie, comme le clapotis des vagues chaudes de l'océan. Ce n'était pas assez, et pourtant c'était trop, tout à la fois.

J'ai retenu mon souffle alors que ses mains savonneuses planaient au-dessus de ma poitrine.

— Tourne-toi, a-t-elle dit.

Je me suis retournée jusqu'à ce que l'eau frappe ma poitrine, laissant le jet rincer la mousse de mes bras. Une fois de plus, elle a commencé par mon cou, ne se contentant pas de laver la crème solaire, mais pétrissant les muscles jusqu'à ce que je me sente assez molle pour m'écouler dans le siphon avec l'eau savonneuse. Ensuite, elle a lavé le haut de mon dos, massant à nouveau mes épaules et mes omoplates. Elle a continué le long de ma colonne vertébrale avec une pression délicieuse.

Quand elle a atteint le bas de mon dos, elle a frotté en cercle à la base de ma colonne vertébrale. J'ai frissonné.

— C'est ça, l'endroit, a-t-elle dit. — Tu es comme un chat.

— Un chat ?

— Ils aiment qu'on les gratte juste au-dessus de leur queue. Quand on était petites, on sortait en douce de la nourriture pour les chats errants sur notre porche. C'était leur endroit préféré.

J'ai remué les fesses pour profiter au maximum de la sensation. — Je comprends pourquoi.

Elle a fait glisser ses deux mains sur mes fessiers, et j'ai eu le souffle coupé.

— Aha. C'est les fesses, ton truc. Je n'aurais pas cru. Peut-être que tu aimes une petite fessée avec tes jeux de souffle.

— La fessée ? Ça avait l'air plutôt humiliant. — Je ne pense pas…

Clac. Elle ne m'a pas frappée fort, mais le son a résonné sur le carrelage et le verre. De petites ondes de choc se sont propagées le long de ma colonne vertébrale. J'ai suffoqué.

— Oh, tu ne penses pas ? a-t-elle demandé d'un ton désinvolte.

Il n'y avait pas que de l'eau qui coulait entre mes jambes maintenant. J'ai contracté les muscles au plus profond de moi. — Peut-être.

Elle a eu un petit rire. — Tourne-toi.

J'ai tourné si vite que j'ai glissé, mais Jamila m'a rattrapée par le coude. — Attention, ma petite.

Elle a remis du savon dans sa paume puis l'a étalé sur mes clavicules, ma poitrine, et ensuite, ignorant mes seins, sur mon ventre. Je l'ai rentré, souhaitant qu'il soit aussi tonique que le sien.

— Pas de ça, a-t-elle dit. — J'aime ta douceur. Détends-toi.

C'est ce que j'ai fait, savourant le martèlement de l'eau sur les muscles de mon dos que Jamila avait massés.

Elle a passé le bout de son doigt autour de mon sein. — Est-ce que ça pique ?

— Quoi ?

— Ton coup de soleil. Elle a glissé un doigt sur le côté de mon sein.

— Non. C'est agréable.

Elle a tracé le contour de mon sein avec deux doigts. Puis enfin, enfin, elle a effleuré mes tétons de ses pouces. J'ai gémi.

Elle a répété le geste, plus fermement. La sensation a fusé jusqu'à mon centre, le mettant en alerte maximale. Mes muscles se sont crispés. Elle a de nouveau caressé mes tétons avec ses pouces.

Je l'ai attrapée, saisissant le bas de son dos et la tirant contre moi. Désespérément, j'ai tendu le cou pour l'embrasser, mais je ne pouvais atteindre que sa mâchoire. Si je me mettais sur la pointe des pieds, je glisserais à nouveau et nous tomberions toutes les deux. Un voyage aux urgences serait tout sauf sexy.

Enfin, elle a baissé la tête et m'a embrassée, glissant sa langue dans ma bouche tout en continuant à titiller mes tétons. La pression montait entre mes jambes. Comme si elle pouvait le sentir, elle s'est retirée.

— Pas encore, ma petite. C'est mon orgasme.

— Mais je ne t'ai pas encore touchée. Pouvait-elle jouir en me touchant, en me regardant ?

— Ton orgasme est à moi. C'est moi qui le contrôle. Tu jouis quand je suis prête.

Oh. Ohh. — Oh.

Elle est retournée à mes tétons, les faisant tournoyer, les pinçant, jusqu'à ce que je ferme les yeux pour savourer la félicité. Soudain, ses mains ont disparu.

J'ai ouvert les yeux.

Elle s'est agenouillée. Avec un sourire malicieux, elle a dit : — J'ai oublié de faire tes jambes.

Elle a fait exprès de verser plus de gel douche dans sa main, puis l'a étalé sur ma hanche droite, puis ma cuisse, devant et derrière. Elle a effleuré mon genou, mon mollet, mon tibia, ma cheville. Mes jambes tremblaient.

— On ne peut pas oublier ces orteils pleins de sable, a-t-elle dit. — Tiens-toi à mon épaule.

Je me suis agrippée à son épaule pendant qu'elle soulevait mon pied pour passer entre mes orteils. Elle l'a reposé puis a pris mon autre pied. Elle a frotté entre mes orteils, puis la plante de mon pied, puis le dessus. Des picotements sont montés le long de ma jambe et ont plané au point de jonction de mes cuisses.

Reposant mon pied sur le carrelage, elle a commencé une ascension lente et sensuelle le long de ma cheville, du bas de ma jambe, de mon genou. Elle a trouvé le point sensible derrière mon genou et a ri quand j'ai tressailli. — Je reviendrai là-dessus, plus tard.

Un autre *plus tard*. Les picotements se sont intensifiés.

Mais quand elle a remonté le long de ma cuisse, ses doigts traînant à l'intérieur, j'ai tout oublié de ce « plus tard ». Tout était dans le maintenant, maintenant, maintenant, avec mon attention concentrée sur le point de rencontre entre ses doigts et ma peau.

Longs et agiles, ses doigts s'enfonçaient dans ma peau, dansant vers le haut, tapotant à nouveau. Ma respiration est devenue courte et rapide.

Enfin, elle a trouvé l'endroit sensible sur ma cuisse juste en dessous de mon sexe. Son toucher était léger comme une plume, bien loin d'être suffisant.

— Oui ? a-t-elle demandé.

— Oui. Oui ! Encore. *S'il te plaît.*

Avec un petit rire, elle a frôlé mes lèvres inférieures. Un feu a embrasé mon bassin. Encore. Il m'en fallait plus.

— Décale-toi un peu sur la droite, a-t-elle dit. Quand je l'ai fait, le jet a frappé le bas de mon dos, l'enflammant et me faisant gémir.

— Voilà ma fille. Puis, enfin, elle me l'a donné. Quand elle a fait remonter ses doigts jusqu'à mon clitoris, mes genoux se sont dérobés.

— Accroche-toi, a-t-elle ordonné.

Je me suis agrippée à ses épaules. Elle a accentué la pression sur mon clitoris, en décrivant des cercles sur le bouton gonflé. Mon orgasme déferlait, de plus en plus proche.

— Je peux… je peux jouir ?

— C'est bien, ma fille, a-t-elle dit. Ses mots élogieux m'ont donné l'impression d'avoir avalé le soleil. Une lumière et une chaleur intenses ont flamboyé à travers chaque pore de ma peau. Oui. Jouis.

Alors qu'elle accélérait ses caresses, j'ai lâché prise. Je me suis permis de tout ressentir : l'eau qui martelait mon dos et coulait le long de mes jambes, son souffle chaud sur mon sexe et ses doigts, ces doigts magiques, qui m'arrachaient cet orgasme. J'ai crié, puis j'ai gémi alors qu'elle continuait son mouvement, prolongeant ma jouissance jusqu'à ce que je me sente comme une bouée à la merci des vagues de l'océan.

Finalement, j'ai gémi. — Assez.

— Pour l'instant, a-t-elle dit. Mais ses doigts se sont immobilisés et ont quitté mon corps. Tu peux tenir debout toute seule ?

Je m'agrippais encore à ses épaules. — Désolée. Je l'ai lâchée et me suis redressée. Mes genoux ont tenu. De justesse.

— Tout va bien, ma puce. Son ton m'a apaisée.

Elle s'est relevée et a versé plus de gel douche dans sa main. Elle s'est lavée avec efficacité.

— Attends, ai-je dit quand elle a passé une main sur sa poitrine. Je peux le faire ?

— Pas cette fois. J'ai la peau toute fripée. J'ai besoin de crème, ensuite on passera au lit.

— Je m'occuperai de ta crème, ai-je dit, l'eau à la bouche à l'idée de la faire glisser sur sa peau.

— Non, ma puce. Elle a coupé l'eau. Je veux que tu me la mettes au lit.

———

JAMILA A RABATTU les couvertures de l'immense lit, révélant des draps blancs et frais. Elle s'est allongée sur le côté le plus éloigné et a tapoté l'espace à côté d'elle.

Je me suis agenouillée sur le lit, moins parce que j'étais incertaine de la suite que parce que c'était une meilleure position pour l'admirer. Sa peau avait un éclat dû à la crème qu'elle avait appliquée. Elle sentait si incroyablement bon que j'en avais pris aussi, pour m'en frictionner les bras et les jambes.

Maintenant, elle était nue, les orteils tendus vers le pied du lit, les bras écartés en T. Ses courbes étaient subtiles sur son corps élancé, ses seins s'aplatissant un peu quand elle était couchée sur le dos. Sous le parfum floral, une odeur terreuse d'excitation persistait, la mienne et la sienne. J'ai fermé les yeux et l'ai inspirée.

— Tu as des doutes ? a-t-elle demandé.

Mes paupières se sont relevées d'un coup. — Non, je... je savoure.

— Tu es sûre ? Il est encore temps de redevenir de simples amies.

— Non, je suis prête. Écarte les jambes.

Pour toute réaction, elle a haussé les sourcils.

— Ce n'est pas moi qui commande, maintenant ? ai-je demandé. Comme tu commandais pour mon orgasme ?

Elle a eu un petit rire. — C'est peut-être moi qui reçois du plaisir cette fois, mais c'est toujours moi qui commande, ma puce. Ne l'oublie pas.

J'ai dégluti et j'ai attendu ses instructions.

— C'est bien, ma fille.

La voilà de nouveau. Cette sensation de plaisir, qui m'embrasait.

— Tu peux me toucher. Commence par mes seins.

Elle n'a pas eu besoin de me le dire deux fois. J'ai tracé une ligne de sa clavicule jusqu'à son sternum, puis j'ai dessiné un cercle autour de son sein droit.

— Pas de chatouilles. Mets-y plus de force, a-t-elle dit.

— Compris, cheffe. Je me suis préparée à le presser.

— Je n'aime pas les insolentes. Sers-toi de ta grande gueule sur moi.

Je n'ai pas osé répondre, pas même par un « oui, s'il te plaît ». Pressant la base de son sein, j'ai lapé le bout avec ma langue. J'ai caressé son téton du pouce, puis j'ai répété l'action avec son sein gauche avant de revenir au droit pour l'encercler avec ma langue. Je l'ai sucé, en observant sa réaction. Quand elle a cambré le dos, j'ai su que je lui avais plu. La satisfaction m'a réchauffée jusqu'au bout des pieds.

Je n'ai pas arrêté. J'ai gardé ma bouche et mes mains pleines d'elle, grisée par son goût floral.

Son souffle s'est raccourci jusqu'à ce que sa poitrine se soulève sous moi.

— Ok, c'est bien ma fille, a-t-elle dit finalement. Mets ta bouche entre mes jambes. D'abord ma chatte, puis mon clito.

J'ai obéi, descendant mes baisers sur son ventre jusqu'à l'endroit où son parfum s'épanouissait. Je me suis positionnée entre ses jambes écartées et j'ai pris une seconde pour contempler ses lèvres sombres entourant son centre rose et luisant.

Je me suis penchée pour la goûter, en commençant par le centre et en faisant des spirales le long de ses lèvres, en évitant son clitoris comme elle me l'avait demandé.

— Plus fort, a-t-elle exigé.

J'ai mis plus de force dans les coups de langue, comme je l'aurais fait avec une crème glacée très dure. Mais Jamila était tout sauf froide. Elle n'était que chaleur, soie et douceur sur ma langue. Je ne voulais plus jamais partir.

— Voilà, ma puce. Juste comme ça.

Alors que j'étais agenouillée entre ses jambes, l'air frais a caressé ma chatte humide. J'étais aussi excitée qu'elle. Ses grognements sourds me disaient qu'elle aimait ce que je faisais. J'ai glissé le bout de ma langue à l'intérieur d'elle, puis je l'ai remontée presque jusqu'à son clitoris, avant de redescendre.

Quand elle a haleté, j'ai enfoui mon visage en elle, voulant faire durer son plaisir et ce moment aussi longtemps que possible.

— Change de position, a-t-elle dit, la voix tendue. Les genoux près de ma poitrine. Le cul par ici.

J'ai fait ce qu'elle ordonnait. Nous étions parallèles, pas tout à fait en soixante-neuf, et elle avait une vue imprenable sur mon cul. Une goutte de liquide a perlé le long de l'intérieur de ma cuisse.

— Retourne au travail. Sur mon clito, maintenant.

Appuyant un coude sur le lit à côté de sa hanche, j'ai passé mon autre bras par-dessus elle. Avec mes pouces, je l'ai bien écartée, révélant son clitoris gonflé. J'ai commencé doucement, me rappelant à quel point mon propre clitoris devenait sensible, nhưng cô đã grincé des dents, « Plus fort », avec une claque sur ma fesse.

— Tu es sûre de vouloir faire ça alors que ma bouche est sur ton clito ? Il y a, genre, un milliard de nerfs ici.

— Tu es une gentille fille, a-t-elle dit, traçant une ligne de ma joue cuisante jusqu'à deux centimètres de mon centre. Tu ne me feras pas de mal.

J'ai jeté un coup d'œil par-dessus mon épaule. Elle me regardait depuis l'oreiller, les yeux mi-clos de plaisir.

— Jamais. Je me suis remise au travail, encerclant son clitoris une fois avec ma langue avant de refermer mes lèvres autour et de sucer de toutes mes forces. Elle a posé sa main là où j'en avais besoin, sans frotter cette fois, mais en pressant, un rappel qu'elle commandait, mais aussi l'assurance qu'elle prendrait soin de moi. J'ai creusé les joues.

Son bassin s'est soulevé. — Putain, ma belle. Oui !

Pendant que je suçais, elle a caressé ma chatte, puis a glissé un doigt entre mes lèvres pour tapoter mon clitoris. Des étincelles ont parcouru ma colonne vertébrale. Purée. J'étais aussi proche qu'elle.

J'ai continué.

J'ai alterné succion et coups de langue jusqu'à ce qu'elle pousse un cri, ses jambes se raidissant. Sa main sur moi s'est immobilisée. J'ai adouci sa descente d'orgasme avec des lapements et des baisers plus doux jusqu'à ce qu'elle se détende. Impatiente de lui faire un câlin — si elle me le permettait — j'ai posé une main sur le lit pour me redresser.

— Stop, a-t-elle croassé. On n'a pas fini.

— Mais… Ma protestation est morte dans l'œuf quand elle a commencé à me frotter rapidement, et que mon orgasme a rugi, tout proche. J'ai posé ma joue sur sa cuisse et j'ai contemplé le désastre humide que j'avais fait de sa jolie chatte pendant qu'elle me caressait, me pinçait et me tapotait jusqu'à ce que mes jambes tremblent et que tout se contracte. J'ai gémi de soulagement.

— Voilà, c'est bien ma fille, a-t-elle dit alors que mes genoux lâchaient et que je m'effondrais sur le lit, sur la hanche.

J'ai levé les yeux vers son sourire langoureux. — Pourquoi c'était si excitant ? Qu'est-ce qui cloche chez moi ?

— Rien ne cloche chez toi, ma puce. Tu es programmée pour faire plaisir aux gens. C'est pour ça que tu aimes tant ça.

— Ça se tient, je suppose. Et toi, tu es programmée pour commander ?

— Carrément, putain.

— Ça doit être bien. Qu'est-ce que ça ferait de jouir en donnant des ordres aux gens et qu'ils t'écoutent ?

Elle a reniflé. — Sauf quand ça me cause des ennuis.

— Tu veux parler de ce journaliste ?

Elle m'a caressé la hanche comme elle caressait Quill. — Ouais, ça… et une fois au lit.

Je ne voulais vraiment pas penser à Jamila au lit avec quelqu'un d'autre, pas avec mon bas-ventre qui vibrait encore de son contact, mais Jamila ne se confiait jamais sur quoi que ce soit de personnel. J'étais prête à prendre tout ce qu'elle voulait me donner. — Vraiment ? Qu'est-ce qui s'est passé ?

Elle a regardé le plafond, et j'ai retenu mon souffle. Elle était si réservée.

— C'était un autre plan cul, mais avec un mec. Il est tout aussi autoritaire que moi.

— Difficile à imaginer, ai-je plaisanté.

— Je sais, pas vrai ? Elle a tracé une longue ligne le long de ma cuisse. On baisait — c'était une de ces baises par ennui, tu sais ? On traînait ensemble, on regardait un vieux film ridicule. *Chantons sous la pluie*, je crois.

Toute la chaleur a disparu de mon corps, remplacée par de la glace. Elle parlait forcément de Cooper Fallon. C'était son film préféré.

— Bref, il a dit : « On est bien ensemble, Mila. » Et j'ai répondu : « Ouais, on est de bons amis. » Puis il a dit : « Et si on était plus que ça », et c'est là que j'ai commencé à paniquer.

— Il a commencé à parler de fusionner nos entreprises, les synergies et tout le tralala — il était entrepreneur aussi. Je n'ai pas aimé ça. Jamilow était à moi. Et à Winslow, bien sûr. Puis, alors que j'étais encore assise là, bouche bée, il a dit : « On devrait se marier. Comme ça, c'est cinquante-cinquante, et tu es protégée. »

J'ai écarquillé les yeux. — Protégée ?

Elle m'a pointée du doigt. — Exactement ! Alors j'ai dit : « Protégée de quoi, au juste ? » et il s'est lancé dans ses conneries sur le partage des risques et bla bla bla. Avec le recul, je suis sûre qu'il me voulait du bien, mais tout ce que j'ai entendu, c'est que je ne pouvais pas y arriver seule. Que j'avais besoin de sa protection contre l'échec. Que je voudrais une sorte de mariage de convenance à l'ancienne. Que je ne savais pas ce qu'était le véritable amour, ou que je n'en voulais pas. Elle a regardé dans le vide.

Elle croyait en l'amour. Elle avait beau arborer une carapace épaisse, en dessous, elle était vulnérable et romantique comme moi. Des frissons ont parcouru ma peau.

— Que s'est-il passé ensuite ? ai-je demandé.

Elle a reporté son attention sur moi. — Je l'ai foutu dehors de mon appartement, je ne lui ai pas parlé pendant des semaines.

Je me suis souvenue de cette période étrange juste après leur diplôme universitaire, quand les choses avaient été glaciales avec Cooper. Jackson ne pouvait pas les inviter tous les two en même temps. Il avait essayé de leur arracher l'histoire, à chacun d'eux, mais ils étaient restés muets. Il avait essayé de les forcer à se voir, mais aucun d'eux n'avait cédé.

— Il m'a laissé environ un millier de messages vocaux et de textos d'excuses. Il m'a envoyé une pièce entière de fleurs. C'était avant que l'un ou l'autre n'ait gagné de l'argent, donc je n'ai aucune idée où il a trouvé le fric. Elle s'est interrompue, se remémorant.

— Et ensuite ? Étaient-ils toujours plan cul ? Non, c'était impossible. Cooper était fiancé maintenant. Pourtant, j'ai retenu mon souffle.

— J'ai finalement réalisé à quel point c'était dur pour lui de s'excuser et à quel point son amitié me manquait. On a discuté et on a arrangé les choses, mais on n'a plus jamais baisé ensemble. Et il n'a plus jamais prononcé un mot sur une fusion, y compris du genre matrimonial.

Ma poitrine s'est desserrée. Au moins, je n'avais pas à rivaliser pour ses faveurs avec Cooper Fallon, qui était intelligent, confiant et tout ce que Jamila devait vouloir chez un partenaire. Je ne serais

jamais à sa hauteur. Je me suis sentie assez magnanime pour dire :
— Je suis contente que vous vous soyez réconciliés.

— Moi aussi. Je ne veux plus jamais que quoi que ce soit bousille notre amitié. Elle a gloussé. Maintenant, viens ici et fais une sieste. Ce soleil m'a épuisée.

Dieu merci, Jamila aimait les câlins. J'avais besoin de ses bras autour de moi après cette histoire de plan cul qui avait mal tourné.

20

— QU'EST-CE QUE TU FAIS ? a demandé Jamila en entrant dans la cuisine en traînant des pieds, vêtue d'une paire de chaussons doublés de laine et d'un peignoir en soie à imprimé dragon qui couvrait tous les endroits secrets que j'avais adorés la nuit dernière.

— Je te prépare le petit-déjeuner, ai-je dit en jetant les oignons et les poivrons parfaitement coupés en dés dans la poêle. La cuisine de la maison de plage de Jamila était entièrement équipée, ce que j'avais découvert en m'y aventurant peu après le lever du soleil.

— Je ne prends pas de petit-déjeuner. Elle ne prenait pas de petit-déjeuner ? Je me suis décomposée. Elle s'est traînée jusqu'à la cafetière et a grogné en trouvant la carafe pleine de café chaud. Après avoir choisi une tasse sur le support, elle l'a remplie et a siroté sans même souffler dessus d'abord.

J'ai remué les légumes dans la poêle. Elle allait passer à côté de ma parfaite maîtrise du couteau — j'avais au moins eu un A pour ça — et de la superbe omelette que je lui préparais. On ne nous avait pas appris à en faire à l'école de cuisine, mais j'avais assez regardé Telma pour savoir comment m'y prendre.

Soudain, elle s'est penchée par-dessus mon épaule, son haleine au café amer frôlant ma joue. — Je te regarderai manger. J'ai bien aimé ça, hier soir. Vraiment beaucoup.

Mon visage est devenu aussi brûlant que la poêle. Je n'avais même pas pensé à mon apparence la nuit dernière. La plupart des mecs s'en fichaient. Bien au contraire : ils semblaient penser que plus c'était le bazar, mieux c'était. Mon expérience avec les femmes était que nous nous observions toujours, nous comparions, nous jugions. Jamila était la personne la plus talentueuse et la plus parfaite que je connaissais. — Ça t'a vraiment plu ?

— Ouais. Elle a glissé une main sous mon t-shirt et a caressé mon ventre. — C'était incroyable. Et tes fesses sont adorables. Elle les a serrées par-dessus mon short.

J'ai fredonné et me suis pressée contre sa main. *Adorables.* Venant d'une beauté comme Jamila, ça voulait dire quelque chose.

Elle a reniflé. — Surveille ça. Ça commence à carboniser un peu. J'ai baissé les yeux sur la poêle. Les bords des oignons avaient commencé à noircir.

— Oups. Je l'ai retirée du feu en vitesse et j'ai raclé le contenu dans une assiette. La plupart des morceaux étaient récupérables. J'ai versé les œufs que j'avais préalablement battus et j'ai commencé à les promener dans la poêle pendant qu'ils cuisaient. — Tu es sûre que tu n'en veux pas une ?

— Non, je réfléchis mieux le ventre vide.

— D'accord. La joie de cuisiner m'avait quittée. Je m'étais imaginé glisser une omelette parfaitement mousseuse dans une assiette devant elle et voir ses yeux bruns s'illuminer devant le festin que j'avais préparé. Maintenant, elle allait me regarder manger. C'était nettement moins attrayant.

Tout comme l'omelette. Pourquoi avait-elle l'air si grumeleuse ? Celles de Telma n'avaient jamais cette tête. Espérant un miracle culinaire, j'ai parsemé les oignons et les poivrons au centre, en retirant ceux qui étaient brûlés. J'ai laissé reposer une minute pendant que les bords se relevaient, signe qu'ils étaient trop cuits.

Quand je l'ai fait glisser dans l'assiette, elle ne s'est pas pliée au milieu comme le faisaient toujours celles de Telma. Elle s'est affaissée. Puis elle s'est fissurée. Je n'avais pas fait un demi-cercle parfait de pur délice, mais un désastre à moitié trop cuit, à moitié pas assez.

— C'est ça qu'ils t'ont appris à l'école de cuisine ?

Jamila avait observé toute la débâcle. Évidemment.

— Peut-être qu'ils auraient abordé les omelettes au prochain semestre. Si je n'avais pas abandonné. J'ai fixé les œufs brouillés peu appétissants dans mon assiette un instant, puis je les ai jetés dans la poubelle. — Je vais plutôt manger des fruits.

Jamila a passé un bras autour de mes épaules. — Ce n'est pas grave. Je ne suis même pas capable de couper un oignon sans m'entailler le pouce. Mon chef me dépose des plats prêts à réchauffer au début de chaque semaine. Au moins, tu as essayé.

— Je ne cuisinais jamais à la maison non plus. C'est peut-être pour ça que je n'étais pas à la hauteur à l'école de cuisine.

— Hé. Hé. Elle a attendu que je la regarde. — Tu as quitté l'école de cuisine à cause de ton cœur tendre qui aime les animaux.

— J'imagine. J'ai fixé la surface froide et laiteuse de mon café. — On va prendre notre café sur la terrasse ?

— Bof. Restons à l'intérieur. Sortir sur la plage hier était un risque. Je ne voudrais pas tenter le diable.

— Un risque ? J'ai juste pris un petit coup de soleil.

— Non, chérie. Je veux dire, c'est une plage publique. Quelqu'un pourrait nous voir. Ensemble.

— Mais nous sommes ensemble. Non ?

— Chérie. Sa bouche s'est affaissée. — Le sérieux, ce n'est pas mon truc. D'ailleurs, que dirait mon consultant en relations publiques si mon visage s'étalait sur tout Instagram à côté du tien ? Tu n'es pas vraiment du genre à passer inaperçue. On se retrouverait au point de départ, avec l'attention portée sur ma vie privée et non sur l'entreprise, là où elle devrait être.

— Tu as raison. Bien sûr que tu as raison. Le dire, même deux fois, ne m'a pas fait me sentir mieux. Je m'étais réveillée à ses côtés, n'arrivant pas à croire que j'avais obtenu exactement ce que je voulais, et pleine d'espoir de pouvoir le garder. Mais ce n'était pas comme ça que Jamila voyait les choses. J'étais une aventure, qui ne valait pas le risque pour son image.

Jamila a tendu le bras autour de moi pour piquer quelques myrtilles dans le bol de fruits. Elle en a mis une dans sa bouche. — Viens. Tu peux en donner une à Quill. C'est super mignon de le regarder les ronger.

Me saisissant la main, elle m'a entraînée jusqu'à la chambre où l'habitat de Quill.i.am était installé.

Il était terriblement mignon à regarder. Et quand Jamila m'a embrassée pendant que je riais, il m'a semblé que tout pourrait bien se passer.

———

— MAUVAISE NOUVELLE, a dit Hannah alors que j'entrais dans le bureau en flottant, lundi.

— Qu'est-ce que c'est ? J'ai posé mon sac d'ordinateur, mon attention s'aiguisant. Le samedi et le dimanche matin avec Jamila avaient été fantastiques, mais j'avais un travail à faire. Il ne restait que quelques semaines avant le lancement, et je devais maintenir le tout jusqu'à ce moment-là.

— Des photos. Elle a tapoté sur son téléphone, et le mien a vibré dans mon sac à main. Elle m'avait envoyé un lien par texto. J'ai ignoré mes nombreuses notifications de réseaux sociaux et j'ai cliqué sur le lien.

— Des photos de Jamila ? Mon estomac s'est glacé. La première image la montrait agenouillée sur notre couverture de pique-nique à la plage. La suivante me montrait assise à côté d'elle, mais mon chapeau souple cachait mon visage. Aïe, je n'avais pas réalisé à quel point ce bikini dévoilait les bourrelets autour de ma taille. Jamila n'avait pas dit un mot.

Horrifiée, j'ai fait défiler le reste des images. Heureusement, la personne qui avait pris les photos ne s'était pas souciée de capturer mon visage. Dans chacune d'elles, soit mon chapeau, soit celui de Jamila le masquait. Mais sur la dernière photo, ils avaient capturé ma main sur son genou. Il n'y avait aucune méprise possible sur la sexualité de la pose. Hannah a pincé les lèvres et m'a lancé un regard appuyé. Je n'ai rien admis. — Ce n'est pas grave. La bisexualité de Jamila n'est pas un secret. Et regarde, il y a une tonne de likes.

— Les likes lui donnent plus de visibilité, pas une approbation sociale. Avant même que je puisse me plonger dedans, Hannah a dit : — Les commentaires sont mitigés. Certains adorent que Jamila vive sa meilleure vie de bisexuelle, d'autres la condamnent sur une plage familiale…

— On ne faisait rien ! ai-je lancé. Puis j'ai grimaqué.

— Ne fais pas cette tête, a dit Hannah. — Tu es fière de ta bisexualité, tout comme elle. Peut-être qu'à l'avenir, évite que Jamila se fasse prendre en photo dans une pose aguicheuse avec son employée, d'accord ?

Fière de ma bisexualité était un peu plus que ce avec quoi j'étais à l'aise. Que dirait ma mère si elle voyait ça ? Elle me reconnaîtrait même sans voir mon visage. Elle reconnaîtrait sans aucun doute la bague à rubis qui scintillait à mon doigt, posé sur le genou de Jamila. J'ai tourné l'anneau.

— Bien sûr que non, ai-je dit. — Je suis désolée.

— Ça ira, tant que… merde.

— Quoi ? J'ai baissé les yeux sur mon téléphone et j'ai vu que Pavel Thakor, le PDG de Moo-Lah, que j'avais commencé à suivre, avait commenté. J'ai cliqué pour lire.

Tellement heureux de voir Mlle Jallow s'amuser. Pendant ce temps, chez @moo-lah_corp, nous travaillons dur sur une appli révolutionnaire. #onbossepourvous #meilleurplusrapideplusfort

Mon téléphone a vibré avec une notification. Un autre lien d'Hannah. J'ai cliqué dessus.

La vidéo s'est lancée en silence avec des sous-titres. C'était Jamila, plus tôt dans la journée si j'en jugeais par la lumière, ses magnifiques lèvres retroussées en un rictus. Le sous-titre disait : *Allez voir ailleurs. Mes week-ends, ce sont mes affaires privées.*

— Attends, quoi ?

— Les sous-titres sont grand public. Jamila a insulté un autre journaliste qui posait des questions sur les photos.

J'ai renversé la tête en arrière et j'ai fixé le plafond en dalles acoustiques de notre bureau. — Pourquoi ? ai-je gémi.

— Ils n'ont pas montré la question. Ça a dû l'énerver.

J'ai regardé la vidéo à nouveau. Cette fois, mon cœur s'est serré. *Mes week-ends, ce sont mes putains d'affaires.* Comme si j'étais son divertissement du week-end, pas digne d'être mentionnée par mon nom. Certainement pas avec le mot *petite amie.*

Mais elle avait dit que c'était juste comme ça. Elle m'avait rappelé que nous devions rester cachées. Juste au moment où la photo avait été prise. Elle ne me protégeait pas. Elle se protégeait *de* moi.

— Je suppose qu'on doit aller lui parler. J'ai balayé la vidéo et j'ai vérifié l'heure. — On peut passer juste avant le stand-up des développeurs.

— Je vais passer mon tour pour celle-là, a dit Hannah. — Elle va être d'humeur massacrante.

— Lâcheuse, ai-je dit sans méchanceté.

— En plus, elle est avec Winslow en ce moment.

— Pourquoi ? Elle le voit le mercredi.

— Ils préparent un dîner demain soir avec ce type du partenaire financier. Et ensuite, Winslow est en congé pour le reste de la semaine.

— Ils rencontrent Kenneth Royal de First Arbiter ? Jamila n'a pas dit un mot hier.

— Oui, à La Colombe Bleue.

— Tu as dit que Winslow prend congé ? L'appli sort dans deux semaines. On n'est pas tous censés être sur le pont jusqu'à là ?

— C'est le week-end de Memorial Day. Hannah a haussé les épaules. — Je suppose qu'il a des projets.

— Ça semble quand même être un moment merdique pour prendre des vacances. Je parie que Moo-Lah n'est pas… J'ai jeté un coup d'œil à mon écran, où j'avais affiché le profil de Pavel Thakor. Sa publication la plus récente était une photo de lui assis en extérieur, parlant à un groupe d'hommes. La photo était si serrée que je ne pouvais rien distinguer en arrière-plan. Ils auraient pu être dans un country club, sur la terrasse d'un restaurant ou même devant son immeuble. Il avait l'air détendu, la tête renversée en arrière dans un rire. J'ai plissé les yeux sur la photo, puis j'ai zoomé. Derrière Thakor se trouvait la partie inférieure d'un pantalon slim couleur framboise. J'ai zoomé davantage, mais l'image s'est pixelisée. Étaient-ce des richelieus bicolores bleu marine et marron ?

J'avais le pressentiment tenace de savoir à qui ils appartenaient.

— Ça va ? a demandé Hannah. — Je ne t'ai jamais vue aussi immobile.

— Je vais bien. J'ai fait une capture d'écran. — Je reviens tout de suite.

Serrant mon téléphone, j'ai marché dans le couloir jusqu'au bureau de Jamila. Je me suis arrêtée au bureau de Felicia.

— Est-ce que Winslow est là-dedans avec elle ? ai-je demandé.

— Oui. Mais il sortira dans une minute. Elle a fait un signe de tête vers Rhiannon, qui marchait vers le bureau de Jamila, suivie de son équipe. Dans sa chemise bleue, elle ressemblait à un merle-bleu en colère menant sa volée.

— Pourquoi j'ai l'impression d'être la seule à faire mon putain de boulot ? Elle m'a toisée de la tête aux pieds. Son regard s'est attardé sur ma main. — Et à ne pas empirer les choses ?

Le feu m'est monté des joues au front. — Je m'en occupe.

— Oui, on voit ça. Elle a relevé le nez d'un geste méprisant digne de ma mère.

Une chaleur intense m'a envahi la poitrine, mais j'ai été sauvée d'une réponse irréfléchie lorsque la porte de Jamila s'est ouverte

et que Winslow est sorti dans ses richelieus bicolores. Aujourd'-
hui, son pantalon était bleu poudré avec de minuscules drapeaux
américains brodés dessus. J'ai de nouveau regardé la photo sur
mon écran. J'aurais aimé pouvoir dire si les chaussures sur la
photo étaient bleu marine et marron, ou noires et marron, ou
marron avec une ombre bizarre.

Je ne me sentais pas capable de dire quoi que ce soit à Jamila,
surtout avec un public.

— Winslow, un mot ? J'ai incliné la tête vers la petite salle de
conférence à quelques portes du bureau de Jamila.

Il a eu un sourire suffisant. — Bien sûr.

Ruminant son sourire narquois, j'ai attendu d'avoir fermé la
porte de la salle de conférence pour parler.

J'ai tourné mon téléphone pour qu'il puisse voir la
photo. — Qu'est-ce que vous faisiez à parler à la concurrence ?

Il a plissé les yeux en regardant l'écran. — Je ne suis pas sur
cette photo.

J'ai zoomé sur le pantalon et le dessus des chaussures et je lui
ai montré. — Vous êtes sûr ?

— Tout le monde porte des pantalons et des chaussures
comme ça. Pourquoi penseriez-vous que c'était moi ?

— Ça ne donne pas une bonne image d'être vu en train de
parler à un concurrent quand tout le monde sait qu'il y a une
fuite.

— Je suis avec Jamila depuis le premier jour. Depuis avant
même qu'elle ne lance l'entreprise. Qu'est-ce que vous insinuez,
exactement ? Il a croisé les bras.

Un léger doute a commencé à germer dans mon esprit. Il avait
raison, il n'était pas le seul « tech bro » à porter des pantalons ridicules et des chaussures chères. Il y avait beaucoup de fils à papa
sortis de grandes écoles dans la Silicon Valley. (Je suis bien placée
pour le savoir, j'en avais fréquenté un bon nombre.) Mais je ne
pouvais pas me permettre une autre erreur comme celle que
j'avais faite en accusant Rhiannon. Jamila me tomberait dessus
comme elle l'avait fait avec ce journaliste.

— En parlant de photos compromettantes, je vois que vous avez fait un travail de relations publiques remarquable. Il a haussé les sourcils. — C'est une tentative plutôt faible de détourner l'attention après avoir été prise la main dans le sac.

— Je ne vois pas de quoi vous parlez. J'ai fait disparaître la capture d'écran.

— Écoutez, vous êtes une gentille fille, alors je vais vous donner un conseil amical, a-t-il dit. — Je connais Jamila depuis longtemps. Elle stresse, et elle se défoule, si vous voyez ce que je veux dire. On dirait que vous êtes son dernier exutoire.

J'ai retiré une peluche de la manche de ma veste. — Je ne sais pas pourquoi vous me dites cela.

— Vous semblez être le genre de fille qui prend les choses à cœur. Jamila, non. Ses petites aventures ne signifient rien. Demandez à Cooper Fallon.

Je n'ai pas pu m'en empêcher. Je l'ai dévisagé, bouche bée.

Il a gloussé. — Ouais, ça fait si longtemps que je suis là. J'ai vu les retombées. Jamila, c'est que du sans lendemain. Elle ne fera jamais assez confiance à quelqu'un pour que ça devienne plus sérieux que ça.

Combien de fois m'avait-elle rappelé que le sérieux, ce n'était pas son truc ? Plus que je ne voulais m'en souvenir.

Il m'a frôlée en passant et a posé sa main sur la poignée de la porte. Mais avant de la tourner, il m'a jeté un regard en arrière. — Je vais vous donner ce conseil : restez concentrée sur vos propres responsabilités. Et ne vous donnez pas la peine de penser que Jamila sera un jour autre chose qu'un coup d'un soir. Elle n'est pas ce genre de femme.

Il a ouvert la porte et est parti, me laissant debout dans la salle de conférence, dégonflée.

Il avait raison. Elle m'avait prévenue elle-même. Pourquoi avais-je laissé l'espoir qu'elle tombe amoureuse de moi s'installer ? Je n'étais que la petite sœur mignonne mais agaçante de Jackson. Je ne serais jamais la bonne pour elle.

Pas comme elle l'était pour moi.

21

— TU PARS BIENTÔT ? m'a demandé Hannah en passant son sac d'ordinateur sur son épaule, mardi soir.

Clignant des yeux, j'ai tourné mon regard de la porte ouverte de notre bureau vers son visage.

— Ouais. Je veux juste voir Jamila cinq minutes avant de partir.

C'était le soir du dîner avec Kenneth Royal, le PDG de First Arbiter, et j'étais nerveuse pour elle. Nous n'avions pas parlé depuis que les photos avaient envahi les médias la veille. Hannah et moi avions fait tout notre possible pour inonder les réseaux sociaux de photos du camp de Jamila, d'extraits vidéo de l'interview de Nita et de tout ce que nous pouvions trouver pour détourner l'attention, mais l'affaire continuait de prendre de l'ampleur.

Tout le monde voulait connaître l'identité de la mystérieuse petite amie de Jamila. J'avais assez épié Jamila sur les réseaux sociaux pour savoir que ce genre de choses suivait toujours le même schéma : une fois qu'ils l'auraient identifiée, ils déterreraient son passé, la suivraient pendant quelques jours, publieraient quelques photos peu flatteuses d'elle en train de manger ou de transpirer après une séance de sport, puis la laisseraient tomber aussi vite que Jamila. Révéler que j'étais sa petite amie ne l'aiderait pas le moins du monde. Sans parler de ce que dirait Mère.

Non, merci.

J'avais passé plus de temps que je n'aurais dû sur les réseaux sociaux, même pour une consultante en relations publiques, à scanner les commentaires pour y trouver le moindre indice que la bombe de la plage, c'était moi. Jusqu'à présent, rien. Mais chaque notification, chaque chiffre rouge qui augmentait me tordait un peu plus l'estomac.

— Bonne chance, a dit Hannah. À demain.

— Bonne soirée. J'ai fait semblant de regarder mon écran.

Une minute après qu'Hannah a franchi la porte, j'ai aperçu une touche de lavande. Jamila était en mouvement, marchant à grandes enjambées dans le couloir. Je me suis précipitée vers la porte du bureau et je l'ai rattrapée au passage.

— Salut, Jamila. J'ai trottiné pour suivre ses longues foulées.

— Natalie. Il n'y avait aucune douceur dans la façon dont elle l'a dit.

— Le développement se passe bien ?

— En fait, non. On est tombés sur un autre os. Je dois rester pour aider, mais on a cette putain de réunion ce soir. Elle a poussé la porte de sécurité pour entrer dans le couloir principal.

J'ai accéléré pour la rattraper. — Avec le… partenaire ? ai-je dit à voix basse, puisque nous étions hors de l'espace sécurisé.

— Ouais, et ça va être un bordel monstre. Je n'arrive pas à savoir s'il est plus furieux à cause des photos ou du retard potentiel sur le calendrier. Elle a marmonné les derniers mots en poussant la porte des toilettes. Elle s'est approchée du miroir pour vérifier son rouge à lèvres.

— Je peux aider ?

— Pas à moins que tu aies une baguette magique pour faire disparaître les bugs de mon code.

— Désolée, je ne peux pas aider pour ça. Mais je peux aider sur l'angle des relations publiques. Je peux lui parler de l'article de *Buzz Bizz* et de nos autres efforts en la matière.

Elle m'a fusillée du regard dans le miroir. — Tu es libre ce soir ? Jetant un coup d'œil aux cabines, elle a ajouté : — Pour le rencontrer ?

— Oui, oui, bien sûr. Tout ce dont tu as besoin. Mon estomac pétillait comme du champagne. Peut-être qu'elle me laisserait rester chez elle aussi. Nous nous reconnecterions. Je ne me sentirais plus si abandonnée et en manque.

— D'accord, alors. Elle a rebouché son rouge à lèvres. — Allons-y.

———

SUR LE TRAJET vers la ville, Winslow s'est assis sur le siège avant de son SUV et l'a briefée sur qui couvrirait ses diverses activités pendant qu'il rendrait visite à sa grand-mère hospitalisée. Quand j'ai appris pour sa crise cardiaque, je me suis sentie un peu mal de l'avoir critiqué pour son départ.

Pendant ce temps, j'étais assise en silence à l'arrière. Ils parlaient de choses qui semblaient importantes comme les chaînes d'approvisionnement et les campagnes marketing. Mon travail, avec ses publications sur les réseaux sociaux, ses likes et ses séances photo, paraissait futile en comparaison.

Quand elle s'est garée devant le service de voiturier de La Colombe Bleue, je me suis enfin sentie dans mon élément. J'étais allée dans cet élégant restaurant des dizaines de fois avec mes parents et quelques fois avec des rencards. Le voiturier a ouvert la portière, et je suis sortie en lissant les plis de ma jupe crayon. Je me suis tenue bien droite et j'ai ouvert la marche vers la porte, sans prendre la peine de marquer une pause parce que je savais que le portier l'ouvrirait à temps.

Au pupitre d'accueil, Frankie m'a saluée. — Miss Natalie. Je ne vous attendais pas ce soir. Monsieur et Madame Hayes se joindront-ils à vous ?

— Non, je dîne avec Mlle Jallow ce soir. Vous nous trouverez une bonne table, n'est-ce pas ? Quelque chose de privé ? Nous avons une réunion importante qui requiert de la discrétion.

— Bien sûr, bien sûr. Frankie a noté quelque chose sur le plan de salle.

Jamila a levé les yeux au ciel. — Sérieusement ?

— Tu ne voudrais pas recevoir notre invité à côté des cuisines, ai-je dit. En plus, je ne pense pas que votre partenariat soit public. Nous ne voudrions pas nous asseoir près de la vitrine et donner aux gens une raison de spéculer.

— En fait, c'est une bonne idée, a dit Winslow.

— En fait ? ai-je dit. J'ai des tonnes de bonnes idées.

À son tour de lever les yeux au ciel.

Frankie nous a conduits à une table dans une alcôve privée où nous ne serions pas observés.

— C'est parfait, ai-je dit alors que Frankie posait ma serviette sur mes genoux et me tendait un menu. Merci, Frankie.

Jamila n'a pas attendu Frankie. Elle a étalé sa serviette sur ses genoux et a tendu la main pour prendre la carte des vins. — Ce que je ne donnerais pas pour un whisky.

Frankie a demandé : — Puis-je vous apporter quelque chose du bar ?

— Non, merci. Je dois retourner au bureau ce soir.

Ainsi s'envolait mon espoir de revivre le week-end dernier. Maintenant, je regrettais de ne pas avoir pris le cabriolet, pour ne pas avoir à prendre un Uber pour retourner au bureau le lendemain matin.

— Votre serveur sera avec vous dans un instant. Frankie s'est incliné et est parti.

— Qu'est-ce que tu en penses, Winslow, cabernet ou pinot noir ? a demandé Jamila.

J'étais assise là, incrédule. Pourquoi ne m'avait-elle pas demandé mon avis sur le vin ? J'avais pratiquement grandi dans ce restaurant. J'aurais pu lui dire que les cabernets étaient sans grand intérêt et qu'elle ferait mieux de prendre un malbec. Mais elle ne m'avait pas demandé. J'ai tortillé ma serviette sur mes genoux.

Pendant qu'ils débattaient du choix du vin, j'ai aperçu un homme que j'ai reconnu. Les tempes argentées de Kenneth Royal, son costume gris, sa cravate bleue et ses mocassins noirs clamaient au monde entier qu'il était un cadre supérieur du secteur bancaire. Voilà un moyen pour moi de me rendre utile.

Je me suis levée. — Monsieur Royal, bienvenue. Je ne sais pas si vous vous souvenez de moi. Je suis Natalie Jones, et vous connaissez Jamila Jallow et Winslow Keating-Ashworth.

Jamila avait l'air irritée, mais elle l'était depuis le début de la soirée. Je n'arrivais pas à savoir si elle pensait encore au bug ou si c'était une nouvelle contrariété. — Bonsoir, Kenneth. Merci de nous rencontrer. Son « merci » sonnait comme du verre pilé dans sa gorge.

— Il faut qu'on parle de la santé de notre partenariat. Il s'est assis en face de Jamila mais a tourné la tête pour m'évaluer. — Vous êtes la belle-fille de Charles Hayes.

— C'est exact. Nous nous sommes rencontrés aux fêtes de mes parents.

— Charles est un homme intelligent. Il m'a toisée de la tête aux pieds.— Ce n'est pas vous qui possédez une société de logiciels. Vous êtes la mondaine.

Serrant les dents, je me suis redressée. — Je suis en charge des relations publiques de Jamila.

— Je vois. Les publications sur les réseaux sociaux et ce genre de choses ? Il a dit ça comme s'il avait la bouche pleine de brocolis trop cuits.

— Oui, et…

Jamila m'a coupé la parole. — Kenneth, concentrons-nous sur tes préoccupations.

Je me suis rassise sur ma chaise. Pourquoi m'avait-elle fait venir si c'était pour m'ignorer ?

— Je ne suis pas sûr que Jamilow soit un bon parti pour FA avec tout ce remue-ménage, a dit Royal. C'est une histoire après l'autre. D'abord, il y a eu le mariage scandaleux de Winslow, puis son divorce sordide. Tu as frappé ce journaliste et tu t'es laissée photographier sur la plage avec une bimbo en bikini. Maintenant, tu as eu une énième altercation avec un reporter. Jamilow ressemble plus à un feuilleton à l'eau de rose qu'à une entreprise de logiciels à laquelle notre auguste institution financière voudrait lier sa réputation.

Il s'est penché en arrière, laissant les éclats de sa grenade fuser.

Bimbo en bikini ? Jamila m'avait-elle amenée ici pour que je m'excuse ?

L'expression de Jamila était de marbre. — Jamilow est une entreprise innovante qui génère plus d'idées créatives en une matinée que ta banque guindée en une année entière. C'est pour ça que tu es notre partenaire. Et alors s'il y a un peu de drame ? Quand on réunit un groupe d'artistes, il y aura forcément un peu de théâtralité. Cependant, je peux te promettre qu'il n'y aura plus d'hystérie médiatique avant la sortie.

Elle m'a regardée droit dans les yeux.

Maintenant, je comprenais pourquoi j'étais là. C'était sa façon de me montrer les enjeux de sa vie. Elle n'avait pas de place pour une relation publique avec moi ou l'attention inévitable que cela attirerait. Mon travail consistait à arrondir les angles pour le grand public et à faire en sorte que Jamilow ait l'air d'un partenaire convenable pour une société de services financiers sans saveur.

Eh bien, arrondir les angles, je savais faire. C'est pour ça qu'on m'avait élevée. J'ai haussé les sourcils, et notre serveur a glissé jusqu'à notre table.

— Nous aimerions une bouteille du Nicolás Catena Zapata, s'il vous plaît. Et je prendrai une vodka-tonic.

— Vraiment, Nat ? a marmonné Jamila. C'est ma réunion.

Lui adressant mon sourire le plus étincelant, j'ai dit : — Mettez-m'en un double.

Une fois que la vodka a atteint mon système sanguin, il a été facile de me glisser à nouveau dans le rôle que tout le monde, surtout Kenneth Royal, attendait de moi. Je me suis assurée que les verres de chacun étaient pleins. Quand je parlais, j'agitais les mains pour rappeler à tout le monde que j'étais là pour faire joli et qu'il ne fallait pas me prendre trop au sérieux. Je gloussais à ce qu'ils disaient dès que c'était un tant soit peu drôle. J'ai tapoté le bras de M. Royal et lui ai offert mes sourires les plus charmeurs. Lentement, il s'est adouci comme du beurre laissé sur mon plan de travail à l'école de cuisine.

Mon comportement a eu l'effet inverse sur Jamila. Je n'avais pas besoin de remplir son verre car elle touchait à peine au vin. Elle est devenue de plus en plus cassante au fil de la soirée, comme une ganache au chocolat sortie du frigo.

Finalement, le dîner était terminé. M. Royal et son auguste institution financière étaient conquis. Il a serré la main de Winslow, lui promettant de l'appeler la prochaine fois qu'il aurait besoin de compléter une partie à quatre. Il a invité Jamila à prendre un verre dans son club privé. Il m'a fait une longue étreinte et m'a proposé de me ramener dans sa voiture de fonction. J'ai décliné poliment et j'ai commandé un VTC.

Winslow est sorti avec M. Royal, et je m'attendais à ce que Jamila les accompagne, mais elle m'a agrippé le poignet comme des menottes et m'a entraînée derrière une plante en pot dans le vestibule. Mon cœur s'est emballé d'espoir. Allait-elle me prendre dans ses bras pour effacer la sensation poisseuse de l'étreinte de M. Royal ? Ou au moins me féliciter pour avoir fait en sorte que tout se passe si bien ?

Mais elle n'a rien fait de tout ça. Au lieu de ça, elle a sifflé entre ses dents : — C'était quoi ce bordel ?

— Quoi ?

— Ne me fais pas ces yeux de biche et ne prétends pas ne pas savoir de quoi je parle. Pourquoi tu as fait ton numéro de nunuche ?

— Un numéro de nunuche ? J'essayais d'aider.

— J'avais besoin que tu sois ma compétente consultante en relations publiques, pas une Barbie.

Barbie ? La vodka dans mon estomac s'est retournée. — Alors tu aurais dû me présenter comme ta consultante. Tu m'as ignorée, et je ne savais pas ce que tu voulais. J'ai agi de la manière que je pensais que tu attendais.

— Je ne voulais pas t'ignorer. La raideur a quitté sa colonne vertébrale. — C'est juste que… je ne savais pas quoi faire de toi une fois que tu étais là. C'est un moment délicat pour mon entreprise avec ce partenariat en jeu. Elle s'est frotté l'espace entre les sourcils. — Je suis désolée de ne pas être meilleure pour ce genre de conneries.

J'ai eu envie de tendre le bras et de la serrer contre moi. Nous aurions probablement pu nous en sortir avec une étreinte amicale, mais nous ne pouvions pas nous permettre de prendre ce risque. Pas après les photos. Pas alors que le lancement du nouveau produit de Jamila était en jeu. Alors, j'ai essayé de mettre toute mon affection dans mon regard en disant : — Ce n'est pas grave. Je suis désolée de t'avoir déçue.

— Tu peux être toi-même avec moi, tu sais, a-t-elle dit. La prochaine fois, dis-le-moi franchement. Tu n'as pas besoin de porter ce masque. Quoique, peut-être pas juste devant Kenneth. Attends après la sortie.

Le premier sourire sincère de la soirée s'est épanoui sur mon visage. — Je ferai de mon mieux.

— Moi aussi. Pour me rattraper de ce dîner désastreux, j'aimerais que tu viennes faire de la randonnée avec moi ce week-end.

— De la randonnée pendant le week-end du Memorial Day ? Y aura-t-il une nuitée au programme ?

— Absolument, putain. Apporte un sac de voyage et un maillot de bain, le pyjama n'est pas nécessaire.

J'ai réprimé un cri de joie. Un long week-end avec Jamila me semblait être le paradis. J'achèterais de jolies chaussures de randonnée et je relèverais mes cheveux avec un bandana. J'ai frémi en imaginant le claquement sec lorsqu'elle l'arracherait et me pousserait contre l'écorce rugueuse d'un arbre.

— Oui, chef, ai-je dit.

Son regard est devenu incandescent. — J'aime le son de ça.

Insuffisamment cachée par une plante en pot ou non, je me suis penchée vers elle mais je me suis figée quand mon téléphone a vibré dans ma main.

Jamila s'est léché les lèvres, me taquinant. — Tu ferais mieux d'y aller, je suppose, a-t-elle murmuré, la voix rauque.

— À demain au travail, patronne. D'un mouvement de cheveux, je suis sortie du restaurant d'un pas nonchalant et je me suis glissée dans une Toyota qui sentait le déodorant Axe et l'espoir.

22

— OÙ ALLEZ-VOUS ?

Si j'avais été plus rapide de trente secondes, Mère ne m'aurait pas surprise la main sur le loquet de la porte d'entrée, ce samedi matin.

Lentement, je me suis retournée. — Dehors ?

J'ai rabaissé mon short de randonnée high-tech que j'avais acheté la veille pendant ma pause déjeuner. Je l'avais remonté, espérant à moitié que lorsque Jamila verrait la longueur de mes cuisses dénudées, nous n'aurions pas à faire semblant de partir en randonnée et que le seul exercice que nous ferions se déroulerait dans son lit.

— Dans cette tenue ?

C'était l'hôpital qui se moquait de la charité. Elle portait une robe de chambre en cachemire bordeaux par-dessus son pyjama en soie.

J'ai maudit le tissu bruissant qui avait dû alerter Mère que je sortais en douce. Pourtant, j'aimais bien ma chemise. Elle moulait mes formes d'une manière qui, je l'espérais, plairait à Jamila avant qu'elle ne l'arrache. Elle avait même des boutons-pression au lieu de boutons classiques.

Mère s'est raclé la gorge.

— Nous allons faire une randonnée.

Elle a haussé un sourcil. — Et le pique-nique du représentant Crawford ?

— Oh. Euh. J'ai forcé un sourire. — Je ne pense pas que je vais pouvoir y aller.

— Et avec qui allez-vous randonner ?

— Avec une… une amie.

— Une « amie » ? Mère a croisé les bras. — Après que votre sœur est partie en voyage avec un *ami*, elle s'est fait renvoyer de l'université. Mais vous n'êtes pas comme Samantha. Je n'aurais pas cru que vous agiriez en cachette comme ça. Vous avez toujours été ma gentille fille.

Elle savait comment me toucher en plein cœur. Il a palpité sous la force de l'accusation qu'elle m'avait lancée. — Je le suis toujours, Mère. Je fais tout ce que vous demandez. Mais pas aujourd'hui. C'est une journée magnifique pour être dehors. J'ai fait un geste vers la fenêtre latérale, où le soleil planait à une paume au-dessus de l'horizon, colorant encore de rose les nuages du petit matin. — Et je n'ai jamais fait de randonnée.

— Je vous ai demandé d'assister au pique-nique et de parler avec le représentant Crawford de notre programme d'alphabé-tisation.

— Je sais, Mère. Mais je vais tout le temps à ce genre d'événe-ments. Je veux faire quelque chose de différent aujourd'hui.

Elle m'a dévisagée un long moment, ses yeux bleus plongeant dans les miens. Puis elle a jeté un coup d'œil par la fenêtre laté-rale. — En parlant de différence, à qui est cette voiture ?

J'aurais dû garer la Porsche plus bas dans la rue, mais j'étais si fatiguée en rentrant du travail la veille que je l'avais mise dans l'allée.

— C'est une voiture de fonction. Pour le trajet jusqu'à Jamilow.

— Pourquoi avez-vous besoin d'une voiture de fonction alors que vous en avez une parfaitement…

— Mère, l'ai-je interrompue. Je vais être en retard.

Elle a pincé les lèvres. — Bien que j'apprécie ce que vous faites pour Jamila, je serai contente quand toutes ces bêtises de relations publiques seront terminées, et que vous pourrez retourner à vos devoirs familiaux.

Bêtises ? Mon estomac vide s'est noué.

— Je transmettrai vos amitiés à Daniel. Quand vous en aurez fini avec Jamila, vous devriez envisager d'officialiser les choses.

— Officialiser ?

— Vos fiançailles. Daniel ira loin avec vous à ses côtés.

L'odeur de son Chanel n° 5 m'a submergée. — Il faut que j'y aille. J'ai ouvert la porte et suis sortie.

— Vous ne m'avez pas encore remerciée. Pour les photos.

— Les… photos ? Un poids s'est abattu sur mon ventre.

— Celles prises à la plage avec Jamila. J'ai acheté celles où l'on voyait votre visage.

Oh, mon Dieu. — Il y avait des photos de mon visage ?

— Bien sûr qu'il y en avait. Vous êtes une Jones.

J'en suis restée bouche bée. — Pourquoi ne les avez-vous pas toutes achetées ?

— J'ai demandé, mais il n'a pas voulu toutes les vendre. Soit l'histoire de Jamila est trop importante, soit quelqu'un d'autre l'a payé plus cher pour les diffuser. Donc, si Jamila est l'amie avec qui vous allez randonner, faites preuve de discrétion. Je ne pense pas qu'elle puisse se permettre un autre scandale comme celui-là.

— Euh… merci. Mon visage était plus chaud que le canon de mon fer à boucler. Est-ce que Mère comprenait ma relation avec Jamila ? Y compris les parties sensuelles ? Pas étonnant qu'elle me pousse vers Daniel.

— J'aurais aimé pouvoir toutes les avoir. J'ai toujours bien aimé Jamila.

— Vous l'aimez bien ? J'ai retenu mon souffle. Peut-être qu'elle ne serait pas furieuse que je tombe amoureuse de Jamila.

À quoi je pensais ? C'était une chose d'aimer une femme, c'en était une toute autre d'aimer l'idée que sa fille soit avec elle, surtout dans une situation bizarre d'amies-slash-patronne-avec-avantages.

— Bien sûr que je l'aime bien. Elle est pratiquement une autre fille pour moi. Jamila est ambitieuse, comme j'ai toujours encouragé mes filles à l'être. Elle me fait penser à moi.

Et voilà.

Elle aurait souhaité que la brillante et ambitieuse Jamila soit sa fille et non la nonchalante Natalie, qui se laissait porter par le vent.

— Il faut que j'y aille, Mère. J'ai refermé la porte et descendu les marches d'un pas lourd vers le cabriolet de location.

———

LORSQUE NOUS SOMMES ARRIVÉES à l'endroit où le sentier escarpé — celui qu'empruntaient les lynx et, apparemment, Jamila Jallow — croisait le plus facile, je me suis penchée, les mains sur les genoux, pour reprendre mon souffle.

Aussi pénible que ce soit pour moi, j'ai haleté : — Attends un peu !

— Quoi ? Jamila est revenue sur ses pas, alors qu'elle avait déjà recommencé à grimper. Mes nouvelles chaussures de randonnée m'avaient fait une ampoule au talon qui a gâché mon admiration pour ses ischio-jambiers et ses fessiers bien dessinés dans son short de randonnée.

Elle a sorti sa gourde de son petit sac à dos de randonnée et a dévissé le bouchon. — Oh, ouais, super vue.

C'est ça. La vue. Celle que je ne pouvais pas voir à cause de la sueur qui me coulait dans les yeux. Je me suis redressée et j'ai appuyé ma main sur mon point de côté. La randonnée, du moins avec Jamila, était plus difficile qu'il n'y paraissait et loin d'être aussi chic que je l'avais imaginé en choisissant la plus jolie paire de bottes au magasin de sport.

Elle avait refusé de suivre le chemin plat qui montait progressivement le long de la montagne, celui que tout le monde utilisait.

Non. Elle avait foncé, suivant des balises — qu'elle m'avait présentées comme les « marques » des « pionniers » — sur des sentiers que j'aurais crus réservés aux cerfs les plus agiles. Ses longues jambes escaladaient facilement les rochers et les racines d'arbres apparentes que nous utilisions pour gravir la pente. Mes ischio-jambiers me suppliaient de faire demi-tour. Mais Jamila n'abandonnerait jamais avant d'avoir escaladé la montagne et de l'avoir soumise.

— Bois un peu d'eau, m'a-t-elle dit. On y est presque. Plus qu'une demi-heure environ.

— Une demi-heure ? ai-je sifflé. Une demi-heure, ce n'était rien sur le tapis de course. Mais ça, c'était plutôt comme l'elliptique. Un elliptique avec des clous rouillés plantés dans les pédales pour me piquer les talons à chaque pas.

— Hé. Elle a posé une main sur mon épaule en sueur. — Ça va ?

Avant aujourd'hui, je ne savais pas que mes épaules pouvaient transpirer. J'ai décroché ma nouvelle gourde de ma ceinture et j'ai bu une gorgée. — Je vais bien.

— La vue d'en haut est incroyable. Ça en vaut vraiment la peine. Le bout de ses doigts a dansé sur ma poitrine jusqu'à la ceinture de mon short.

J'ai frissonné à son contact. — Je mérite plus qu'une vue panoramique si j'arrive au sommet. Quelle sera ma récompense si je survis à cette marche de la mort ?

— Marche de la mort ? Ce n'est classé que comme modérément difficile.

J'ai reniflé. — Pour une chèvre de montagne.

— Il n'y a pas de chèvres de montagne en Californie. Seulement des mouflons d'Amérique.

— D'accord. Ce sentier est plus adapté aux mouflons d'Amérique qu'aux humains.

— Les mouflons ne traînent pas par ici. Si tu veux en voir, tu dois grimper celle-là. Elle a pointé une montagne plus haute au loin.

— Peut-être la prochaine fois. C'était un mensonge. Si je voulais voir un mouton, j'irais au zoo. Où les chemins sont plats et plus propices pour se tenir la main.

— Je suppose que la randonnée n'est pas ton truc. Merci d'être bonne joueuse, ma belle. Quand elle m'a serrée plus fort contre elle, je me suis fichue de mes ampoules ou de la rougeur de mon visage. Je me suis concentrée sur ses lèvres, douces et désirables.

— J'ai peut-être besoin d'un peu de motivation pour continuer, ai-je murmuré.

— J'ai du gorp dans mon sac. Elle s'est blottie contre ma tempe.

— À moins que ce soit le nom que tu donnes à ton vibromasseur, ce n'est pas le genre de récompense que j'avais en tête.

— Sur votre gauche ! a crié une voix à quelques mètres de là.

Nous avions entendu cet appel de randonneurs et de cyclistes plus rapides toute la matinée, mais cette voix semblait terriblement familière.

Au lieu de cacher mon visage dans la poitrine de Jamila comme j'aurais dû le faire, je me suis brusquement écartée d'elle et j'ai fait face à la menace. Mon cœur s'est arrêté de battre quand j'ai vu mon frère, Jackson, debout sur les pédales de son VTT, suivi de son fils adoptif, Noah, sur un vélo similaire.

Oh, putain de merde.

— Nat ? Il a levé la main pour signaler un arrêt.

— Jackson ? Qu'est-ce que tu fais ici ? J'arrivais à peine à sortir les mots, mon cœur faisant du ping-pong dans ma poitrine. De tous les endroits où il aurait pu être un samedi de mai, il fallait qu'il soit ici, sur la même montagne, sur le même sentier que Jamila et moi.

— Je profite juste de mon sentier préféré, a-t-il dit. Je pense que c'est plutôt à *toi* d'expliquer ce que *tu* fais ici. Normalement, tu ne passes pas le week-end du Memorial Day à aider Mère à flatter les politiciens ?

— C'est aussi mon sentier préféré, a dit Jamila. Sa voix était douce comme du velours. — C'est moi qui l'ai invitée.

Je l'ai regardée, ébahie. Avec tous ses discours sur le fait de ne pas se prendre la tête et de garder ça secret, allait-elle vraiment parler de nous à Jackson ? Mon cœur s'est accéléré, et le bout de mes doigts a picoté.

— Salut, Jamila. Il a gloussé. — D'abord, elle vient travailler pour toi, et maintenant vous sortez ensemble le week-end ? Les relations publiques doivent bien se passer.

— Ouais, a-t-elle dit. Natalie m'a vraiment sauvé la mise. Je lui ai demandé de venir avec moi pour la remercier.

Mon cœur a fait un bond sourd tandis que tous mes espoirs et mes rêves s'écrasaient — *splat* — sur la terre battue.

— C'est génial. Tu aurais peut-être préféré une récompense moins fatigante, hein, Nutter Butter ? Comme une journée au spa. Il a éclaté de rire.

— Très drôle, ai-je reniflé. Je passais un moment délicieux jusqu'à ce que tu te pointes.

Tournant le dos à mon frère et à Jamila, j'ai boitillé jusqu'à Noah et je l'ai serré dans mes bras. Comme moi, il était chaud et en sueur, et son casque a heurté ma tête.

— Tu t'amuses bien ? ai-je demandé.

— Ouais. Sa voix d'adolescent de treize ans est sortie rauque et bourrue. Il s'est raclé la gorge. — Et toi ?

J'ai jeté un coup d'œil par-dessus mon épaule. Jamila et Jackson ne faisaient pas attention à nous, trop concentrés sur leur propre conversation légère. — Bof.

— Tu devrais venir faire du vélo avec Jay et moi la prochaine fois. La montée est un peu dure, mais à la descente, on vole. C'est trop cool.

— Est-ce qu'Alicia est au courant pour le vol ? Ma belle-sœur était l'une des personnes les plus prudentes que je connaissais. Elle et mon frère incarnaient l'expression « les opposés s'attirent ».

Il a plissé un œil. — On garde ça pour nous. Et puis — il a tapoté son casque — on fait attention.

Prudent n'était pas un mot que j'associais à mon frère. Cependant, il s'était entouré de gens prudents comme Alicia et Cooper. Jamila, en revanche, était tout sauf prudente. Disait-elle la vérité à mon frère ? Qu'on était sur le point de s'embrasser quand ils étaient arrivés derrière nous ? À la façon dont Jackson riait, j'en doutais.

— Qu'est-ce qu'il y a de si drôle ? ai-je demandé d'un ton vexé.

— Rien, Nutter Butter. Il s'est approché de moi et a tendu un de ses longs bras pour m'ébouriffer les cheveux.

J'ai bondi en arrière. — Arrête ça ! J'ai retiré mon élastique et démêlé avec les doigts les nœuds qu'il avait faits. Puis j'ai rattaché mes cheveux en une nouvelle queue de cheval, bien serrée. Quand j'ai relevé la tête, Jamila me regardait avec une faim dans les yeux.

Peut-être qu'on pouvait encore sauver notre randonnée — et ma récompense.

— Noah dit qu'il a hâte d'atteindre le sommet, ai-je dit. Je suppose que vous devriez y aller.

— Ouais, allons-y, petit gars. Jackson a ramassé son vélo et l'a enfourché. — Nat, on manquera le brunch de demain. On se voit le week-end prochain. À plus, Mila. Il a donné un coup de pédale et s'est mis en danseuse pour grimper la pente. Noah a fait de même, et ils ont rapidement disparu au détour du virage.

Jamila a secoué la tête. — C'était moins une.

Soudain, toute mon énergie s'est envolée, et ce n'était pas seulement dû à la fatigue de notre randonnée. — Je ne suppose pas que tu lui as parlé de nous ?

Elle a ouvert de grands yeux. — De *nous* ? Elle a baissé la voix. — Tu veux dire, est-ce que je lui ai dit que je me tapais sa petite sœur sans prise de tête ?

Ses mots ont déchiqueté mon cœur comme des couteaux à steak émoussés. Je n'étais pas sûre à cent pour cent que mon béguin se soit transformé en amour, mais mes sentiments pour elle étaient tout sauf désinvoltes. — Ben, vu comme ça—

— Écoute. Elle s'est rapprochée, pas aussi près qu'avant que

Jackson nous interrompe, mais assez pour entrer dans mon espace personnel. D'une phalange sous mon menton, elle a relevé ma tête jusqu'à ce que je la regarde dans les yeux. — C'est tout nouveau. Je pense qu'il est raisonnable de voir comment les choses évoluent avant de crier notre histoire sur tous les toits.

Son raisonnement était… raisonnable, mais mes sentiments ne l'étaient pas. — Jackson est l'un de tes meilleurs amis. Tu ne lui parlerais pas de quelqu'un que tu fréquentes ?

— Normalement, si. Mais ce n'est pas une situation normale. Elle s'est retournée brusquement, a enlevé sa casquette et a passé ses doigts dans ses cheveux courts. — Tu es sa petite sœur.

Elle a marmonné ses prochains mots, mais j'ai compris chaque syllabe.

— On ne devrait pas faire ça.

Les couteaux dans mon cœur se sont retournés. Peut-être qu'elle avait raison. Si elle ne tenait pas assez à moi pour en parler à mon frère, alors nous ne *devrions* vraiment pas faire ça.

— Allez, viens. Mais au lieu de me guider vers le sommet de la montagne, elle a fait demi-tour.

— On ne va pas au sommet ? ai-je demandé.

— Nan. Tu es fatiguée. Je t'en ai déjà trop demandé.

Elle a descendu la montagne d'un pas lourd, sans jamais se retourner.

23

QUAND NOUS SOMMES ENTRÉES chez Jamila, elle s'est penchée pour défaire ses chaussures de randonnée et a parlé pour la première fois depuis près d'une heure.

— Tu veux prendre une douche ?

L'idée de transpirer partout dans la Porsche de location pendant mon trajet de retour à San Francisco ne m'enchantait pas. En plus, nous étions rentrées assez tôt pour que ma mère soit peut-être encore à la maison à mon arrivée, et c'était la dernière personne que je voulais voir dans mon humeur massacrante.

— Bien sûr.

J'ai enlevé mes bottines du bout du pied, attrapé mon sac de voyage et je me suis dirigée vers la salle de bains des invités.

Elle m'a saisi le poignet.

— Avec moi ?

— Mais je... je pensais...

J'ai pris une profonde inspiration.

— Tu n'as pas dit un mot sur le chemin du retour.

— J'avais besoin de réfléchir. Et maintenant, j'ai fini de réfléchir. Je veux faire autre chose.

Elle m'a tirée plus près d'elle et a plongé son nez dans mon cou.

Je me suis reculée.

— Qu'est-ce qu'on fait, Jamila ? Je ne peux pas être ton vilain petit secret. Je n'ai pas besoin d'une voiture ou d'un salaire de ta société. Ce dont j'ai besoin, c'est de quelqu'un qui n'a pas honte d'être avec moi en public ou devant ma famille.

— Je sais.

Elle a enroulé le bout de ma queue de cheval autour de son doigt.

— Je suis désolée pour tout à l'heure, avec ton frère. Je n'étais pas préparée, et je ne savais pas quoi dire.

Mes épaules se sont un peu détendues.

— Que lui dirais-tu si tu le voyais maintenant ?

Elle a marqué une pause.

— Je lui dirais que tu n'es plus une petite fille avec des couettes.

Elle a tiré sur ma queue de cheval, provoquant un frisson sur mon cuir chevelu.

— Tu es une femme adulte. Une femme adulte sexy. Et je suis très, très intéressée par toi.

— Très intéressée ? Qu'est-ce que ça veut dire ?

Mon cœur battait la chamade.

— Ça veut dire que je veux te baiser. Et continuer à le faire pendant un certain temps.

Même si j'étais totalement partante pour le sexe, l'idée de la baiser pendant « un certain temps » ne comblait pas mon cœur romantique.

— Un certain temps ?

— Un certain temps. Avec mes partenaires précédentes, ça ne m'intéressait pas. Écoute, j'ai besoin de temps pour mettre de l'ordre dans mes idées. Je suis nulle pour parler de mes sentiments. C'est le mieux que je puisse faire pour l'instant.

Était-ce une supplique dans ses yeux ? Ils étaient doux et chauds comme du chocolat fondu.

Je voulais m'y noyer.

— Ça me va.

Je l'ai embrassée tendrement sur les lèvres.

— Pour l'instant.

Ses bras m'ont enlacée, et le baiser est devenu torride. Torride parce que je sentais ma propre odeur de transpiration dégoûtante.

Je me suis écartée.

— Allons dans ta douche sexy. J'ai la moitié du sentier de randonnée collée au visage.

— J'aime quand tu es sale, a-t-elle dit en déposant un baiser sur mes lèvres. J'aime aussi te nettoyer. Allons-y.

Nous avons laissé nos bottines et nos chaussettes poussiéreuses dans sa buanderie, puis elle m'a conduite par la main jusqu'à sa salle de bains. Elle n'était pas aussi spacieuse que celle de sa maison de plage, mais la douche était assez grande pour deux. Elle a allumé le pommeau de douche effet pluie et s'est tournée vers moi.

— Déshabille-toi.

C'était exactement comme le fantasme coquin que j'avais eu ce matin en m'habillant. J'ai posé les doigts sur l'encolure de ma chemise de randonnée et j'ai écarté les deux côtés avec un petit bruit sec. Ses lèvres se sont entrouvertes. Laissant un sourire taquin se dessiner sur mes lèvres, j'ai répété ce geste délibéré pour chaque bouton-pression de ma chemise. Les iris de Jamila sont devenus plus brûlants à chaque « clic » des attaches. J'ai haussé les épaules pour l'enlever et l'ai laissée flotter jusqu'au sol.

J'avais mis ma brassière de sport la plus sexy — si tant est qu'une brassière de sport puisse être qualifiée de sexy —, celle avec des bonnets qui ne cachaient pas ma silhouette. Les agrafes dans le dos signifiaient que je n'aurais pas à me débattre pour sortir d'un Spandex humide. J'ai ouvert les crochets et jeté la brassière par-dessus ma chemise. Elle a fixé mes seins tandis que la vapeur s'échappait de la douche autour d'elle. J'ai défait la boucle de mon short et j'ai lentement baissé la fermeture éclair.

J'avais oublié ma gourde, et son poids a fait tomber le short sur le carrelage avec un bruit métallique.

— Oups, ai-je dit avec un sourire malicieux.

— Oups, a-t-elle répété. Laisse-le là.

Enfin, je me suis déhanchée pour retirer ma culotte en coton. En me mordant la lèvre, j'ai pivoté pour lui présenter mon dos et je me suis penchée pour ramasser mes vêtements.

— Où est-ce que je mets ça ?

— Dans le panier à linge.

Sa voix semblait tendue.

J'ai marché sur la pointe des pieds sur le carrelage chauffant, puis je suis revenue me planter, nue, devant elle. Elle a plongé une main dans mes cheveux pour retirer l'élastique qui retenait ma queue de cheval. J'ai secoué mes cheveux sur mes épaules.

Elle a pris une mèche pour l'enrouler entre ses doigts.

— J'aime tes cheveux.

— J'aime les tiens aussi.

J'ai levé la main pour caresser ses boucles courtes et rebondies.

— Est-ce que je peux te les laver ?

— On verra. Je n'aurai peut-être pas la patience.

J'ai fait la moue.

— Alors, est-ce que tu laveras les miens ?

— Mes produits pour cheveux bouclés ne fonctionneront peut-être pas sur les tiens.

— Ce n'est pas grave. Je pourrai les relaver demain matin. Je veux tes mains dans mes cheveux.

— Marché conclu, ma puce. Maintenant, va te laver.

— Tu ne viens pas ?

— Je veux te regarder.

Si elle voulait regarder, j'allais lui offrir un spectacle. Lentement, je me suis retournée et j'ai ouvert la porte de la douche. J'ai fait un pas exagéré pour entrer, ce qui a étiré mes quadriceps, ischio-jambiers et fessiers surmenés. Je me suis glissée sous le pommeau de douche effet pluie, levant le visage vers lui et passant mes doigts dans mes cheveux, lissant les mèches humides vers l'arrière de ma tête.

Quand je me suis retournée pour la regarder, elle m'a adressé un sourire de loup.

— Lave-toi, ma puce. Je te veux toute propre quand j'entrerai.

Saisissant son gel douche, j'en ai versé un peu dans ma main et je l'ai fait mousser. Je l'ai fait glisser le long de mon cou, sur mes épaules, puis sur mes bras. Je me suis frotté le ventre et les jambes sous son regard.

— Tu viens me laver le dos ? ai-je demandé.

— Dans une minute. Tu n'as pas encore fait tes seins. Ni entre tes jambes.

— J'espérais que tu t'en chargerais.

Je lui ai lancé mon sourire le plus séducteur.

— Je veux te regarder le faire.

Je frissonnais d'anticipation. J'ai pris mes seins à pleines mains et je les ai pressés, caressant mes tétons du pouce.

— Ralentis, a-t-elle dit. On a tout l'après-midi. N'oublie pas le pommeau à main.

— Le pommeau à main ?

Je l'ai repéré sur le mur. En le sortant de son support, je l'ai allumé.

— Froid ! ai-je couiné alors que des gouttelettes glacées heurtaient ma peau.

Elle a gloussé.

— Ça va chauffer.

Après quelques secondes, c'est arrivé. Je me caressais un téton d'une main tandis que je dirigeais le jet de douche entre mes jambes. C'était agréable, mais…

— Il y a un mode massage ?

Quand sa main s'est refermée sur la mienne, j'ai ouvert grand les yeux. L'eau ruisselait sur sa peau nue.

— On n'est jamais mieux servi que par soi-même, a-t-elle marmonné.

Mais elle n'a pas pris la peine de retenir son sourire.

Elle a pressé le bouton du pommeau de douche et il s'est mis à pulser comme j'en avais besoin, une pulsation rythmée qui donnait l'impression d'une main entre mes cuisses. Elle l'a dirigé sur mes lèvres, qui se sont gonflées et ouvertes tandis que le centre de mon être se contractait. Ma respiration se faisait sifflante dans ma poitrine, comme en haut de la montagne. Maintenant que j'avais les deux mains libres, j'ai malaxé mes tétons, haletant sous la sensation.

Tout en maintenant le jet sur ma chatte, elle m'a explorée de sa main, tapotant mon clitoris jusqu'à ce que je gémisse.

— C'est ça, ma puce. Donne-moi tout.

Elle a tapoté plus vite, propulsant la sensation jusqu'au plus profond de moi.

Et c'est ce que j'ai fait.

Je ne pouvais rien lui refuser de ce qu'elle me demandait. Mon orgasme m'a saisie comme un poing, extrayant le plaisir de mon corps par vagues. Alors que je redescendais, mes genoux ont fléchi, mais Jamila m'a rattrapée d'un bras autour de ma taille.

— Je te tiens, ma chérie, m'a-t-elle susurré à l'oreille.

En grognant quelque chose que même moi, je n'ai pas pu comprendre, j'ai passé mes bras autour de sa taille et j'ai posé ma joue contre son épaule. Je me sentais en sécurité dans son étreinte tandis que l'eau chaude pleuvait sur nous. La douche était mon cocon, et je ne voulais jamais en sortir.

— Tu peux te tenir debout ? a-t-elle finalement demandé.

— Oui.

Elle a doucement retiré son bras de ma taille, et mes jambes m'ont soutenue.

— Tourne-toi. Je vais te laver les cheveux.

Le bout de ses doigts sur mon cuir chevelu me donnait l'impression d'être à la fois désarticulée et en apesanteur. C'était exactement l'attention dont j'avais besoin après cette ascension et la rencontre accablante avec mon frère. Elle a essoré mes cheveux et a attrapé l'après-shampooing. Elle a frotté une noisette du produit dans ses propres cheveux, passant ses doigts dans ses boucles serrées.

Avec ses bras levés, ses seins étaient trop tentants pour que j'y résiste. Je les ai pris à pleines mains et j'ai léché un téton. Sa main s'est posée sur l'arrière de ma tête et m'y a maintenue.

— Oui, ma chérie. Comme ça.

J'ai glissé mon autre main entre ses jambes, la caressant doucement, puis tapotant son clitoris gonflé comme elle l'avait fait pour moi. Sa respiration s'est saccadée.

J'ai pris son téton dans ma bouche, m'y agrippant et le faisant rouler sous ma langue. Elle a frémi et m'a serrée plus fort.

— N'arrête pas.

Je n'ai pas arrêté. J'ai tapoté plus fort, puis plus doucement, testant la pression jusqu'à ce qu'elle cambre ses hanches contre ma main, se frottant contre ma paume. Après quelques secondes de plus, elle s'est immobilisée en gémissant.

D'un dernier coup de langue, j'ai relâché son sein et j'ai remonté mes baisers jusqu'à son cou. Je ne voulais jamais que ma bouche quitte sa peau. Combien de temps pourrions-nous rester ici, dans le paradis de sa douche ?

Elle s'est penchée pour capturer mes lèvres, un baiser délicieusement désordonné sous l'eau qui nous inondait. Les deux mains pressées contre mon dos, elle m'a tenue près d'elle. Quand elle a relâché mes lèvres, elle a marmonné : « Putain », et a secoué la tête.

— Quoi ?

— Juste… c'était bon. Qui aurait cru que la petite princesse serait une telle bombe au lit ?

— Tu veux dire, sous la douche.

— Je veux dire, partout où je te veux, ma puce.

J'ai frissonné malgré le jet d'eau chaude.

— Sortons avant d'être toutes fripées.

Elle a coupé l'eau et m'a enveloppée dans l'une de ses serviettes moelleuses.

Nous nous sommes séchées, puis nous avons utilisé sa lotion parfumée au jasmin pour nous hydrater. Elle a fait claquer sa langue en voyant les ampoules sur mes talons et a trouvé quelques pansements, qu'elle a insisté pour appliquer elle-même, agenouillée derrière moi.

Quand nous nous sommes effondrées ensemble dans son

immense lit, propres et épuisées, j'étais complètement comblée. Et prudemment heureuse.

J'ai tracé un cercle autour de son nombril.

— Alors, tu vas parler de nous à mon frère ?

— C'est ce que tu veux ? Le lui dire tout de suite ?

— Eh bien, pas *maintenant* maintenant.

J'ai trempé ma langue dans son petit creux.

— Il y a d'autres choses que je préférerais faire maintenant.

J'ai déposé une ligne de baisers le long de son ventre et je me suis arrêtée au niveau de son pubis.

— Je ne veux pas que notre relation soit un secret. Je ne veux pas me cacher.

— Bien sûr, avec Jackson, mais je ne vais rien dire à Audrey. Cette femme est terrifiante.

— Je m'occuperai de ma mère. Après que tu auras parlé à Jackson et qu'il aura accepté de me soutenir.

— Avoue-le. Elle te terrifie aussi.

— C'est ma mère. Je n'ai pas peur d'elle. Même si je déteste quand elle est en colère contre moi.

— Il faudra quand même rester discrètes au travail. Je n'ai pas besoin d'un autre scandale.

Grimaçant, j'ai posé mon menton sur son os de la hanche.

— Scoop : tout le monde au bureau est au courant.

— Merde ! Vraiment ?

— Ouais. Winslow et Hannah, c'est sûr. Je soupçonne Felicia et Rhiannon aussi.

Elle a roulé des yeux au plafond.

— Putain. J'espérais maintenir un peu de professionnalisme.

— Nous resterons professionnelles au travail. Nous y maintiendrons des limites. Tant que je peux les franchir à la maison.

J'ai effleuré son téton avec mon pouce, et elle a frémi.

— Ça me va, a-t-elle dit d'une voix rauque.

— Mais tu parleras à Jackson ?

— Oui, je vais lui envoyer un texto tout de suite.

Elle a tendu la main vers son téléphone.

— Pas maintenant.

J'ai repoussé son téléphone d'un geste.

— Tu ne vois pas que j'essaie de te faire l'amour ?

— Alors, vas-y, princesse. Moins de paroles, plus de cunnilingus.

Elle s'est glissée plus bas pour me donner un meilleur accès.

— Avec plaisir.

24

LE LENDEMAIN MATIN, je me suis réveillée avec une odeur de café. Quand j'ai ouvert les yeux, Jamila était assise au bord du lit, une tasse à la main, qu'elle m'a tendue.

— Lève-toi. Je t'emmène prendre le petit-déjeuner.

Je me suis redressée et je lui ai pris la tasse. Elle l'avait préparé comme je l'aimais : sucré et allongé de lait d'avoine. J'ai savouré la première gorgée divine. Puis je me suis souvenue du jour qu'on était.

— On est dimanche. Ma mère m'attend pour le brunch aujourd'hui.

Elle a grimacé. — J'avais oublié. Tu es obligée d'y aller ?

— Tu pourrais venir avec moi, ai-je dit, le cœur battant la chamade.

Elle a parcouru ma clavicule du bout de son doigt. — Je ne crois pas être prête pour un brunch avec Audrey. Pas tant qu'on est en train de voir où ça nous mène. Et pas avant d'avoir parlé à Jackson.

— Tu l'as entendu hier. Il ne sera pas là.

— C'est vrai, mais je ne pense pas que je pourrais m'asseoir à la table de ta mère et bruncher comme si je n'avais pas envie de hisser ma copine sur mes genoux.

— Alors, je suis ta copine, maintenant ? Mon cœur s'est emballé comme si je sortais d'un cours de spinning après avoir bu un double expresso.

Elle a fait semblant de regarder autour d'elle dans la chambre. — Je ne vois personne d'autre ici.

Je l'ai gentiment poussée à l'épaule. — Tu sais très bien ce que je veux dire.

— Je débute dans ce domaine, d'accord ? Je ne sais pas trop ce que je suis censée ressentir. Mais quand je me suis réveillée ce matin et que tu dormais à côté de moi, ma première pensée n'a pas été : « Comment je vais virer cette nana de chez moi pour pouvoir bosser un peu ? ». Alors j'imagine que ça veut dire que tu es ma copine.

J'ai battu des cils. — Tu sais exactement quoi dire pour rendre une femme heureuse.

— *Maintenant*, je me demande comment je vais te faire sortir de chez moi.

— Pas du tout. Je te plais. Je me suis penchée et je l'ai embrassée, un doux effleurement de nos lèvres.

— Peut-être bien. Elle a enroulé une de mes mèches rebelles autour de son doigt.

— D'accord. Je vais envoyer un texto à ma mère pour lui dire que j'ai changé mes plans. Passer plus de temps avec Jamila comme ça, dans notre bulle de bonheur, valait bien le risque de décevoir ma mère.

— Vraiment ? Elle s'est penchée et a déposé un baiser langoureux sur mes lèvres.

— Ouais. Comme c'est un week-end prolongé, on pourra revenir ici après et passer du temps ensemble ?

— Ça marche. On va se la couler douce avec Quill.

— Ou… Je me suis blottie dans les draps chauds. On pourrait sauter le petit-déjeuner et rester au lit.

— Non. Lève-toi. Ma copine aime prendre son petit-déjeuner. L'endroit où on va est bondé si on arrive trop tard.

— Très bien. Mais il me faudra une minute pour me coiffer.

— Une minute seulement. Tu sais que je me fiche de tout ça.

C'était un mensonge. Je savais que Jamila se souciait des apparences. J'étais contente d'avoir emporté une robe. Quand je suis entrée dans la cuisine une demi-heure plus tard, elle a sifflé.

— Ça te plaît ? J'ai tournoyé, laissant la jupe s'évaser autour de mes cuisses.

— Oui. Même si je pourrais être tentée de la retrousser au restaurant.

— Au petit-déjeuner ? Tu n'oserais pas ! Pourtant, l'idée qu'elle me touche en public — et puis zut, l'idée d'être la petite amie de Jamila Jallow en public — a fait battre mon cœur à tout rompre.

— Non. Je n'oserais pas. Mais tout est permis sur le chemin du retour. Elle a tiré sur ma natte. J'en avais fait une longue dans mon dos, en guise de clin d'œil ironique à ce qu'elle avait dit la veille sur les couettes. Je ne peux pas non plus garantir que je ne tirerai pas dessus pendant que je te doigterai.

— Oui, s'il te plaît, ai-je dit d'une voix haletante.

— Alors, allons-y.

Le trajet a été plus long que ce à quoi je m'attendais, presque jusqu'à San Francisco. Jamila s'est garée près d'un bâtiment isolé sur le parking d'un centre commercial dans la banlieue sud.

— Ce doit être un petit-déjeuner cinq étoiles pour valoir un tel trajet, ai-je dit.

— Cooper me l'a recommandé. Rien n'est trop beau pour ma copine. Elle s'est penchée et m'a embrassé la tempe. À la mention du nom de Cooper, le café que j'avais bu plus tôt m'a brûlé l'estomac vide. Mon amitié avec Jamila n'était pas aussi forte que la sienne avec Cooper. Survivrions-nous à une rupture gênante ?

— Qu'est-ce qui ne va pas ? a demandé Jamila en me relevant le menton.

J'ai plongé mon regard dans ses yeux, adoucis par l'inquiétude. Pourquoi m'inquiétais-je ? À l'exception d'une minuscule erreur, j'avais redressé son image publique. Elle n'arrêtait pas de m'appeler sa copine, et c'était à deux doigts de m'appeler sa petite amie. Nous avions eu des relations sexuelles fabuleuses deux week-ends de suite. Et maintenant, elle m'emmenait en public comme je l'avais demandé. Comme une petite amie.

— Rien. Tout va bien. Je lui ai donné un bisou sur les lèvres. Je vais commander la plus grande pile de pancakes aux myrtilles qu'ils pourront me faire. Un coup d'œil par la fenêtre a révélé des tables serrées les unes contre les autres, le personnel s'affairant entre elles avec des cafetières et des plateaux de nourriture.

Elle a gloussé. Je l'ai suivie à l'intérieur du restaurant où j'ai inspiré les odeurs de beurre, de café et de sirop d'érable. Mon estomac a gargouillé.

Elle avait eu raison à propos de la foule. Des gens étaient assis sur des bancs le long du petit hall d'entrée, et l'hôtesse d'accueil avait deux ou trois crayons gras qui dépassaient de son chignon. Souriant à l'homme aux cheveux bouclés devant elle, elle a sorti un de ses crayons et a pris une note sur le plan de table.

Concentrée sur l'ardoise qui listait les plats du jour, j'ai percuté le dos de Jamila quand elle s'est arrêtée net.

— Qu'est-ce qui ne v… Mais j'ai vu ce qui n'allait pas. Comme si nous l'avions invoqué en prononçant son nom, Cooper Fallon se tenait à côté de l'homme au comptoir de l'hôtesse. L'homme aux cheveux noirs était son petit ami, Ben. Et à côté d'eux se trouvaient mon frère et sa femme.

— Merde, ai-je marmonné.

Mais il était trop tard pour faire demi-tour. Ils nous avaient repérées, grâce à la taille immanquable de Jamila.

— Mila ! a appelé Cooper. Mon estomac m'a de nouveau brûlée à cause de ce surnom. Elle ne m'avait pas demandé de l'appeler comme ça. Je n'avais pas encore été assez courageuse pour essayer. C'était une autre preuve de ma place dans la hiérarchie des affections de Jamila.

Lâchant ma main, elle s'est faufilée entre les autres clients vers eux. Je l'ai suivie dans son sillage.

— On peut ajouter une chaise ? a demandé Cooper à l'hôtesse, qui tenait une poignée de menus.

— Deux, chéri, a dit Ben.

— Quoi ? Enfin, Cooper m'a aperçue. Natalie ! Quelle surprise. Bien sûr. À l'hôtesse, il a dit : Vous pouvez nous mettre une table pour six ?

Alors que l'hôtesse attrapait plus de menus, Jackson m'a prise dans ses bras. — Qu'est-ce que tu fais ici ?

J'ai jeté un coup d'œil à Jamila. À voir le choc sur son visage, j'ai compris qu'elle n'était pas prête à parler de nous à mon frère. Pourtant, c'était la femme la plus sûre d'elle que je connaissais, alors j'espérais qu'elle tiendrait sa promesse et trouverait un moyen de lui dire que nous étions ensemble. Elle le lui ferait croire que c'était la meilleure idée qu'il ait jamais entendue. Puis, quand je dirais à Mère que je sortais avec une femme et que je n'épouserais jamais, au grand jamais, Daniel van der Poel, il serait à mes côtés pour me soutenir.

Je lui ai adressé mon sourire le plus encourageant et j'ai effleuré sa main du bout des doigts. *On peut le faire.*

Elle a eu un mouvement de recul à mon contact et a croisé les bras. — Nous avons un petit-déjeuner de travail.

Ma peau est devenue glaciale, comme si quelqu'un avait déclenché les extincteurs automatiques.

— Travailler un week-end férié ? Vous êtes un vrai tyran, a dit Jackson. Ou peut-être que le tyran, c'est Nat. Il m'a donné une petite tape sur la tête, défaisant ma natte française.

J'ai repoussé sa main d'un geste sec. — Arrête ça.

— Je te montre juste un peu d'affection fraternelle.

— Eh bien, arrête. Je n'aime pas ça.

Ses yeux se sont agrandis. — Ah non ?

— Je n'ai plus douze ans.

— C'est vrai. Désolé. Il a levé les mains.

J'ai essayé de rentrer mes cheveux dans la tresse, mais c'était sans espoir sans miroir. J'ai abandonné et j'ai serré Alicia dans mes bras. — Bonjour. Tu te sens bien ?

— Ouais. Elle a frotté son léger petit ventre de femme

enceinte. On se sentira mieux une fois que j'aurai ingurgité quelques glucides.

Jackson a passé un bras autour de sa taille. — On va te trouver des crackers dans une minute.

Elle a souri, l'amour débordant de ses yeux bleus. — Merci.

J'ai regardé Jamila, mais elle avait la mâchoire serrée, tout comme la veille après que nous avions croisé Jackson et Noah sur le sentier. Ses yeux avaient un éclat dur comme du quartz fumé. Cooper a entraîné Jamila à l'écart et, la main sur son dos, a suivi l'hôtesse dans le restaurant. J'ai marché derrière mon frère et sa femme.

La table ronde aurait été parfaite pour quatre, mais elle était juste pour six. Je me suis glissée entre Cooper et Jamila. Mon frère était assis en face de moi.

— Alors. Qu'est-ce que vous faites si loin ? J'ai tamponné ma tempe moite avec ma serviette. Ils vivaient tous dans le nord de San Francisco, pas dans la banlieue sud.

Ben s'est penché en avant. — On a trouvé cet endroit lors d'un week-end à la plage. Leurs pancakes sont à tomber par terre. Et ce type aime leur omelette aux blancs d'œufs, même si les blancs d'œufs gâchent tout le plaisir du petit-déjeuner. Il a donné un coup de coude à son fiancé. Alors maintenant, dès qu'on a le temps, on descend ici. En plus, Cooper et Jackson avaient des trucs de témoin à régler.

— Des trucs de témoin ? a demandé mon frère. Ça veut dire que tu me demandes d'être ton témoin ? Et Mateo ?

Cooper a lancé un regard noir à son fiancé. Ben a levé les yeux au ciel.

— Oui. Cooper s'est raclé la gorge agressivement. Veux-tu être mon témoin ? Mateo fait partie du cortège nuptial, mais je-je veux que mon meilleur ami soit à mes côtés.

— Coop ! La voix de Jackson s'est brisée, et ses yeux ont brillé. Ce serait un honneur.

— Oh. Ben a joint les mains sous son menton. Vous êtes trop

mignons. Maintenant que c'est réglé… — il a pris son menu — je vais me goinfrer de glucides.

J'ai jeté un coup d'œil à Jamila. Comment se sentait-elle, exclue de cette bromance ? À la façon dont elle fixait son menu, pas très bien.

— Mila, je… Cooper s'est de nouveau raclé la gorge. J'allais t'inviter aussi, mais puisque tu es là, voudrais-tu aussi être mon témoin ?

Elle lui a adressé un large sourire, toute trace de sa froideur antérieure ayant disparu. — Bien sûr. Vous prévoyez toujours ça sur l'île à l'automne ?

— Oh mon dieu, ça va être magnifique, a dit Ben. Il y aura une houppa sur la plage, et Cooper nous a trouvé un rabbin sur l'île. Et puis dîner et danse dans le restaurant. On a tout le complexe hôtelier pour nous tout seuls.

— Je ne me souviens pas d'avoir accepté de danser, a grogné Cooper.

Pendant qu'ils se disputaient sur le fait que Cooper serait ou non obligé de danser en public, j'ai jeté un coup d'œil furtif à Jamila. Elle les regardait se quereller, un air amusé sur le visage.

— Hé. J'ai touché sa cuisse sous la table, et elle a sursauté. Ça va ?

— Bien sûr, a-t-elle marmonné. Je suis juste surprise, c'est tout. C'est une matinée bizarre.

Nous ne nous attendions pas à rencontrer ses meilleurs amis. Mais je n'aimais pas qu'elle qualifie la matinée de bizarre. Plus tôt, elle m'avait appelée sa copine. Elle m'avait emmenée prendre le petit-déjeuner. Mais maintenant, elle me semblait lointaine, et malgré le contact de nos genoux sous la table, elle avait érigé un mur entre nous.

Au moment où le serveur est venu prendre notre commande, j'avais perdu l'appétit.

Mais pas Jamila. Elle a adressé son plus grand sourire au serveur, dont le menton à fossette me rappelait Hayden Christensen dans *Star*

Wars. Ç'aurait été beaucoup pour n'importe qui, mais toute la puissance de la drague de Jamila — car c'est exactement à ça que ça ressemblait — était trop pour lui. Il a rougi, a fait tomber son crayon, et m'a complètement ignorée quand il a pris notre commande. Ben a dû attraper la manche du serveur pour le faire revenir afin d'entendre ma demande sèche d'une petite portion de pancakes aux myrtilles.

Pendant que les autres parlaient et sirotaient leur café, je me sentais piégée dans une cage invisible comme un mime sur l'Embarcadero. Jamila a orienté la conversation vers les affaires. Elle a interrogé Alicia sur son entreprise et ses projets d'embaucher un autre consultant pour couvrir son congé maternité. Elle a parlé du cours des actions avec Jackson et Cooper. Jamila a même interrogé Ben sur son travail pour une fondation locale et lui a demandé s'il pensait que les dons de bienfaisance augmenteraient à mesure que le pays sortirait de la récession.

Elle ne m'a pas adressé un seul mot.

Mais j'ai ri à ses blagues. J'ai picoré mes pancakes, et j'ai caché toute ma peine derrière un sourire vide. Je connaissais mon rôle. Ma famille m'avait bien éduquée.

Jamila était ici avec ses pairs, ses amis. J'étais la petite sœur un peu gauche, trop inintéressante pour être invitée à la conversation. Tant que je restais silencieuse, ils ne remarqueraient pas ma présence et ne m'enverraient pas jouer avec mes poupées.

Peut-être que c'est ce que Jamila voulait dire quand elle m'appelait sa copine. J'étais un jouet, quelque chose qu'elle prenait quand elle y pensait, puis qu'elle jetait quand elle n'était plus d'humeur.

J'avais été une idiote de croire que nous pourrions être plus.

Pendant qu'ils s'attardaient autour d'un café, j'ai commandé un VTC. Si près de la ville, ça n'a pas pris longtemps.

Quand il est arrivé, je me suis levée. — Merci pour le petit-déjeuner. Je ne l'ai dit à personne en particulier, certaine que l'un des milliardaires réglerait l'addition. Je rentre chez moi.

— Quoi ? Jamila a enfin croisé mon regard, et j'ai su qu'elle voyait ma douleur quand ses yeux se sont plissés aux coins. Tu pars ?

— Ouais. On se voit au bureau mardi.

Elle a repoussé sa chaise en raclant le sol. Jetant un coup d'œil à ses amis autour de la table, elle a dit : — Je reviens tout de suite.

Jamila m'a suivie dehors, là où une Toyota Prius d'un vert maladif tournait au ralenti. Elle m'a attrapé le bras. — Qu'est-ce que tu fais ? Je te ramène chez moi. Ou chez toi si c'est ce que tu veux. Je pensais qu'on passait le week-end ensemble.

J'ai protégé mes yeux du soleil qui se trouvait derrière elle. — Je le pensais aussi. J'imagine que je me suis trompée. *Trompée sur ce que tu ressens pour moi*, n'ai-je pas ajouté.

— Je ne comprends pas. On s'amusait bien.

— Tu as dit que tu parlerais de nous à Jackson.

— Tu t'attends à ce que je lui dise devant mon protégé, mon meilleur ami et son fiancé que je me tape sa petite sœur ? Comment diable tu crois que ça se passerait ?

— Je ne sais pas, puisque tu n'as même pas essayé ! J'ai maudit le tremblement dans ma voix.

— Écoute, je ne peux pas. Pas maintenant. J'ai besoin de son soutien et de celui de Cooper. J'ai besoin de ma famille. Une fois que ce bordel médiatique se sera calmé et que nous aurons lancé la nouvelle application…

— Alors tu trouveras une autre excuse. J'ai pris une profonde inspiration. J'ai besoin d'un moment pour réfléchir. D'accord ?

Elle a ouvert la bouche pour dire quelque chose, puis l'a refermée. Elle a pincé les lèvres un long moment, son regard sautant entre mes yeux comme si elle allait trouver la réponse dans l'un d'eux. Finalement, elle a dit : — Tu reviens au bureau mardi ?

— Ouais.

Elle m'a serré l'épaule. — Merci. J'ai besoin de toi, tu sais.

Mon cerveau rationnel savait combien d'efforts il lui avait fallu pour dire ça. Pourtant, ce n'était pas assez.

— D'accord, ai-je dit.

Je suis montée dans la Prius. Celle-ci sentait le patchouli. J'ai mis mes larmes sur le compte de cette odeur.

25

JE SUIS RENTRÉE à la maison quelques minutes après onze heures, l'heure à laquelle Mère servait habituellement le brunch du dimanche. Je n'avais pas faim, et je n'étais pas habillée pour l'occasion. Malgré tout, on s'attendait à ce que je fasse acte de présence.

Redressant les épaules, je me suis dirigée d'un pas décidé vers la salle à manger, mais je me suis arrêtée en entendant un rire provenant du petit salon. Je me suis tournée vers le bruit et j'ai trouvé Sam et Charles assis par terre, en train de trier les pièces d'un puzzle sur la table basse. Bilbo Baggins ronflait sous la table.

— Salut, ai-je dit en vérifiant l'heure sur mon téléphone. Qu'est-ce qui se passe ?

Charles a levé les yeux en souriant.

— Comme on n'était que tous les trois, on a décidé de ne pas faire de grand brunch. Il reste du café si tu en veux.

— Où est Mère ?

— Je lui ai apporté son café et des toasts au lit. Le pique-nique des représentants hier l'a beaucoup fatiguée. J'ai pensé qu'un peu de repos lui ferait du bien. Tu voulais la voir ?

— Non, merci. J'ai laissé tomber mon sac par terre et je me

suis approchée d'eux pour jeter un œil au puzzle. Ils en étaient encore à chercher les bords. J'attendrai qu'elle soit levée.

— Alors, viens avec nous. Il a tapoté le tapis d'Aubusson à côté de lui, et je me suis installée. Ça m'a rappelé les jours de pluie de ma préadolescence, quand Charles et moi faisions des puzzles ensemble. Sam se joignait rarement à nous, elle travaillait toujours sur un programme informatique ou sur ses devoirs.

J'ai tiré vers moi quelques pièces bleu clair. C'était peut-être un paysage avec un ciel bleu. J'ai toujours fait les parties ennuyeuses du puzzle, laissant les sections plus intéressantes — fleurs, panneaux, collections de jouets ou d'antiquités — à Charles. Je ne voulais pas qu'il s'ennuie et s'en aille comme le faisaient mes frères et sœurs. Il ne l'avait jamais fait.

Sam a fait glisser une pièce bleue vers moi, une question dans le regard.

Charles l'a formulée.

— On ne s'attendait pas à te voir rentrer si tôt. Tu avais dit que tu partais pour le long week-end.

— Ouais. Ces plans-là sont tombés à l'eau. J'ai essayé d'assembler deux pièces, mais elles n'allaient pas ensemble.

— Je suis désolé. Il m'a frotté le dos, et je me suis appuyée contre lui comme je le faisais quand j'étais plus jeune.

Mes frères et sœurs plus âgés avaient plus de souvenirs de notre père biologique que moi. J'avais des flashs de Jasper Jones : l'odeur de son après-rasage quand il me brossait les cheveux, ou la lueur bleue de l'écran qui éclairait son visage quand je me glissais sur la pointe des pieds dans son bureau tard le soir, après un cauchemar. Il était toujours debout à travailler, une de ces boissons énergisantes sucrées que je n'avais pas le droit de boire sur son bureau. Il allait me chercher un verre d'eau et me laissait m'asseoir sur ses genoux, ses bras m'entourant pendant qu'il tapait.

Charles avait plus été un père pour moi. Il était à l'heure pour le dîner tous les soirs, au premier rang lors du concert de la chorale, il me tenait la main aux fêtes de Mère jusqu'à ce que je sois assez grande pour suivre son exemple et papillonner de mon côté. Il avait été une présence solide comme un roc dans ma vie depuis mes dix ans. Mais avant d'être mon beau-père, il avait été un homme célibataire. Peut-être qu'il comprendrait ma situation délicate.

— Tu es déjà sorti avec quelqu'un en secret ? ai-je demandé en faisant tourner une pièce entre mes doigts.

— Moi ? a demandé Sam. Non. Mes expériences amoureuses à la fac ont été un tel désastre que j'ai complètement laissé tomber.

J'ai grimacé. Je n'avais pas voulu évoquer son scandale de sextorsion. Mère n'avait pas été tendre à ce sujet.

— Mais tu es avec Niall maintenant, ai-je dit.

— C'est vrai, mais je suis tombée amoureuse de lui alors qu'on était encore coincés ensemble dans cette horrible tournée. On n'est pas sortis ensemble avant d'être déjà engagés l'un envers l'autre.

— Et toi, Charles ? Des rendez-vous secrets ? J'espérais ne pas être la seule dans ce cas.

— Non. Se cacher, ce n'est pas pour moi. Ta mère voulait garder notre relation secrète parce qu'elle a commencé moins d'un an après le décès de ton père, mais je ne pouvais pas être dans la même pièce qu'elle sans vouloir marquer mon territoire. Alors je l'ai demandée en mariage à la place.

Je me suis écartée de lui pour bien voir son visage souriant.

— Attends, quand ça ?

— Environ trois mois après l'avoir rencontrée. Je dirigeais l'équipe qui s'occupait de la succession de ton père, et je suis tombé amoureux la première fois que je l'ai vue.

— Pas possible ! Comment ça se fait que je ne savais pas ça ?

Il a haussé les épaules.

— Tu essayais de surmonter ton deuil. Tu ne remarquais pas grand-chose d'autre.

— J'imagine que non. Je ne me souviens pas de grand-chose de cette époque. C'est probablement mieux comme ça. Mais tu serais sorti avec elle en secret si elle avait insisté ?

— Je suppose. J'aurais fait n'importe quoi pour elle. Il a haussé les épaules. Et c'est toujours le cas.

C'était exactement ce que je ressentais pour Jamila. Je l'avais quittée ce matin, mais j'y retournerais. Elle avait sa propre suite de pièces dans mon cœur. Je n'imaginais pas avoir un jour la force de l'en expulser.

— C'est ce que Jamila te demande de faire ? a demandé Sam en faisant glisser une autre pièce bleue vers moi.

Mon cœur s'est arrêté dans ma poitrine, et j'ai fusillé Charles du regard.

— Il est passé où, le code entre sœurs ?

— C'est quoi, le code entre sœurs ? a-t-elle demandé.

Charles n'avait pas l'air choqué du tout.

— Une relation secrète, c'est beaucoup demander de ta part de la part de Jamila. Mais je comprends, surtout après ces photos.

Bien sûr qu'il était au courant pour les photos. Mère avait dû lui en parler. Est-ce qu'elle était aussi au courant de notre relation ?

Impossible. Si c'était le cas, elle m'aurait déjà arrangé des rendez-vous avec toute une série de célibataires convoités.

— S'il te plaît, ne le dis pas à Mère.

Il a pincé les lèvres.

— Tu devrais le lui dire toi-même.

— Ça ne durera peut-être pas assez longtemps pour que ça vaille la peine de la décevoir. Qu'est-ce que je dois faire ? Je devrais refuser, n'est-ce pas ? Bilbo s'est levé sous la table basse et s'est étiré, puis il m'a gratté la cheville.

— Peux-tu le faire ? a demandé Charles.

Affalée, j'ai laissé Bilbo grimper sur mes genoux. Il s'est enroulé dans le hamac formé par ma jupe.

— Je ne crois pas.

— Alors tu vas devoir trouver un moyen d'arriver à un stade où vous ne sortirez plus ensemble en secret. Quels sont les obstacles qui vous empêchent de rendre votre relation publique ?

J'ai mis de côté l'obstacle le plus évident : Mère.

— Elle ne veut rien qui puisse perturber cet accord avec First Arbiter. Plus de scandales.

— Et tu l'aides avec ça, a dit Charles, logique comme toujours. Tu empêches les autres perturbations d'atteindre les médias pour elle.

— J'imagine. Ça ne me semble pas suffisant. J'ai caressé la fourrure soyeuse de Bilbo, sans me soucier de ses poils noirs qui collaient à ma jupe.

— Ce n'est pas comme si tu pouvais accélérer le développement, a-t-il dit. Ce genre de choses prend du temps.

— Surtout avec les problèmes qu'ils ont eus, ai-je dit.

— Des problèmes avec le développement ? Sam a posé la pièce qu'elle examinait. Jamila a la meilleure équipe de la Silicon Valley.

— Eh bien, ils ont du mal avec ça, ai-je dit. Des bugs dans leur code.

Elle a froncé les sourcils.

— Ça ne me semble pas normal.

Ma sœur était la personne la plus intelligente que je connaissais en informatique, encore plus que Jackson.

— Tu te souviens qu'elle pensait que quelqu'un vendait des secrets de l'entreprise à la concurrence ? J'ai, euh, j'ai essayé de creuser ça, mais j'ai échoué. Rhiannon hantait mes cauchemars, son visage éclairé par les phares de Mateo. Je soupçonne toujours que quelqu'un travaille contre elle.

— Si tu pouvais découvrir ça et te débarrasser du saboteur, a dit Charles, elle pourrait commercialiser son produit plus vite. Alors vous n'auriez plus à être un secret. Quels sont les indices ?

J'ai essayé d'assembler deux autres pièces, mais elles n'allaient pas ensemble non plus.

— J'aimerais être aussi intelligente que les inspecteurs dans tes séries policières. Je n'ai trouvé aucun indice, du moins rien de concret. Juste cette photo de Pavel Thakor et ce qui aurait pu être ou non le pantalon criard de Winslow.

— Tu es largement assez intelligente. Parfois, les inspecteurs doivent creuser un peu pour dénicher ces indices.

Il avait raison. C'était comme piquer un gâteau avec un cure-dent pour voir s'il était cuit au centre. Corrompre Rhiannon n'avait pas été la meilleure idée, mais je savais que quelque chose clochait avec Moo-Lah. Je n'allais pas essayer de soudoyer Pavel Thakor. Un milliardaire comme lui ne serait pas tenté par de l'argent. Cependant, je pouvais lui parler. Il n'y aurait sûrement aucun mal à ça.

— Merci, Charles. Je vais essayer.

Sam a fait glisser une autre pièce bleue sur la table, et je l'ai emboîtée dans celle que j'essayais d'assembler.

Elles s'emboîtaient parfaitement.

26

JE N'AVAIS PAS RÉPONDU à ses textos du Memorial Day. À la place, j'avais succombé à ma culpabilité d'avoir planté le pique-nique du député et le brunch du dimanche de Mère en demandant à Telma de m'apprendre à faire une omelette. Quand nous avions terminé, les miennes n'étaient pas aussi magnifiques que les siennes, mais elles ne se fendaient pas au milieu et la garniture restait (à peu près) à l'intérieur.

J'ai renvoyé Telma chez elle plus tôt, en promettant que la cuisine serait impeccable à son retour au travail le mardi matin. Puis j'ai servi un brunch de jour férié à mes parents et à Sam.

Sam n'accordait pas beaucoup d'émotion ou d'attention à la nourriture, mais elle a consciencieusement mangé son omelette et partagé un peu d'œuf et de légumes, mais pas de fromage, avec Bilbo. Charles a déclaré son omelette délicieuse et a loué mon travail. Mère a pincé les lèvres, mais n'a rien dit sur l'école de cuisine ou mon avenir.

Après avoir nettoyé la cuisine, j'ai parcouru les réseaux sociaux et j'ai trouvé quelque chose qui m'a fait bondir le cœur dans la gorge.

J'avais suivi toute l'équipe de direction de Pavel Thakor sur les réseaux sociaux. Le dimanche après-midi, l'un des idiots a posté une photo en identifiant le lieu comme étant un terrain de golf à Cabo San Lucas. La légende disait : *Meilleur #séminairedePDG de tous les temps*, et une partie de quatre joueurs se serrait, une bière à la main, devant un palmier imposant. Debout à côté du PDG de Moo-Lah, le nez rosé par le soleil, se trouvait Winslow Keating-Ashworth.

Ma mère m'avait seriné que les dames ne juraient pas, mais j'ai laissé échapper quelques jurons bien sentis quand j'ai vu ça. Puis j'ai élaboré un plan.

———

LE MARDI MATIN, pendant que je m'habillais pour le travail, j'ai répondu au texto de Jamila.

> J'arriverai un peu en retard, mais je suis en route

Au lieu de prendre un Uber pour Jamilow, j'ai demandé au chauffeur de me déposer à l'immeuble de Moo-Lah, qui se trouvait juste un peu plus loin. Mais alors que notre point s'approchait de la destination sur la carte, j'ai commencé à douter de moi. Mon dernier plan, celui où j'avais essayé de piéger Rhiannon, n'avait pas très bien fonctionné.

J'ai baissé les yeux sur ma veste lavande et ma jupe Prada à carreaux violets. Ce matin, elle avait l'air élégante et autoritaire, presque comme quelque chose que Jamila porterait à l'une de ses réunions importantes. Maintenant, elle ressemblait à ce qu'une mondaine porterait à une garden-party. Personne ne me prendrait au sérieux.

— Cent dollars pour vos lunettes de soleil, ai-je dit au chauffeur. Elles avaient l'air plus implacables que mes grandes lunettes teintées de rose.

— Cent dollars ? a-t-il reniflé. Ce sont des Maui Jims.

— Cinq cents, et ajoutez-moi ce foulard. J'ai montré le tissu cachemire gris drapé sur le siège avant.

Après lui avoir Moo-Lahé l'argent, je suis sortie de la voiture et j'ai secoué le foulard. J'ai reniflé prudemment. Ça sentait le désodorisant en carton en forme de pin et les sièges en cuir. Je l'ai posé sur mes cheveux et l'ai enroulé autour de mon cou à la Grace Kelly. Enfilant les lunettes d'aviateur aux verres sombres, j'ai vérifié mon reflet dans la vitre de l'immeuble Moo-Lah. D'accord, je pouvais avoir n'importe quel âge.

J'ai poussé la porte tournante et j'ai marché jusqu'à la réception. En prenant une voix plus rauque, j'ai dit :

— Audrey Jones pour voir M. Thakor.

L'agente de sécurité a haussé les sourcils d'un air dubitatif.

— Vous avez un rendez-vous ?

— Bien sûr que j'en ai un. Vous croyez que je perdrais mon temps à venir jusqu'ici si ce n'était pas le cas ? J'ai posé les mains sur mes hanches dans une pose autoritaire. Annoncez-moi, s'il vous plaît.

Elle a plissé les yeux, mais a pris son combiné et a parlé à quelqu'un. J'ai retenu mon souffle. Le nom de ma mère inspirerait-il assez de peur pour m'admettre à l'étage de la direction ?

— Ils disent que vous n'êtes pas sur son agenda, mais si je peux vérifier votre identité, je suis censée vous laisser monter.

Mon identité ? Mince ! J'ai pensé à mentir et à dire que je l'avais laissée dans la voiture, mais peut-être que je pourrais franchir cet obstacle au bluff. J'ai sorti mon permis de mon portefeuille et le lui ai tendu.

— Il est écrit Natalie Jones. Elle l'a examiné.

— J'utilise mon deuxième prénom, Audrey. C'est juste là. J'ai retenu mon souffle, espérant qu'elle ne savait pas que ma mère avait pris le nom de Charles en se mariant et qu'elle était en fait une Hayes, pas une Jones.

— Très bien, Mme Jones.

J'ai eu toutes les peines du monde à ne pas me mettre à danser pendant qu'elle insérait mon permis dans un scanner, puis me le rendait avec un badge de visiteuse.

— Les ascenseurs sont par là. Elle a pointé. Quatrième étage.

J'ai passé le cordon autour de mon cou.

— Merci. J'ai levé le menton et glissé jusqu'à l'ascenseur, dans lequel je suis entrée avec un groupe d'employés de Moo-Lah habillés de façon décontractée.

Pendant la montée, je me suis examinée subrepticement dans la paroi en miroir. Wow, je ressemblais vraiment un peu à ma mère. J'ai retroussé ma lèvre supérieure dans une expression de supériorité. Parfait.

Je suis sortie au quatrième étage, où le bureau d'une réceptionniste barrait l'accès aux bureaux de la direction. L'espace de Moo-Lah semblait plus confiné que celui de Jamilow. Les façades solides des bureaux bloquaient la lumière naturelle, et l'éclairage LED bourdonnait.

Je me suis redressée de nouveau.

— Audrey Jones pour voir M. Thakor.

Quand le réceptionniste s'est levé, j'ai remarqué que ses mains tremblaient.

— Bien sûr, Mme Jones. Par ici.

C'était d'une facilité déconcertante. Si ma carrière en relations publiques ne marchait pas, je pourrais trouver un travail d'espionne d'entreprise.

Le réceptionniste m'a confiée à une assistante administrative, qui a immédiatement décroché son combiné. « Mme Jones est là », a-t-elle dit. Elle a écouté un moment, puis a fait un geste vers une porte en bois d'aspect rébarbatif. « Entrez directement. »

J'ai posé la main sur la poignée froide et j'ai poussé la porte. Le bureau était le siège typique du pouvoir masculin, avec des meubles en bois sombre, un épais tapis du Cachemire au motif de chasse, et une immense fenêtre donnant sur un bosquet de pins et les lointaines montagnes de Santa Cruz.

Des mèches grises scintillaient à la couronne des cheveux noirs et épais de Pavel Thakor alors qu'il était assis derrière son bureau massif. Il a levé les yeux de ses papiers quand j'ai traversé l'étendue de moquette épaisse.

— Vous n'êtes pas Audrey Jones, a-t-il dit, les lèvres se pinçant. Il a soulevé le combiné de son téléphone.

— Je suis sa fille, Natalie. Je me suis tenue droite, essayant de ne pas penser à ce que Mère dirait si Thakor l'appelait pour lui raconter ce que j'avais fait. Il faut que je vous parle.

Il a reposé le combiné, mais sa mâchoire de pierre m'a indiqué que je n'avais que quelques secondes pour poser mes questions.

J'ai sorti mon téléphone et déverrouillé l'écran. Je l'ai tourné vers lui.

— Pourquoi jouiez-vous au golf avec Winslow Keating-Ashworth à Cabo San Lucas ?

Ses lèvres se sont amincies.

— Le fruit du hasard. Nous nous sommes croisés au complexe hôtelier et avons joué une partie de golf amicale.

J'ai fait défiler jusqu'à la photo suivante.

— Et là, c'est vous aussi avec Winslow.

— Cette photo ne montre pas M. Keating-Ashworth.

— Ce sont ses chaussures derrière vous. J'en suis sûre.

— Que sous-entendez-vous, Mlle Jones ? La Silicon Valley est un petit monde. Tout le monde connaît tout le monde. Nous sommes amicaux, ici. Il a écarté les mains comme s'il n'avait rien à cacher.

Glissant mon téléphone dans mon sac à main, j'ai planté les mains sur mes hanches.

— Je pense que vous êtes un peu trop amical avec Winslow. Je pense que vous avez volé des secrets.

Il s'est levé de sa chaise, plus grand que dans mon souvenir des fêtes de ma mère.

— C'est une accusation grave, Mlle Jones.

Je me suis redressée.

— L'espionnage industriel est une affaire sérieuse.

— Heureusement, ce n'est pas une affaire dans laquelle je trempe. Il a soulevé le combiné du téléphone. Appelez-moi la sécurité, a-t-il lancé sèchement. Je veux que Mlle Jones soit raccompagnée à la sortie. Maintenant.

J'ai planté les talons dans la moquette.

— Ces photos sont une preuve, et elles sont sur les réseaux sociaux.

— Ces photos ne prouvent rien. Vous n'avez aucune preuve. Vous êtes venue dans mon bureau avec des accusations sans fondement. Dites quoi que ce soit aux médias, et mes avocats vous tomberont dessus avec une force de frappe redoutable.

— Je n'ai pas peur. J'ai essayé de faire passer le mensonge avec un autre lever de menton impérial.

— Vous devriez. Je vais appeler votre mère.

J'ai à peine réussi à ne pas grimacer.

— Elle me soutiendra.

Elle ne le ferait pas. J'aurais de gros ennuis quand elle l'apprendrait. Il avait raison sur mon manque de preuves. Pourquoi n'avais-je pas appris de mon erreur avec Rhiannon ?

Winslow était la taupe. Je trouverais une preuve d'une manière ou d'une autre. Il avait dû laisser une trace.

On a frappé, et un agent de sécurité a ouvert la porte. Ce n'était pas la femme à qui j'avais parlé en bas, mais un grand type baraqué avec des biceps qui sortaient de son polo noir Moo-Lah.

— Je trouverai cette preuve, ai-je dit, et alors nous verrons qui sera raccompagné à la sortie de cet immeuble.

Thakor s'est contenté de rire.

— Ne remettez plus les pieds sur ma propriété.

Même s'il faisait deux fois ma taille, l'agent de sécurité a maintenu une poigne ferme sur mon bras en me faisant sortir de l'immeuble. Un taxi m'attendait, et l'agent est resté sur le trottoir, les bras croisés, jusqu'à ce qu'il m'ait emmenée hors de vue de l'immeuble.

Je me suis affalée sur la banquette arrière. Avec le recul, y aller sans preuve tangible était une erreur. Mais j'en trouverais. La prochaine fois, j'aurais un meilleur plan.

———

JE PASSAIS en revue le classeur de communication de crise avec Hannah cet après-midi-là quand quelqu'un — bon, soyons honnêtes, c'était probablement moi — a mis le feu à ma carrière en relations publiques.

Felicia a frappé à la porte ouverte, l'air sombre.

— Bureau de Jamila.

J'ai fermé mon ordinateur portable et attrapé un bloc-notes et un stylo.

— Allons-y, Hannah.

— Juste toi, Natalie. Tu n'auras pas besoin de ça. Felicia a fait un signe de tête vers le bloc-notes.

— Ah bon ? C'était peut-être une réunion personnelle. Le texto de Jamila laissait entendre qu'elle voulait me voir, mais nous ne nous étions pas parlé depuis que j'avais quitté le brunch de dimanche. Nous devrions en parler. Je me suis souvenue du conseil de Charles. Je devais défendre ce que je voulais. À moins que Jamila ne soit pas prête à officialiser. Elle pourrait insister pour que nous calmions le jeu. Même si deux heures un lundi était un moment étrange pour discuter de notre relation personnelle dans son bureau.

J'ai dégluti, mais la boule dans ma gorge est restée. Alors que je suivais Felicia jusqu'au bureau de Jamila, mon cœur s'est emballé dans ma poitrine.

Quand je suis entrée, j'ai su que Jamila ne m'avait pas appelée pour parler de notre relation. Parce qu'elle n'était pas seule.

Une boule d'angoisse s'est formée juste derrière mes côtes. Winslow Keating-Ashworth, le nez et les joues brûlés par le soleil, était assis en face d'elle. Son air renfrogné me disait qu'il savait ce que j'avais fait ce matin.

J'ai jeté un coup d'œil à Jamila. Son visage était de marbre. Ses yeux ne brillaient pas d'amusement et d'affection comme samedi, quand nous étions parties en randonnée. Ils étincelaient d'une colère ardente.

— Putain, c'est quoi ton problème, Natalie ? Sa voix était tendue comme un filin.

Je suis restée silencieuse. Combien de choses savaient-ils ?

Winslow a comblé le silence.

— On est au courant de ta petite excursion de ce matin. J'ai reçu une copie du registre des visiteurs de Moo-Lah. Tu t'es enregistrée sous le nom d'Audrey Jones, mais c'est un scan de ton permis de conduire.

J'ai volé un autre regard à Jamila. J'aurais souhaité être revenue avec la moindre preuve pour montrer que j'avais eu raison de bluffer pour entrer dans le bureau de Thakor.

— Tu n'as rien à dire pour ta défense ? Winslow s'est levé. Depuis combien de temps tu vends les secrets de Jamilow à Moo-Lah ? Qu'est-ce que tu leur as donné aujourd'hui, les spécifications du produit ?

Il m'a fallu une seconde pour comprendre.

— Attends, quoi ? Tu m'accuses d'être la taupe ? Je n'étais pas là quand la fuite a commencé ! Je n'ai pas les spécifications du produit.

— Qui a dit qu'il n'y avait qu'une seule taupe ? Il s'est approché. Tu as vu une opportunité de te faire de l'argent après votre rupture, à Jamila et à toi. J'ai haleté et j'ai regardé Jamila. Ses mains étaient à plat et tendues sur son bureau, comme si elle s'y accrochait pour sa vie.

— Mais je... mais... j'y suis allée pour t'accuser, toi ! C'est toi, la taupe !

— Moi ? Il a posé une main sur sa poitrine. *Moi*, la taupe ? Je suis le bras droit de Jamila depuis quinze ans. Elle me fait une confiance aveugle. J'ai trop investi dans cette entreprise pour avoir la moindre motivation de lui nuire.

Motivation ! Je n'y avais pas pensé. Pas pour Winslow. Pourquoi voudrait-il faire du mal à Jamila ou à son entreprise ? Une grande partie de sa fortune devait être liée à des stock-options et autres. J'avais encore sauté à une conclusion hâtive.

Pourtant, il y avait l'affaire des photos.

— Où étais-tu la semaine dernière, Winslow ?

— Je suis allé voir ma grand-mère.

— Où ça ? ai-je insisté.

— Au Mexique. Elle y était en vacances quand elle est tombée malade. Mais là, on parle de toi.

— Pavel Thakor était au Mexique ! Vous avez joué au golf ensemble !

Il a croisé les bras.

— On s'est tombés dessus un jour sur le terrain de golf. Et alors ?

— Et... et tu... Mais je ne pouvais pas parler de l'autre photo. Je savais que c'étaient les pieds de Winslow sur la photo, mais personne d'autre ne pouvait le voir. Ma crédibilité ne tenait déjà plus qu'à un fil.

— En parlant de photos, a-t-il dit, c'est bizarre qu'aucune de celles de vous deux sur la plage ne montrait *ton* visage, non ? C'est presque comme si quelqu'un avait délibérément évité de t'identifier. Pourtant, ça a préparé une autre chute pour Jamila.

— Délibérément ? ai-je bafouillé. Je ne savais même pas où on allait ce jour-là !

Le visage de Jamila s'était figé, comme un masque. Il n'y avait ni sourire, ni étincelle. Rien d'autre que de la douleur renforcée par un acier impénétrable.

Finalement, elle a parlé.

— Je n'arrive pas à croire que tu aies essayé de me faire du mal en vendant des secrets à Moo-Lah.

— Jamais je ne ferais ça.

— Thakor dit le contraire.

— Quoi ?

Winslow s'est interposé entre le bureau et moi, comme s'il voulait protéger Jamila.

— L'e-mail de Thakor dit que tu lui as offert des détails sur notre lancement.

— Mais je… non. Je ne l'ai pas fait. Je ne sais pas pourquoi il a dit ça. J'ai accusé…

— C'est triste, Natalie. Il a secoué la tête. Tu devrais savoir mieux que ça. Voici un conseil : garde ta vie personnelle séparée du travail. Tes sentiments n'auront alors pas d'impact sur ton travail.

— Laisse ton ordinateur portable dans ton… le bureau, a dit Jamila, d'une voix blanche. Felicia a ton dernier chèque de paie.

— Quoi ? Tu me vires ? La colère a flambé en moi. Je n'avais pas fait ce qu'ils disaient. J'avais fait une erreur en débarquant chez Moo-Lah sans preuve, mais on ne se faisait pas virer pour des erreurs comme ça. Si ?

Winslow a reniflé.

— Tu es surprise ?

— Tu ne peux pas… Mais je n'ai pas fini ma phrase. Il semblait qu'ils pouvaient me virer même si j'étais une Jones. Pas besoin de démissionner cette fois.

Winslow a enfoncé le clou.

— On peut et on l'a fait. Si tu essaies d'approcher un autre concurrent, nos avocats s'en mêleront. Je ne pense pas que tu apprécierais le gîte et le couvert de la prison fédérale à sécurité minimale de Dublin.

Un essaim d'abeilles bourdonnait dans mon cerveau. Jamila savait que je ne ferais pas ce dont Winslow m'accusait. Je l'ai fixée avec insistance, comme si je pouvais la forcer à lever les yeux de son bureau. Mais elle ne l'a pas fait.

C'est à ce moment-là que Bruno, qui m'avait souri en disant « Bonjour, Mlle Natalie » quelques heures plus tôt, a ouvert la porte.

Bruno a regardé, les bras croisés, pendant que je donnais à

Hannah le mot de passe de mon ordinateur portable. Il ne m'a pas laissé le temps de répondre à ses questions sur la raison de tout ça ou sur ce qu'elle devait faire ensuite.

— Tu vas gérer, ai-je dit. J'ai confiance en toi et en le classeur.

Il m'a suivie jusqu'au bureau de Felicia. En fronçant les sourcils, elle m'a tendu une enveloppe. Je l'ai ignorée. À la place, j'ai plongé la main dans mon sac et sorti mon trousseau de clés. Soupirant devant les dommages inévitables à ma manucure, j'ai retiré la clé de la Porsche de l'anneau, grimaçant quand mon ongle du pouce s'est cassé jusqu'à la chair vive.

J'ai tendu la clé.

— Tu peux donner ça à Jamila ?

Elle l'a prise. À contrecœur, elle a dit :

— Besoin d'un pansement ?

J'ai jeté un coup d'œil à mon pouce où une goutte de sang perlait.

— Non, merci. Je ne prendrais plus rien de Jamila, pas même un pansement. Pas alors qu'après tout ce que nous avions partagé, elle ne me faisait pas confiance. J'ai porté mon pouce à ma bouche pour apaiser la blessure.

Pour la deuxième fois en une journée, un agent de sécurité m'a escortée hors d'un immeuble de bureaux de la Silicon Valley.

Le trajet en Uber pour retourner en ville aujourd'hui a été le pire de tous.

— Désolé pour l'odeur, a crié le chauffeur par-dessus le vent qui sifflait dans la voiture. Le dernier passager avait une intoxication alimentaire.

27

HANNAH M'A APPELÉE trois fois de suite avant que je ne finisse par décrocher.

— Tu sais que je ne travaille plus là-bas, n'est-ce pas ? me suis-je appuyée contre le mur extérieur de la boutique de Sacramento Street.

— J'appelle pour prendre de tes nouvelles. En tant qu'amie, pas qu'employée. Je pouvais presque voir Hannah lever les yeux au ciel.

La culpabilité m'a noué l'estomac. — Désolée.

— Je suis devant chez toi, mais tu n'es pas là.

— Tu n'avais pas besoin de venir jusqu'ici. C'était l'heure de pointe, et la circulation avançait au pas dans la rue devant moi. Quelqu'un a klaxonné longuement.

— C'est ce que font les amis. Où es-tu ?

— Je fais du shopping sur Sacramento Street. J'ai baissé les yeux vers ma main vide et j'ai tapoté le pansement qui recouvrait encore mon ongle arraché, une semaine après me l'être fait sur le porte-clés. J'avais passé tout l'après-midi à parcourir les boutiques, mais rien n'avait retenu mon attention.

— Ah. La thérapie par le shopping.

— J'imagine. Je devrais peut-être essayer une vraie thérapie.

— Comment... comment ça se passe au bureau ? ai-je demandé. Tu es toujours là-bas, n'est-ce pas ? Une pointe d'angoisse m'a transpercé le cœur. J'avais embauché Hannah. L'avaient-ils mise à la porte avec mes dossiers ?

— Oui. Ils ont besoin de moi. Jamila a encore fait des siennes.

— Qu'est-ce qu'elle a fait ?

Une Lexus argentée s'est garée sur le bord de la route. Ce n'était pas un cabriolet, mais la vitre s'est baissée et Hannah a passé la tête. — Monte, ma pauvre. On va manger une glace.

J'ai traversé le trottoir et je me suis penchée pour regarder à l'intérieur. — Tu viens de me faire une réplique de *Lolita malgré moi* ?

Elle a ricané. — J'ai همیشه voulu faire ça.

J'ai bouclé ma ceinture de sécurité pendant qu'elle quittait le bord du trottoir. — Qu'est-ce que tu voulais dire par « Jamila a encore fait des siennes » ?

— Tu n'as pas suivi ?

J'ai gratté mon pansement. — Non. J'ai désactivé mes notifications.

— Oh, la la. Il y a eu un autre désastre au niveau du développement. Quelqu'un a perdu un tas de code. Ils ont dû repousser le lancement.

— Non ! Le lancement était prévu pour vendredi !

— Ouais, ça n'arrivera pas. First Arbiter a été tellement frustré qu'ils ont annulé le contrat, du coup Jamilow se retrouve avec seulement la moitié d'un produit.

— Ce n'est pas juste ! Jamila a dû être anéantie de voir tout ce dur labeur parti en fumée.

Hannah a tourné dans une rue moins fréquentée. — Et ce n'est même pas le pire. Il s'avère qu'ils jouaient sur les deux tableaux. FA avait un accord parallèle avec Moo-Lah.

— Ils ne peuvent pas faire ça ! Il n'y avait pas de clause de non-concurrence ?

Elle a haussé les épaules. — Ça va prendre du temps aux avocats pour régler ça. Pendant ce temps, Jamilow repart de zéro. Tout le monde voulait une interview pour savoir ce que Jamila en pensait. Et elle ne s'est pas privée de le leur faire savoir, a conclu Hannah d'un ton sombre.

— Aïe. J'ai allumé l'écran de mon téléphone et j'ai fait une recherche. L'enregistrement de son commentaire était le premier résultat.

— Non, je ne suis pas en colère, a-t-elle dit, ses yeux brillants démentant ses paroles, même sur mon téléphone. Pavel Thakor est si abject qu'il doit lever les yeux pour voir l'enfer. Maintenant, fichez-moi le camp.

— Ça craint. La dernière image a figé le pli de sa lèvre d'une manière spectaculairement peu flatteuse.

— Des dizaines de mèmes. J'en ai fait un moi-même, pour essayer de tourner ça en un truc girl power. Mais les haters sont plus bruyants.

Sans effort, elle s'est garée sur une place de parking de choix devant un petit glacier.

Posant une main sur son bras, je l'ai empêchée de sortir. — Comment va-t-elle ?

— Pas très bien. En se penchant en arrière, elle a scruté mon visage. Elle est obsédée par l'idée de trouver un nouveau partenaire et de redresser la barre. Elle ne parle presque à personne d'autre que Rhiannon.

— Et Winslow ? ai-je demandé.

— Il n'est pas beaucoup passé. Apparemment, son divorce vient d'être finalisé. Il s'est dépêché de liquider ses biens. J'ai entendu dire qu'il a refusé que son ex ait la moindre de ses actions ou options de Jamilow.

— C'est… c'est loyal de sa part. Je me suis étouffée avec le mot *loyal*. Cinq jours auparavant, je l'avais accusé de déloyauté, et j'en étais toujours convaincue jusqu'au plus profond de mon être. Mais j'étais la seule.

— J'imagine. Allez, viens. Tu as besoin de gras et de sucre.

Nous sommes sorties de la voiture et entrées dans la boutique. Un mardi après-midi en pleine saison touristique, c'était bondé.

Hannah a repris notre conversation d'avant. — Je suis sûre que Jamila aurait compris si Winslow avait dû céder quelques actions. Billie est une personne raisonnable. Elles sont amies. Elle est déjà au conseil d'administration de Jamilow.

— Attends. L'ex de Winslow est Billie Woods ? Mon visage est devenu brûlant au souvenir de mon comportement embarrassant à sa fête de Noël.

— C'est bizarre, non ? Apparemment, il y a eu un scandale quand il a épousé un membre du conseil d'administration, but Jamila les a soutenus tous les deux. Ça n'a pas semblé nuire à Jamilow au final. Hannah s'est avancée vers le comptoir et a commandé une glace banane-avocat.

J'ai demandé un chocolat extra noir avec des cerises. — Les calories ne comptent pas quand on se morfond, n'est-ce pas ? ai-je plaisanté à moitié.

— Pense à toutes les calories que tu brûles en te retournant dans ton lit. Je parie que pleurer en brûle aussi pas mal. Surtout les grosses crises de larmes. Tu n'as pas pleuré, j'espère ?

— Non, pas tellement. Pleurer ne m'avait pas semblé être la bonne réaction. Je m'étais sentie vide, plus que tout autre chose. Quand Jamila m'a retiré sa confiance, elle a emporté le reste de moi avec.

— Je ne pense pas que Jamila ait jamais pleuré de sa vie. Hannah a emporté sa coupe de glace à une table haute avec des tabourets en métal. C'était le genre d'enfant qui, quand elle tombait dans la cour de récré, pensait vraiment que se frotter avec de la terre allait arranger les choses.

J'ai émis un fredonnement et j'ai enfourné une bouchée de glace dans ma bouche. Je pariais qu'elle avait pleuré à la mort de son père, quand sa mère était partie et après que cet homme terrible en qui elle avait eu confiance avait essayé de marchander son innocence contre l'argent d'une école privée. Plus ce jour-là, dans le bureau de mon frère, quand les mots haineux de ce journaliste lui avaient rougi les yeux. Mais Jamila ne voulait que personne ne sache rien de son passé ni de son côté plus sensible. Elle devait regretter de me l'avoir montré, maintenant.

Soudain, la glace n'avait plus le même goût pour moi. Le froid et le sucré n'allaient pas. J'étais feu et amertume. Je ne voulais pas être assise ici dans ce glacier, à porter à ma bouche des cuillerées de douceur crémeuse et glacée et à bavarder sur les gens avec qui je travaillais. Je voulais me battre pour Jamila. Même si elle ne m'aimait pas comme je l'aimais.

Il fallait que je parle à Billie Woods.

J'ai planté ma cuillère dans ma glace. — Tu peux me ramener ?

— Bien sûr. Hannah a savouré une cuillerée de son dessert, levant les yeux au ciel.

J'ai tapoté la table, prête à partir. — Maintenant ?

— Maintenant ? a-t-elle dégluti.

— Tout de suite. Je peux conduire pendant que tu finis ta glace. S'il te plaît ?

Normalement, j'y aurais mis les formes. Être polie, ne pas déranger et aider en coulisses, c'était ma zone de confort. Mais pour Jamila, j'étais prête à faire voler en éclats les barrières du comportement acceptable. J'utiliserais tous les outils à ma disposition pour apaiser sa douleur.

— J'imagine que c'est important, hein ?

— Absolument. J'ai jeté ma glace à la poubelle. Allons-y.

———

J'AI TROUVÉ ma mère dans son endroit préféré de la maison, la véranda. Elle portait un foulard sur son carré blond et des gants de jardinage pour rempoter quelque chose avec de longues feuilles en lanières. Je ne m'étais jamais beaucoup intéressée à ses plantes. Elle ne m'avait jamais laissé l'aider avec.

— Salut, Maman. Je lui ai embrassé la joue.

— De retour du shopping ? Tu as acheté quelque chose de bien pour l'anniversaire de Charles ?

Mince. J'avais oublié. — Pas encore. Son anniversaire n'est que dimanche prochain. J'ai encore le temps.

Bien sûr. Elle a tapoté la terre autour des racines de la plante, puis a retiré ses gants de jardinage. Puis elle m'a regardée. Vraiment regardée, comme seule une mère peut le faire.

Elle a penché la tête. — Tu as l'air un peu mieux aujourd'hui.

— Je, euh. Oui. Oui. Je me sens mieux.

— Es-tu prête à me dire pourquoi tu as quitté ton travail ?

Je me suis appuyée contre la table de rempotage. — Je n'ai pas démissionné. Jamila m'a virée.

Ses sourcils blonds se sont haussés. — Virée ? Est-ce que ça a un rapport avec l'appel que j'ai reçu de Pavel Thakor ?

J'ai grimacé. — J'ai accusé Winslow Keating-Ashworth, son directeur des opérations, d'espionnage industriel. Et je l'ai peut-être fait en me faisant passer pour toi.

Elle a pincé les lèvres. — Ton travail, c'était les relations publiques, pas de dénicher des espions. Jamila n'aurait pas dû te demander de faire ça.

— Elle ne l'a pas fait. C'est pour ça qu'elle m'a virée.

— Pourquoi pensais-tu que Winslow faisait quelque chose de mal ?

— J'ai vu une photo de lui dans un endroit où il n'aurait pas dû être, et j'ai fait un rapprochement. Mais ce n'était que des preuves indirectes. Il a réussi à retourner la situation pour que je passe pour la traîtresse. Jamila est sensible à ce genre de choses, tu sais. La trahison de la confiance.

— C'est pour ça qu'elle et Jackson s'entendent si bien. Il est d'une loyauté à toute épreuve.

Exact. Ce qui m'a rappelé à quel point j'avais été odieuse le week-end avant d'accuser Winslow. Si Jamila avait cherché une excuse pour couper les ponts avec moi, je lui avais rendu la tâche trop facile.

— Est-ce que tu penses que Jackson serait contrarié si... J'ai refermé la bouche d'un coup. Les mots s'étaient échappés comme des perles d'un collier cassé. Je ne pouvais pas demander à ma mère son avis sur ma relation avec Jamila. Je me suis souvenue de l'expression sur le visage de Jamila quand Winslow avait produit ce registre des visiteurs et la copie de ma pièce d'identité. Elle ne me pardonnerait jamais. Pourquoi devrais-je révéler ma bisexualité maintenant, alors que ça n'avait plus d'importance ?

— Si quoi, ma chérie ? Est-ce que je pense qu'il sera contrarié quand il apprendra que Jamila t'a virée ? Probablement plus contre elle que contre toi. Quoique, vraiment, je ne comprends pas pourquoi c'était tes affaires.

— J'en… j'en ai fait mes affaires.

Elle m'a caressé la joue. — C'est bien ma Natalie, toujours à essayer d'aider tout le monde.

Ce n'était pas vrai. Pas dans ce cas. Si ça avait été quelqu'un d'autre, je leur aurais montré la photo de Winslow sur ce terrain de golf et je les aurais laissés gérer, mais je ne m'en étais pas contentée. Pas avec Jamila. Parce que mes sentiments étaient trop forts. Parce que je l'aimais. Et l'amour n'était pas quelque chose que l'on cachait à sa mère, même si sa mère avait toutes sortes d'idées hétéronormées sur le rôle d'une femme dans la société.

— Maman, je… J'ai pris une profonde inspiration. J'ai besoin de te dire quelque chose.

— Oui ? Elle a remis une mèche de mes cheveux en place sur mon épaule.

— J'aime Jamila.

Elle a brossé un cheveu égaré de mon pull. — Bien sûr que tu l'aimes. Nous l'aimons tous.

— Non. Maman. J'ai attrapé sa main pour l'empêcher de retirer chaque imperfection de ma tenue. J'ai des sentiments amoureux pour elle. C'est ma personne.

— Ta personne ? Qu'est-ce que c'est que ces absurdités de la génération Z ? Ça vient d'une chanson d'Olivia Rodrigo ?

— Maman, écoute-moi. J'ai attendu qu'elle croise mon regard. Je suis bisexuelle, et je suis amoureuse de Jamila Jallow.

— Pour l'amour du ciel. Elle a dix ans de plus que toi. C'est pratiquement une grande sœur pour toi.

— Oui, et je l'aime.

Elle m'a dévisagée un instant. — Est-ce qu'elle t'aime ? Je veux dire, je sais qu'elle est bisexuelle, aussi, mais…

Ce « aussi » m'a achevée. Elle venait d'accepter ma sexualité et tout le désordre que cela introduirait dans sa vie soigneusement ordonnée.

Je lui ai jeté les bras au cou. Nous n'étions pas vraiment une famille à câlins, mais mes émotions étaient trop grandes pour être contenues.

— Merci. J'ai reniflé.

— Ne fais pas ça. Elle s'est reculée et a tamponné sous mes yeux avec ses pouces. Tu vas avoir les yeux tout gonflés. Et de quoi as-tu à me remercier ? Je suis ta mère, et je t'aime. Mais qu'en est-il de Jamila ? Ressent-elle la même chose ?

Ma lèvre inférieure a tremblé. — Non. On… J'ai ravalé les détails que j'allais donner. On est sorties ensemble un petit moment, mais ça n'a pas marché.

— Ma pauvre petite fille. Tu devrais peut-être aller au Mexique quelques jours. Laisser la brise de l'océan emporter tes soucis.

Le Mexique, où l'horrible Winslow était allé déballer ses secrets en prétendant avoir une grand-mère malade. Cela m'a rappelé ce que je devais demander.

— Maman, j'ai besoin d'une faveur.

— Bien sûr que tu peux utiliser ma carte de crédit. Comment pourrais-tu te payer un voyage autrement ?

— Non, pas d'argent, un contact. Tu connais Billie Woods, n'est-ce pas ?

— Certainement. De la fondation de la bibliothèque. Rappelle-toi, je t'avais dit d'aller à sa fête quand Charles et moi étions hors de la ville à Noël.

Même si j'aurais préféré ne jamais revoir Billie, je devais le faire pour Jamila. — J'ai besoin de lui parler.

— Pourquoi as-tu besoin de Billie ? Ce n'est probablement pas le bon moment pour elle. Elle a récemment divorcé, tu sais. Elle est à l'étranger, à Pangkor Laut. Je suppose que tu pourrais y aller à la place du Mexique.

— Je n'ai pas le temps pour ça. J'ai besoin de lui parler de son divorce. Je pense que ça pourrait avoir un rapport avec la fuite dans l'entreprise de Jamila.

— Tu penses qu'elle sait quelque chose à ce sujet ?

— Non, mais je parierais mon sac Fendi préféré que son ex y est pour quelque chose.

— Et tu penses que ça pourrait te gagner les faveurs de Jamila ?

Je me suis affalée. La confiance de Jamila était como la porte d'embarquement d'un avion. Une fois fermée, il n'y avait pas moyen de la rouvrir. — Non, mais je veux quand même l'aider.

Elle m'a adressé un sourire plein de regret. — Et tu as besoin de Billie pour ça ?

— Oui.

— Je vais l'appeler. Il est tôt en Malaisie, mais elle pourrait décrocher pour moi.

— Merci, Maman.

— Mon téléphone est là-bas sur le chargeur. Tu me l'apportes ?

Je l'ai repéré sur la petite table à côté de la porte où ma mère déposait ses bijoux avant de mettre les mains dans la terre. J'ai couru le chercher et je le lui ai rapporté.

Elle a composé le numéro.

— Tu ne vas pas envoyer de texto d'abord ? J'aurais détesté recevoir un appel inattendu, surtout avant... J'ai vérifié le décalage horaire sur mon téléphone et j'ai grimacé. Dix heures du matin pendant ses vacances à la plage en Malaisie.

— Pourquoi ferais-je ça ? Elle a porté le téléphone à son oreille. Bonjour, Billie, c'est Audrey Hayes.

J'ai levé les yeux au ciel. Billie devait savoir qui c'était grâce à l'identification de l'appelant.

Ma mère a écouté un moment et a souri. — C'est merveilleux. J'espère que je ne vous dérange pas ? Ses joues ont rougi. Eh bien.

Je ne vous retiendrai pas longtemps. Ma fille Natalie a quelques questions.

Elle a fait une pause, puis a hoché la tête. — La voici. En posant un pouce sur le microphone, elle m'a tendu le téléphone. Sois rapide. Elle reçoit un invité.

— Un quoi ? Ma mâchoire est tombée. Tu veux dire un homme ? Je ne veux pas… Mais si, je le voulais. Plus tôt Jamila se débarrasserait de ce serpent de Winslow, mieux ce serait.

J'ai pris le téléphone. — Bonjour, Billie, c'est Natalie.

— Natalie, a traîné Billie. Je ne vous ai pas vue depuis que vous vous êtes ridiculisée à ma fête.

J'ai grincé des dents. — Je suis désolée pour ça. Je passais une mauvaise soirée.

— Bien sûr. Tout le monde pouvait voir que vous en pinçiez pour Jamila Jallow. Sauf Jamila elle-même. Son rire était un tintement joyeux, como un carillon de coquillages.

— C'est toujours le cas. C'est pourquoi j'ai une question sur votre ex, Winslow. J'ai grimacé. Elle savait qui était son ex.

— Je préférerais ne pas parler de lui pour le moment.

— Je sais, et je suis désolée. Je me demandais si, euh… s'il y avait certaines dispositions dans votre accord de divorce ? Plus précisément celles concernant Jamilow. Je crois comprendre qu'il a gardé ses actions et ses options ?

— Oui. Il a été *très* insistant sur ce point. Je voulais tout diviser en deux, à la loyale. Je voulais continuer à soutenir Jamila moi-même. Nous sommes de bonnes amies depuis des années, depuis Stanford. J'étais sa responsable d'étage, vous savez, quand elle était en première année. J'ai été la première personne à qui elle a demandé de faire partie du conseil d'administration de Jamilow.

— Vraiment ? Et puis vous avez épousé Winslow.

— Ce n'est pas la meilleure décision que j'ai prise, au final. Il peut être charmant quand il veut, vous savez. Je me suis laissée emporter par les attentions d'un homme plus jeune. Il semble que ce soit une habitude chez moi. Elle a gloussé.

Je ne pouvais pas la laisser se disperser à cause de son invité. — Parlez-moi des actions de Jamilow.

— Ah oui. Il a dit qu'il me donnerait l'équivalent en valeur numéraire, ce qui s'est avéré être une mauvaise affaire pour lui. Nous avons fixé la valeur en janvier, mais le cours de l'action n'a cessé de chuter depuis le couac de relations publiques, puis de manière vertigineuse cette semaine lorsque Moo-Lah a lancé son produit. J'imagine que ça a été une bonne chose pour moi, pas si bonne pour Jamila et Winslow, hein ?

— Mh-mh. Mon esprit tournait à plein régime. Il avait conservé toutes ses actions et options et n'avait pas demandé à renégocier malgré la chute du cours ? Quel était son plan ?

— Il a eu les actions. J'ai eu tout l'argent et les biens, sauf son appartement à Los Altos. Sa voix est devenue amère. C'est là qu'il logeait sa maîtresse, mais elle l'a quitté aussi.

— Pourquoi pensez-vous que…

— Elle ne pouvait probablement plus le supporter non plus. Tout ce qu'il a fait ces deux dernières années, c'était de parler de Jamila. Jamila par-ci, Jamila par-là.

Oh, non. Je me suis souvenue de tout le temps qu'il passait dans son bureau. Leurs badinages complices. — Vous pensez… vous pensez qu'il est amoureux de Jamila ?

— Amoureux ? Elle a ri, un son sec et froid. Il lui en veut. Il n'arrêtait pas de dire qu'elle était en train de — passez-moi l'expression — foutre en l'air l'entreprise qu'ils avaient bâtie ensemble. Qu'il la dirigerait bien mieux s'il pouvait seulement en prendre le contrôle.

Mon cœur a raté un battement. — Prendre le contrôle ? Il a dit ça ?

— Chaque foutu jour. Jusqu'à ce que je le quitte. Après, je suis sûre qu'il se le disait à lui-même dans le miroir.

— S'il trouvait d'une manière ou d'une autre l'argent pour exercer ses options d'achat d'actions, quelle part de Jamilow pensez-vous qu'il pourrait contrôler ?

— Oh. Elle a fait une pause. Je n'avais pas pensé qu'il irait vraiment jusqu'au bout. S'il les exerçait toutes, il détiendrait un peu moins de quarante pour cent. C'est la même quantité que Jamila a gardée pour elle.

Pas tout à fait assez pour lui arracher le contrôle, alors. Mais…

— Et s'il avait un partenaire qui achetait aussi des actions pendant que le prix était bas ? Ou s'il avait une autre source de revenus ? Como un pot-de-vin de Moo-Lah.

— Tant qu'il restait discret, il pourrait dépasser sa participation ou être assez fort pour défier Jamila en tant qu'actionnaire activiste.

— Il pourrait la faire voter pour la virer, ai-je dit. Ou exécuter une OPA hostile par Moo-Lah.

Ma mère a haleté.

Billie s'est exclamée : — Le serpent ! Vous pensez que c'est ce qu'il a fait ?

— Je pense qu'il est la source de la fuite vers Moo-Lah. Je pense qu'il a fait baisser le cours de l'action pour pouvoir amasser plus d'actions. Pensez-vous qu'il ferait ça à Jamila ?

— Il y a dix ans ? Jamais. Maintenant ? J'en ai bien peur. Il est peut-être gentil en face d'elle, mais derrière son dos, il n'est… pas une personne sympathique.

— Putain de merde. J'ai grimacé. Désolée, Maman.

— Le directeur des opérations complote pour prendre le contrôle de l'entreprise de Jamila ? Putain de merde, a répété ma mère.

— Il me faut des preuves, ai-je dit.

— J'ai un document détaillant ses participations dans Jamilow, a dit Billie.

— Et pour l'argent qu'il aurait pu recevoir de Moo-Lah ?

— Je vais envoyer un e-mail à mon avocate. Si ça existe, elle devrait pouvoir le trouver.

— D'accord, c'est bien. C'était la preuve dont j'avais besoin.

Une voix grave a murmuré à l'autre bout de la ligne de Billie.

— Besoin d'autre chose, ma belle ? a-t-elle demandé. Parce que j'ai un rancard torride avec un magnat malaisien.

— Non. Merci. Vous m'avez beaucoup aidée.

— J'envoie cet e-mail tout de suite, a-t-elle dit. Bonne chance.

— Merci. Une énergie bourdonnait dans mes doigts et mes orteils. J'avais une piste qui prouverait que Winslow était la fuite, une piste qui l'empêcherait de faire plus de mal à Jamila qu'il n'en avait déjà fait.

28

LE LENDEMAIN MATIN, un mercredi, je suis entrée au siège de Jamilow comme si j'étais chez moi. Ce n'était pas le cas, mais j'espérais que d'ici la fin de la journée, Jamila en serait toujours la propriétaire.

Bruno m'a arrêtée.

— Mademoiselle Jones, vous ne travaillez plus ici.

— Je sais, Bruno. Et je sais que vous faites votre travail, mais vous devez me laisser monter.

— Non, je ne dois pas. Jamila a dit...

— C'est bon, Bruno. — Hannah est descendue des escaliers et s'est approchée de nous. — Elle va s'inscrire en tant que ma visiteuse.

— Je ne suis pas sûr de pouvoir laisser...

— Bruno. — Je me suis penchée au-dessus du bureau incurvé. — Je suis ici pour sauver Jamila. Et l'entreprise.

Il a froncé les sourcils.

— On dirait que vous allez causer des problèmes.

Il n'avait pas tort.

— C'est probable. Vous voulez venir avec nous ? Comme ça, vous pourrez me raccompagner à la sortie si je cause le mauvais genre de problèmes.

— Marché conclu. — Il a soulevé le combiné du téléphone et a appelé quelqu'un. Quand le garde de remplacement est arrivé, j'ai monté les escaliers, un badge visiteur jaune fluo accroché au col de ma robe fourreau bleu marine ennuyeuse, celle que je portais pour les enterrements. Au deuxième étage, les têtes se sont tournées alors que nous nous dirigions vers le bureau de Jamila. Felicia barrait la porte, les bras croisés.

— Vous ne pouvez pas entrer. Elle ne veut pas vous voir. — Elle a lancé un regard accusateur à Bruno, qui a piétiné nerveusement.

— J'ai quelque chose qu'elle doit voir. Quelque chose que vous devez tous voir. Laissez-moi entrer. Je n'ai besoin que de cinq minutes.

— Cinq minutes. — Ses lèvres se sont pincées. — On dirait que vous pouvez faire beaucoup de dégâts en cinq minutes.

— Je vous promets que je ne veux aucun mal à Jamila. Je veux l'aider. S'il vous plaît ?

La dernière voix que je voulais entendre est venue de ma gauche.

— Absolument pas.

Lentement, je me suis retournée. Aujourd'hui, il portait le même pantalon couleur framboise, ses chaussures bicolores, une chemise blanche au col ouvert, et un blazer bleu marine.

— Winslow.

— Notre message n'a pas été assez clair lors de votre dernier jour, mademoiselle Jones ? Vous n'êtes pas la bienvenue ici.

— Il faut que je la voie. — J'ai élevé la voix plus haut que ce qui était acceptable dans un bureau où les gens essayaient de travailler. — Elle doit entendre ce que j'ai à dire.

— Elle n'a pas, — a sifflé Winslow, — besoin d'entendre quoi que ce soit de plus de votre part. Bruno, raccompagnez-la à la sortie. En fait, raccompagnez-les toutes les deux. Hannah, vous êtes virée aussi.

— Vous ne pouvez pas faire ça ! — Je ne savais pas que ma voix pouvait monter si haut. — Hannah n'a rien fait de mal !

— Elle vous a laissée entrer, n'est-ce pas ? — Il a tendu la main vers mon décolleté et a arraché le badge visiteur. — Sortez-les d'ici, Bruno.

— Mais c'est quoi ce bordel, ici ? — Jamila se tenait sur le seuil de sa porte, les mains sur les hanches, ressemblant à une déesse vengeresse. — Vous avez tous perdu la tête ou quoi ?

— Jamila, il faut que je vous parle. Je n'ai besoin que de cinq minutes. S'il vous plaît ? — J'ai serré la sacoche qui pendait à mon épaule.

Elle a jeté un œil à sa montre connectée.

— Cinq minutes. À partir de maintenant. — Se retournant, elle est rentrée dans son bureau, et je l'ai suivie. Winslow, Hannah et Bruno aussi.

Jamila s'est assise lourdement dans son fauteuil, comme si elle portait le poids de tout le bâtiment sur ses épaules. À ce moment-là, j'ai réalisé que c'était le cas. Non seulement Hannah et Bruno lui devaient leur emploi, mais Felicia et tous les autres à l'extérieur de cette porte aussi. Elle avait peut-être essayé de se montrer digne aux yeux de sa grand-mère, de sa mère et de tous ceux qui n'avaient pas cru en elle, mais en conséquence, elle avait bâti une entreprise qui employait des centaines de personnes et en faisait gagner à des milliers d'autres. Et j'étais sur le point de lui compliquer la vie encore davantage.

Je me suis tenue devant son bureau, les pieds aussi écartés que ma jupe étroite le permettait.

— La dernière fois, je suis venue ici avec des accusations assez boiteuses. Aujourd'hui, j'ai des preuves.

J'ai plongé la main dans la sacoche Saint Laurent que j'avais empruntée à Mère et j'ai sorti les papiers que j'avais imprimés de l'e-mail de l'avocat de Billie.

— Ceci est un relevé montrant les actions et les options de Winslow.

— Qu'est-ce que c'est censé prouver, bordel ? — Winslow a essayé de m'arracher les papiers, mais il s'est arrêté quand Jamila a tendu la main pour les prendre.

Elle les a parcourus en hochant la tête.

— Rien que je ne savais déjà.

— C'est vrai, mais c'est là que ça devient intéressant. Lors de son récent divorce, Winslow n'a conservé que les actions de Jamilow. Elles représentent environ la moitié de la fortune du couple, et Billie a gardé les autres actifs. — J'ai tendu la liasse de papiers suivante.

— Où avez-vous eu ça ? — a aboyé Winslow. — Ces documents sont privés.

— Un ami me les a donnés. — Je me suis penchée en avant. — Winslow possède une quantité importante d'actions de Jamilow en pleine propriété. Il a aussi des options sur actions non exercées qui équivaudraient presque à votre propre participation, Jamila. Il pourrait exercer ces options pour acheter ces actions pour une bouchée de pain.

Jamila a levé les yeux au ciel.

— Je pense que nous savons tous comment fonctionnent les options sur actions. Il n'y a rien de malveillant là-dedans. Winslow a gagné ces options dans le cadre de sa rémunération de dirigeant et en tant qu'un de mes premiers employés.

— Mais, — ai-je dit, — depuis son divorce, il n'a pas assez d'argent liquide pour exercer ces options, et encore moins pour acheter des actions supplémentaires au prix du marché.

— Attendez, — a dit Jamila, un sourire naissant au coin de ses lèvres. — Je croyais que vous étiez une créatrice de mode-fleuriste-cheffe-consultante en relations publiques, pas une experte financière.

— Je suis une Jones. — J'ai haussé les épaules. — C'est de ça qu'on parle au dîner. Quoi qu'il en soit, ce qui est le plus intéressant, c'est cette transaction récente sur le compte bancaire de Winslow, le lendemain de la finalisation de son divorce. — J'ai laissé tomber le dernier papier sur son bureau. — Un dépôt de vingt millions de dollars provenant d'un compte offshore appartenant à Pavel Thakor.

— Quoi ? — Jamila ne souriait plus. Ses yeux se sont écarquillés.

— Non seulement Winslow a accepté un pot-de-vin de votre concurrent, mais je soupçonne qu'il prévoit de l'utiliser pour exercer ses options sur actions et peut-être acheter des actions supplémentaires. Il prévoit de prendre une participation majoritaire dans Jamilow. À mon avis, il a l'intention de vous démettre de vos fonctions de PDG et de tenter une OPA hostile par Moo-Lah. Et je soupçonne qu'il a aussi quelque chose à voir avec les problèmes de développement.

— C'est ridicule, — a bredouillé Winslow. — Jamila, allez-vous croire cette gamine ? Elle se pavane ici dans ses vêtements de marque avec des papiers qu'elle ne devrait pas avoir — qui sait s'ils sont authentiques — et avance des affirmations qu'elle ne peut pas étayer autrement.

Jamila s'est levée lentement.

— L'avez-vous fait, Winslow ? Avez-vous accepté de l'argent de Pavel Thakor ? De Moo-Lah ?

— Non, je… — Il a fermé la bouche d'un coup sec. — Je dois parler à mon avocat.

— Pourquoi ? — Sa voix a perdu tout son volume, toute son audace. Ce *pourquoi* était celui d'une jeune fille surchargée par la garde de deux jeunes frères turbulents demandant à sa mère pourquoi elle ne revenait pas, demandant à un diacre de l'église un moyen plus facile, demandant à sa grand-mère de croire en elle.

Mon cœur s'est brisé pour elle. Pour ce que j'avais dû lui montrer à propos d'un homme qu'elle pensait être son ami.

Cet homme se tenait dans son bureau, la mâchoire crispée.

— Jamilow pourrait être tellement plus. Vous n'avez jamais voulu réussir comme je savais que nous le pouvions. Vous aviez toutes ces idées de contes de fées sur l'aide aux personnes en crise et l'éducation pour sortir les gens de la pauvreté, mais notre entreprise servirait mieux les gens qui avaient déjà de l'argent à claquer dans une application payante, ceux qui achetaient des choses pour lesquelles nous pouvions faire de la publicité et qui avaient le patrimoine net pour profiter d'un partenariat avec FA. Vous n'avez jamais pu voir la vision de tout ce que nous pourrions être.

J'ai regretté d'avoir laissé mes couteaux à l'école de cuisine. J'ai arqué un sourcil aussi tranchant qu'une lame de rasoir.

— Vous voulez dire tout ce que Jamilow pourrait être si vous étiez aux commandes ?

— Exactement. — Il avait les mains sur les hanches, occupant un espace qu'il ne méritait pas.

J'ai jeté un coup d'œil à Jamila. Elle fixait, incrédule, les papiers qui avaient bouleversé son monde. Elle avait besoin de temps pour digérer tout ça.

— Tout le monde dehors, — ai-je dit. — Y compris vous, Winslow. Vous feriez mieux d'appeler cet avocat. — J'ai fait un geste de la main pour les chasser, guidant les gens hors de son bureau. Je me suis arrêtée à la porte.

— Je suis vraiment désolée, Jamila, — ai-je dit. — J'aurais aimé que ce ne soit pas vrai.

Elle n'a rien dit. Ses épaules se sont affaissées sous le poids énorme de la trahison.

Doucement, j'ai refermé la porte derrière moi.

QUAND JE SUIS RENTRÉE à la maison une heure plus tard, tout ce que je voulais, c'était enfiler un jogging, manger un pot de glace au lit et regarder des séries de Darren Star jusqu'à ce que mes yeux se ratatinent dans leurs orbites. Mais ma sœur et son chien étaient assis sur le lit sur lequel je voulais m'effondrer.

— Qu'est-ce que tu fais ici ? — ai-je demandé. Nous n'avions jamais été le genre de sœurs à traîner dans nos chambres respectives, à partager des secrets, à nous faire des relookings ou à parler de garçons, même si j'aurais bien aimé.

Elle caressait la fourrure noire de Bilbo.

— Je pars aujourd'hui, tu te souviens ? Je ne voulais pas retourner en Ohio sans savoir comment s'était passée la grande confrontation. Mère m'a raconté ce que tu as découvert.

— Ça… s'est passé. — Je me suis affalée sur le lit, les mains sur les yeux. Bilbo a poussé ma main avec son museau, et je l'ai levée pour le caresser. — Ça lui a brisé le cœur d'être trahie par quelqu'un en qui elle avait confiance. Quelqu'un qu'elle pensait être un ami.

— Qu'est-il arrivé à Winslow ?

— La sécurité l'a raccompagné à la sortie. Jamila doit demander à ses avocats de remplir les papiers avant que les fédéraux puissent s'en mêler.

— Tu penses qu'il va quitter le pays ? Ce pot-de-vin était suffisant pour mettre n'importe qui à l'aise sur une île.

— Peut-être. — J'ai haussé les épaules contre la couette moelleuse. — Mais ils vont probablement saisir ses actifs américains comme ses actions, donc au moins il n'ennuiera plus Jamila.

— Comment l'a-t-elle pris ?

— Pas bien. Je m'attendais à ce qu'elle explose, mais elle s'est renfermée sur elle-même. Je m'inquiète pour elle.

— Bien sûr que tu t'inquiètes. — Sam n'était pas le genre de personne à toucher les autres nonchalamment, mais elle a serré ma main, celle qui reposait sur le flanc de Bilbo. — Tu penses qu'elle a changé d'avis sur toi ?

Je me suis souvenue de l'expression vide de Jamila. Elle ne m'avait même pas remerciée. Je comprenais. J'avais lancé une grenade dans son entreprise et j'étais partie. De plus, je ne l'avais pas fait pour sa gratitude. Je l'avais fait parce que c'était la bonne chose à faire.

— Je ne sais pas. Je ne suis pas la chose la plus importante dans sa vie en ce moment, n'est-ce pas ?

On a frappé à ma porte, et Charles a passé la tête.

— Natalie. Et Sam ! Je pensais que tu étais déjà partie.

— Pas encore. J'avais besoin de parler à Nat une minute.

— Ça vous dérange si j'interromps ?

— Entre, — ai-je dit.

Il est entré dans ma chambre.

— J'ai reçu un appel de Jamila aujourd'hui. Je pense que c'est grâce à vous que je le dois. Franchement, j'ai été un peu blessé quand elle s'est associée à FA, mais elle est venue me voir à la fin. Merci, Natalie. Mon conseil d'administration salive déjà à l'idée d'un partenariat avec Jamilow.

Il a continué à parler de synergie et de revitalisation pour sa banque guindée, mais j'ai cessé d'écouter. Jamila était allée voir Charles ?

Ma sœur a demandé :

— A-t-elle dit qu'elle l'avait fait à cause de Nat ?

Il a penché la tête sur le côté.

— Non, mais j'ai supposé…

— Désolée, Charles, — ai-je dit. — C'était entièrement Jamila. Nous ne travaillons plus ensemble.

— Oh. — Son visage s'est décomposé. — Et vous ne… euh… faites plus d'autres choses ensemble ?

J'ai grimaçé.

— Non.

Il s'est approché du lit et m'a relevée pour me prendre dans ses bras.

— Je suis désolé. Je sais que tu tiens à elle.

Je me suis détendue dans son étreinte.

— Ce n'est rien. Je l'ai aidée à la fin, donc au moins j'ai ça.

— Et tu as une expérience précieuse à mettre sur ton CV.

— Mon CV ?

Il s'est écarté pour me regarder dans les yeux.

— Je ne t'ai jamais vue aussi heureuse que lorsque tu travaillais chez Jamilow. C'était en partie à cause de Jamila, mais tu as vraiment apprécié le travail. Je pense que tu devrais redonner une chance aux relations publiques. Si Della Lippman n'a pas de poste pour toi, je suis sûr qu'elle connaît quelqu'un qui en a.

— Hein. Tu as peut-être raison. — Jamila ne me recommanderait jamais à qui que ce soit, mais Hannah pourrait me faire une recommandation à sa tante. L'idée de replonger dans le monde des relations publiques a suscité une étincelle d'excitation dans mon ventre, ce que l'école de cuisine, la boutique du fleuriste et le programme de mode n'avaient pas fait.

— J'ai presque toujours raison, — a-t-il dit en me relâchant. — Maintenant, Sammy, tu dois aller à l'aéroport. Viens, je t'y conduis.

— Tu es sûre que ça ira ? — a demandé Sam en me scrutant.

— Ça finira par aller, oui.

— Mon appartement sera prêt quand je reviendrai dans deux semaines. Tu viendras nous voir, Bilbo Baggins et moi ?

— Oui. D'accord.

Elle m'a tapoté l'épaule. Bilbo était plus généreux avec son amour. Il a sauté dans mes bras et m'a léché le menton. Je n'ai même pas tressailli. Peut-être que je prendrais un chien une fois que j'aurais remis de l'ordre dans ma vie et que j'aurais déménagé de chez mes parents.

Pour la première fois, cela semblait possible.

29

UN SAMEDI SOIR de début juillet, après qu'Andrew m'a déposée devant la maison de ville de Jackson, j'ai jeté un coup d'œil dans la rue et j'ai eu l'impression de recevoir un coup de poing dans l'estomac. Une Porsche cabriolet rouge, comme celle que je conduisais quand j'étais avec Jamila, était garée devant chez lui.

J'ai plissé les yeux pour mieux la voir. Dans le reflet du soleil couchant, je n'étais pas certaine qu'elle soit rouge. Elle pouvait être marron ou orange. Et ce pouvait être un modèle d'une année différente.

J'ai secoué la tête. Elle n'aurait pas gardé la voiture après que je lui ai rendu la clé. Elle aurait mis fin au leasing plus tôt, parce que c'était la décision la plus judicieuse financièrement.

Charles et Jackson m'avaient tous les deux dit qu'elle allait bien, mais j'aurais aimé le voir de mes propres yeux. J'aurais voulu plonger mon regard dans ses yeux magnifiques pour voir si la douleur de la trahison s'y trouvait toujours, ou si une lueur d'espoir l'avait remplacée. Avant que j'aie pu m'approcher assez pour lire la plaque d'immatriculation ou identifier le conducteur, elle a démarré.

J'ai ricané de ma propre bêtise. C'était ridicule de me mettre dans tous mes états pour une voiture qui me rappelait Jamila. C'était tout aussi ridicule de ma part de stalker le compte de réseau social Jamilow soigneusement élaboré par Hannah. Je devais mettre un minuteur sur dix minutes, sinon je me faisais happer pour l'éternité. Et c'était encore plus ridicule de me masturber en pensant aux souvenirs des quelques nuits que nous avions passées ensemble.

Bon, d'accord, ça, ce n'était peut-être pas si ridicule.

Je chérirais probablement ces souvenirs pour toujours parce que c'était *torride*, mais il était risible de penser que ça avait jamais signifié quoi que ce soit. Je n'étais qu'une aventure de plus pour elle, et pas assez spéciale pour mériter son amour.

J'ai sonné chez Jackson et, comme s'il m'attendait juste derrière, il a ouvert la porte.

— Prêt pour votre soirée en amoureux ? ai-je demandé en me forçant à afficher un sourire coquin.

— Et comment ! Merci de garder les enfants…

— Je ne suis pas un bébé. Noah s'est frayé un chemin jusqu'à la porte. Dis à Jay que j'ai *treize* ans et que je suis trop grand pour avoir une baby-sitter.

Me rappelant toutes les fois où ma famille m'avait traitée comme un bébé — bon sang, ils me traitaient toujours comme la petite dernière —, je lui ai adressé un sourire en coin. — Tu n'as pas besoin de baby-sitter. Mais Val, si, et j'ai besoin de toute l'aide possible. Tu vas m'aider, n'est-ce pas ?

— Ouais, j'imagine. Je sais où sont toutes ses affaires.

Valentine s'est approchée de nous en titubant et a levé les mains. — Bras.

Noah s'est penché et l'a prise dans ses bras, installant la petite sur sa hanche comme je l'avais vu faire à Alicia et Jackson des centaines de fois. Mon cœur a fait un bond énorme.

— Alors c'est toi qui m'aides, ai-je dit.

Valentine s'est penchée en avant, tendant ses poings potelés vers moi. — Tatie Na.

Je l'ai prise des bras de Noah, humant l'odeur de shampoing pour bébé qui émanait de son bain. — Tatie Nat est si contente de te voir, Val.

Elle s'est blottie dans mon cou et je n'ai pas pu retenir mon sourire. Un vrai, cette fois.

— Dis, Noah, tu peux nous laisser une minute ? a demandé Jackson. Il faut que je parle à Tatie Nat.

— Prépare-nous un jeu vidéo, ai-je suggéré. Rien de trop sanglant, d'accord ?

— On pourra jouer après que Val sera au lit, a-t-il dit. On regardera un de ses films d'abord.

— Monche, a-t-elle dit en se penchant vers lui.

— C'est ça, a-t-il dit. Celui avec le monstre bleu.

Elle a poussé un cri de joie quand il l'a de nouveau soulevée pour l'emporter dans le salon en la faisant rebondir.

Jackson m'a fait traverser la cuisine, passer devant la télévision, puis entrer dans la buanderie, avant de fermer la porte. Tigger, leur chat, était enroulé sur le sèche-linge, profitant du rayon de soleil qui filtrait par la petite fenêtre pour faire la sieste.

— Ouh là. Ça doit être sérieux si on a besoin de parler à huis clos, ai-je plaisanté. Attends. Est-ce que c'est sérieux ? Tout va bien avec Alicia ?

— Elle va bien. Le bébé va bien. Elle prend juste une minute pour s'habiller. Elle a travaillé comme une acharnée pour tout préparer avant son congé maternité. Ça te concerne, toi.

— Moi ?

— Et Jamila.

— Putain de merde. C'était elle devant chez toi ? Elle vient de partir ?

— Tu l'as vue ?

— Juste sa voiture.

— Ouais. Elle est passée pour qu'on discute. Elle m'a dit quelque chose de très intéressant.

— Ah oui ? J'ai pris une profonde inspiration, ordonnant à mon cœur de ralentir ses battements effrénés.

Quand Jackson s'est appuyé contre le sèche-linge, Tigger a levé la tête. Il s'est redressé, s'est étiré et a frotté sa joue contre l'épaule de Jackson. Ce dernier lui a gratté derrière les oreilles, mais son regard n'a pas quitté mon visage. — Elle m'a dit qu'elle t'avait dépucelée de ta bisexualité.

Mes joues sont devenues plus brûlantes que le soleil d'été qui filtrait par la petite fenêtre. — Ne sois pas dégoûtant.

— Ne joue pas les innocentes. Elle m'a dit que vous étiez... intimes.

J'ai levé les yeux au ciel en me souvenant de l'étiquette *occasionnelle* que Jamila nous avait collée. — Elle ne m'a pas vraiment dépucelée. J'ai vingt-six ans. J'ai eu des dizaines de partenaires, de genres différents.

Il a plaqué ses mains sur ses oreilles. — Je ne voulais pas en entendre autant.

— Alors n'aborde pas la sexualité des gens, crétin, ai-je dit, agacée par le souvenir de Jamila qui me rappelait constamment que nous ne faisions que nous gratter là où ça démangeait. Ça ne voulait rien dire.

— Rien ? a-t-il demandé.

— Elle a été très claire là-dessus. Et nous ne sommes plus intimes. Pas depuis qu'elle m'a virée.

— Donc, ce jour-là sur la montagne et le lendemain au brunch, vous étiez ensemble ?

— Oui.

— Je vois. Est-ce que Mère est au courant ?

— Je le lui ai dit quand j'ai eu besoin de son aide pour découvrir la vérité sur Winslow.

— Et ça ne lui a rien fait ?

Le sang m'est monté à la tête. J'ai serré les poings. — J'aurais pensé que toi, entre tous, le meilleur ami de deux personnes queer, tu me soutiendrais !

— Je te soutiens. Mais je m'inquiète pour toi. J'aurais aimé que tu viennes me demander de l'aide avec Mère. Et peut-être avec Jamila aussi.

— Je n'ai pas besoin de ton aide.

Il a tendu les mains. — Je sais. Tu n'es plus une petite fille avec des couettes. Tu as un vrai travail. Mais en tant que ton grand frère et son ami, je me serais senti mieux si j'avais aidé.

— Parfois, les gens ne veulent pas d'aide, Jackson. Un frisson a parcouru ma nuque. J'avais imposé mon aide à Jamila. Peut-être que si j'avais d'abord demandé, je n'aurais pas ruiné cette amitié que je chérissais tant.

— Je suis désolé. Tu me pardonnes ? Il m'a fait son regard de chien battu le plus triste que j'aie jamais vu.

J'ai levé les yeux au ciel. — J'imagine.

— Vraiment, tu vas bien ? Surtout avec Mère ?

— Ça va entre nous. Je pense qu'elle serait plus heureuse si je rencontrais un type riche, que j'en tombe follement amoureuse et que je lui ponde une demi-douzaine de petits-enfants, mais ça ne la dérangerait pas non plus si je rencontrais une femme riche. Même si je travaille pour Della maintenant, elle s'inquiète pour mon avenir.

Malgré tout le travail qu'elle avait pour le lancement de son produit, Jamila m'avait surprise en appelant Della Lippman pour lui dire de m'embaucher. Je n'avais même pas eu le temps de profiter de la connexion de Hannah que Della m'offrait déjà un poste. Et puis Jamila m'avait envoyé un adorable cactus en fleur. Le mot disait simplement : *Bonne chance pour ton premier jour. Je sais que tu vas t'épanouir dans ton nouveau travail.*

Il ne disait rien sur l'amour, même si mon cœur de midinette aurait voulu interpréter ce geste de cette façon. Le cactus n'était pas une blague sur sa personnalité piquante ou un rappel de Quill.i.am, et ce même si l'étiquette l'identifiait comme un cactus hérisson, un *Echinocereus fendleri*. Elle était tellement occupée à remanier son produit qu'elle avait probablement demandé à Felicia de le faire, et c'était une pure coïncidence. La recommandation pour le travail ? Juste une autre façon de s'assurer que je garderais mes distances.

Il a plissé les yeux. — Donc, tu vas bien ?

— Ouais. Je crois que j'ai enfin trouvé ma voie. Je suis heureuse au travail, et peut-être qu'un jour, je retrouverai l'amour.

— Tu l'aimais ?

— Ouais. Je n'allais pas admettre que j'étais si pathétique que je l'aimais encore, un mois après qu'elle m'eut larguée et virée d'un seul coup. Tu as été gentil avec elle, n'est-ce pas ? Quand elle t'a parlé de nous ? Elle avait peur de ce que tu pourrais penser.

Il s'est redressé. — J'espère que tu me créditais de plus que ça. Tu seras toujours la petite dernière de la famille. Je te taquinerai peut-être un peu…

— Ou beaucoup ! Je lui ai donné un coup de poing dans le bras.

Il a attrapé mon poing et l'a maintenu. — Mais toi et Jamila, vous êtes des femmes adultes, capables de prendre vos propres décisions. Et si deux des personnes que j'aime le plus au monde finissent ensemble ? Il a haussé les épaules. Il y a pire, non ?

J'aurais aimé que Jamila puisse comprendre ça. Peut-être que si elle n'avait pas cherché une excuse pour rompre, je n'aurais pas perdu sa confiance.

J'ai serré mon frère fort dans mes bras. — Merci.

— De quoi ?

— De croire en moi. De penser que je vaux quelque chose, tu sais.

— Cinglée.

Et voilà, la friction de cheveux que je redoutais. Il me la ferait probablement encore quand j'aurais soixante ans. Ou quatre-vingts. Mais ce n'était pas désagréable. C'était de l'amour.

— Tu vaux quelque chose, a-t-il dit. Tu vaux beaucoup. Et alors, s'il t'a fallu un peu de temps pour te reprendre en main ? Moi aussi, je suis encore en train de le faire. On est tous dans le même cas, même Jamila.

Il m'a relâchée et j'ai reculé, passant les doigts dans le désordre emmêlé qu'il avait fait de mes cheveux.

— Pourquoi tu ne passerais pas la nuit ici pour traîner avec nous demain ? On va à un barbecue.

J'ai expiré. — Bien sûr. Pourquoi pas ? Ce serait mieux que de rester dans ma chambre à fixer les réseaux sociaux personnels inexistants de Jamila et à regretter ce que j'avais perdu.

30

LE LENDEMAIN, tandis que nous descendions vers le sud sur la 101 dans le SUV d'Alicia, mon angoisse n'a fait que grandir. Je ne m'étais pas autant approchée de la Silicon Valley depuis deux mois, et j'aurais aimé pouvoir détourner mon attention de ces paysages trop familiers en mettant mon casque et en jouant à un jeu sur mon téléphone, comme le faisait Noah. Valentine était attachée dans son siège auto, au milieu de la banquette arrière, et elle avait réussi à enlever l'une de ses minuscules Nike. Je l'ai repêchée sur le plancher, puis je l'ai réajustée à son pied.

— C'est encore loin ? ai-je demandé en voyant le panneau de la sortie Marsh Road.

— Pourquoi ? Jackson m'a jeté un regard dans le rétroviseur, les mains posées nonchalamment sur le volant. Tu as mieux à faire ?

— Non, c'est juste que… Je n'ai pas terminé ma phrase lorsque Jackson a pris la sortie bien trop familière. J'ai écarté la ceinture de sécurité de ma poitrine. Où est ce barbecue, exactement ?

— Chez une amie.

— Jackson. Alicia a posé une main sur son épaule. Elle devrait savoir.

— Mais j'ai promis.

— Qu'est-ce que je devrais savoir ? Je me suis penchée dans l'espace entre les deux sièges avant.

— Non, non, non, non ! a gloussé Val.

— Le barbecue est chez Jamila, a dit mon frère. C'est pour fêter en avance le lancement de son produit.

— Putain, Jackson !

— La boîte à gros mots ! a lancé Noah malgré son casque.

— Putain, putain, putain ! Valentine a donné des coups de pied avec ses baskets dans son siège auto entre nous.

Je me suis pincé l'arête du nez. — Désolée. Mais pourquoi tu ne me l'as pas dit ?

— Tu n'es pas prête à la voir ? a demandé mon frère en s'arrêtant à un feu rouge.

— Je... je ne sais pas. Surtout pas habillée avec un jean d'avant-grossesse d'Alicia, trop long, que j'avais roulotté aux chevilles, et son T-shirt sur lequel était écrit : « Vous pouvez tous aller en enfer, moi, je vais au Texas ».

— Si tu n'es pas prête, on peut te déposer quelque part et venir te chercher dans quelques heures, a dit Alicia.

La proposition était tentante : me cacher dans une boutique ou un café pour ne pas avoir à affronter Jamila de nouveau, ne pas voir l'expression dure sur son visage et me souvenir d'un temps où ses yeux pétillaient de passion quand elle me regardait, quand notre relation était simple, mais qu'elle représentait tellement plus.

La veille, j'avais dit à mon grand frère que j'étais une adulte, et il était temps que j'agisse comme telle. Je pouvais l'affronter. Je pouvais être amicale. Je pouvais discuter avec elle de son lancement à venir, être heureuse pour elle et fière de moi.

— Ça va aller, ai-je dit en regardant par la fenêtre les autres maisons modestes de sa rue.

Jackson s'est garé à la première place disponible dans la rue, presque au niveau du panneau stop. Mme González devait adorer voir des voitures garées des deux côtés de la rue. Après que Jackson a libéré Valentine de son siège auto et déchargé l'équivalent d'un magasin entier de jouets gonflables à bas prix, nous avons suivi une allée de dalles sur le côté de la maison jusqu'au portail ouvert dans la clôture en bois. Nous avons emprunté le petit chemin menant à la piscine, et Val s'est tortillée dans mes bras, tirant sur mes cheveux jusqu'à ce que je la regarde. — Cine ! Cine ! Cine !

— Oui, ai-je dit. C'est une belle piscine. Tu veux aller dedans ?

— Tu peux la tenir une seconde le temps qu'on dise bonjour ? a demandé Jackson. Je lui mets son maillot dans une minute. Quand j'ai hoché la tête, lui et Alicia se sont dirigés droit sur Jamila, qui se tenait à l'autre bout de la piscine avec un chapeau de soleil familier sur la tête et un de ces porte-cannettes isothermes à la main.

Quand nos regards se sont croisés à travers le jardin, le sien m'a brûlée jusqu'à la moelle.

Je n'étais pas prête.

Pas encore. Je venais à peine d'accepter l'idée que j'allais la voir aujourd'hui. Je n'avais préparé ni plan ni script, et surtout pas un pour gérer sa colère. Comment pouvais-je éviter de m'humilier en me souvenant de la dernière fois où elle avait porté ce chapeau et de ce qui s'était passé après ? Je ne pourrais jamais oublier ni redevenir celle que j'étais avant. Je m'étais promis de ne jamais retomber dans le personnage mielleux que j'avais incarné à la fête de Billie.

Noah a jeté une brassée de jouets de piscine près des marches menant à la partie peu profonde. Il allait me sauver.

— Besoin d'aide ? ai-je demandé.

— Pour quoi faire ?

— Je ne sais pas. Pour installer les choses.

— Nan. J'ai fini. Il a désigné du menton le tas hétéroclite composé d'un gilet de natation, d'une bouée licorne, d'un jeu de bâtons lestés et d'une demi-douzaine de frites de piscine.

Il a attrapé la ceinture de son pantalon de survêtement, l'a fait glisser le long de ses jambes maigres et en est sorti. Il portait un short de bain en dessous, et son T-shirt était un lycra. Laissant ses tongs au bord de la piscine, il a fait une bombe dans l'eau. J'ai reculé d'un pas pour éviter d'être trempée.

Noah est remonté à la surface en secouant ses longs cheveux pour les ôter de ses yeux. — Tu viens, tata Nat ? a-t-il crié.

— Non, ça va. Je vais attendre que ton père s'occupe de Val. J'étais reconnaissante de l'excuse. Il me faudrait rassembler beaucoup plus de courage pour exposer à nouveau ma peau devant Jamila.

— Salut, Natalie. Un grand et beau blond s'est approché de moi, une bière à la main.

— Tyler ! Et Marlee. J'ai salué sa femme et je les ai serrés tous les deux dans mes bras. Marlee et Tyler avaient à peu près mon âge, et on se retrouvait souvent aux fêtes. Félicitations, vous deux. Je ne crois pas vous avoir vus depuis votre mariage.

Quand Marlee nous a prises, Val et moi, dans ses bras, ses énormes lunettes de soleil se sont emmêlées dans mes cheveux, et nous avons ri en nous dégageant.

— Racontez-moi tout sur votre mariage, ai-je dit.

— C'était en petit comité. Marlee a grimacé. On n'a pas pu inviter tout le monde qu'on voulait…

J'ai balayé son excuse d'un geste de la main. — Ne t'en fais pas. Je comprends. Tyler et Marlee ne venaient pas de familles riches. Ils avaient payé le mariage eux-mêmes tout en subvenant aux besoins du père de Marlee dans un établissement spécialisé pour les troubles de la mémoire.

— C'était magique. Marlee a soupiré d'extase. Ça avait vraiment l'air d'un conte de fées, surtout quand elle m'a montré une photo des invités allumant des cierges magiques au coucher du soleil. Marlee avait commencé à me parler de leur lune de miel quand Ben, que je n'avais pas vu depuis ce brunch désastreux, a déboulé et l'a serrée dans ses bras, suivi par Tyler, puis moi. Cooper le suivait de près mais n'a enlacé personne.

— Tu vois, chéri ? Je te l'avais dit. Ben m'a dévisagée de la tête aux pieds. Elle porte ses propres vêtements. Et la coiffure « je-viens-de-me-faire-bai-ser ». Désolé, a-t-il chuchoté en jetant un œil au bébé. Tu me dois cinquante dollars. Je prendrai l'autre partie de notre pari quand on rentrera. Il a fait un clin d'œil.

— Un pari ? Passant les doigts dans mes cheveux, j'ai défait un nœud que Val avait fait avec ses mains moites.

— Toi et Jamila. Je le savais quand on vous a vues au brunch ce jour-là. Cooper n'y croyait pas. Et devine qui avait raison ? Il a gloussé.

— Non, on n'est pas... Je me suis retenue de dire *plus*. — Pas ensemble. Ce sont les vêtements d'Alicia. J'ai fait du babysitting chez eux la nuit dernière.

— Oh. Les lèvres de Ben se sont affaissées. Mais j'espérais que vous...

Cooper s'est penché pour murmurer à l'oreille de son fiancé. — C'est *moi* qui encaisserai mes gains à la maison, a-t-il ronronné.

Ben a frissonné de tout son corps. — Allons finir notre tour. Je sens qu'on va partir plus tôt que prévu.

— Ha-ha. J'ai forcé un sourire. Les couples de fiancés sont les pires, pas vrai ?

Mais Tyler m'a regardée en plissant les yeux. — Toi et Jamila, hein ?

— Non, non, pas du... J'ai encore dû ravaler le mot. Pas du tout.

— Elle a besoin de quelqu'un comme toi, a dit Tyler. Pour l'aider à porter tous ses fardeaux. Je pensais que Winslow était cette personne, mais on voit tous comment ça s'est terminé. Il a fait une grimace dégoûtée.

— Je crois que j'ai besoin d'un verre. J'étouffais sous tous les mots qui s'entassaient dans ma gorge comme un carambolage sur l'I-80.

Tyler m'a indiqué une table installée à l'ombre, et je m'y suis dirigée en évitant le cercle de gens autour de Jamila.

Le bar n'était pas une simple glacière de bières en libre-service. Il y avait une barmaid. Et c'était Rhiannon. J'ai grimacé en la voyant, redoutant la remarque cinglante qu'elle pouvait avoir pour moi.

— Salut, Natalie. Qu'est-ce que je te sers ? Elle m'a regardée avec méfiance.

— Oh. Euh… tu as un vin pétillant ?

— On a un blanc de blancs de Napa.

— Parfait. Merci. Je l'ai regardée verser le vin. Ce n'est pas juste que tu travailles toute la semaine, et qu'en plus tu doives bosser à la fête de Jamila.

— Nan, c'est mon choix. Jamila m'a forcée à venir, vu que, tu sais, c'est quasiment moi qui ai conçu le produit. Malgré cette vipère de Winslow. Elle a froncé les sourcils. J'aime bien traîner ici. Ça me permet de parler à tout le monde, mais sans avoir à faire d'efforts. Ils viennent à moi.

— Malin. J'ai levé mon verre pour trinquer et j'ai pris une gorgée du vin amer. Les bulles m'ont piqué le nez.

— Hé, en parlant de malice… Rhiannon a baissé les yeux. Tu as été idiote de penser que j'étais la taupe, mais tu as fini par trouver. Je n'aurais jamais cru… Bref, merci de t'être accrochée à tes conneries à la Jessica Fletcher.

— Hum. De rien ? Mais je ne l'ai pas fait pour toi.

— Je sais pour qui tu l'as fait. Son regard a croisé le mien. On tient à elle toutes les deux, de manières différentes. J'apprécie ce que tu as fait pour nous toutes.

J'ai hoché la tête. — Peut-être qu'on peut être amies maintenant ?

Elle a reniflé. — Amies ? Je n'ai pas craché dans ton *vin pétillant*. C'est un début.

— C'est juste. Merci pour ça. Je suppose qu'on se reverra. Même si je n'y croyais pas. Je ne retournerais pas chez Jamilow, et la prochaine fois que Jackson proposerait de sortir, je lui demanderais où on allait avant de monter dans son SUV.

— Assure-toi de manger un morceau. Je ne viendrai pas te ramasser ivre morte plus tard. Elle a désigné un gril géant, surveillé par deux hommes énormes.

Avec un sourire forcé, j'ai traîné des pieds vers le gril pour ma prochaine rencontre gênante. Même les soirées guindées de ma mère n'étaient pas aussi pénibles.

— Salut, J.J. Salut, Jevin.

— Na-ta-lie. Jevin a étiré les syllabes de mon nom avec un regard appréciateur. T'es canon.

— Arrête ça. J.J. a donné un coup de coude dans les côtes de son jumeau, assez fort pour le faire grogner. C'est la copine de Mila.

— Oh, non, je ne suis pas…

— Je ne vois pas de bague. Jevin a fait un clin d'œil. Jusque-là, elle est sur le marché.

— C'est vraiment dégueulasse, mon frère. Natalie. J.J. m'a souri, et c'était d'une ressemblance déchirante avec le sourire de Jamila. Qu'est-ce que je peux te servir ? Les meilleures travers de porc que tu aies jamais goûtés, ou un burger passable fait par mon frère ?

— Sors-toi la tête du cul, J. Cette fois, c'était au tour de Jevin de donner un coup de coude à son jumeau. Elle est végétarienne. J'ai ton burger végé juste là, ma belle. Il a retiré un pain grillé du gril et a glissé un steak végétal dessus.

— Désolé. Oublié. J.J. a soulevé sa casquette des Texas Longhorns et a essuyé la sueur de son front avec le dos de son poignet. Les accompagnements sont là-bas. Il a désigné une autre table où se trouvaient des saladiers. Ne touche pas au gratin avec les chips. Il y a du poulet dedans.

— Compris. Vous allez bien, tous les deux ? C'est gentil à vous d'être venus ici pour le lancement de Jamila.

— Eh bien, ce n'est pas la seule raison pour laquelle on…

— Yo ! J.J. a frappé le bras de Jevin. Voilà ta grande gueule qui s'ouvre encore, à battre comme une porte de saloon. Il a lancé un regard furieux à son jumeau.

— Désolé, mec. Elle le découvrira bien assez tôt.

— Qui découvrira quoi ? J'ai cherché Jamila du regard dans le groupe de personnes près de la piscine. Vous ne préparez pas une mauvaise blague, j'espère ?

— Voilà une idée. Jevin s'est frotté le menton fraîchement rasé. Mila devrait peut-être aller faire un tour dans la piscine.

Je me suis rengorgée. — Essayez et c'est vous qui irez faire un tour dans la piscine. Et je ne pense pas que vos Air Jordan apprécieraient beaucoup. J'ai regardé ostensiblement ses baskets vintage impeccables.

— Celle-là ne rigole pas. Jevin a levé sa spatule. Pas de bêtises. Promis.

— Thanksgiving va être marrant, a marmonné J.J.

— Va manger ce burger végé avant qu'il ne refroidisse, a dit Jevin. Et n'oublie pas de goûter la salade de pommes de terre. C'est la recette de notre grand-mère.

J'ai avancé péniblement vers la table des accompagnements où j'ai repéré la salade de pommes de terre et j'en ai déposé une cuillerée sur mon assiette en carton. J'ai pris un peu de salade et un brownie fondant — je méritais bien cette gourmandise après avoir été traînée chez Jamila contre ma volonté — et j'ai trouvé une table libre à l'ombre d'un sycomore.

J'ai étalé ma serviette sur mes genoux. La salade de pommes de terre avait l'air bonne, avec des morceaux de pommes de terre amalgamés par une sauce crémeuse. Quelque chose de vert, du céleri peut-être, ajoutait de la couleur. J'ai tendu la main vers ma fourchette, mais j'avais oublié d'en prendre une. J'ai reculé ma chaise et posé ma serviette à côté de mon assiette.

— Tu cherches ça ? Jamila m'a tendu une fourchette et un couteau en plastique transparent. Quand j'ai levé les yeux vers elle, le soleil brillait derrière sa tête, ses rayons se répandant comme une couronne. Elle portait son haut de bikini blanc avec une chemise légère, presque transparente, et un paréo imprimé de couleurs vives : rouge, orange et violet.

— Oui. Merci. J'ai pris les couverts qu'elle me tendait. Pourquoi était-elle venue ? Elle aurait pu m'ignorer pendant toute la fête. Non, en tant qu'hôtesse, elle devait dire bonjour à tout le monde, y compris à la personne qui éprouvait les mauvais sentiments pour elle, la personne qui avait fait voler son monde en éclats.

— Je peux m'asseoir avec toi ? Elle a désigné la chaise pliante à côté de moi.

J'ai hoché la tête. Pendant qu'elle s'installait sur la chaise, j'ai piqué la salade de pommes de terre avec ma fourchette. Mon appétit avait disparu, ainsi que le peu de sang-froid qu'il me restait.

— Merci d'être venue. Elle a tortillé le pan de sa chemise.

— Jackson m'a amenée ici sous de faux prétextes. Je ne voulais pas m'incruster à ta fête de lancement.

Elle a plongé son regard dans le mien. — Je voulais que tu sois là.

— Moi ? J'ai posé une main sur mon cœur pour ralentir son galop. Tu voulais que *je* sois là ?

— Seulement toi. Je me fiche de tous les autres.

— Pas même de mon frère ? Ou de tes frères ?

— Bon, d'accord, je tiens à mes frères.

Un demi-sourire s'est glissé sur mon visage. — Et Rhiannon ? Et Alicia ?

— Très bien. Elle a levé les mains avec impatience. J'ai invité tous ces gens ici parce que je tiens à eux. Arrête de saboter mon geste romantique.

— Geste romantique ?

— Je sais, je sais. Ce ne sont pas les mots que la plupart des gens associent à moi. Mais c'est ce que tu veux, n'est-ce pas ? Toujours ? Ses yeux sont devenus doux comme un gâteau au chocolat fondant. C'est pour ça que j'ai envoyé ce cactus hérisson. Est-ce que j'arrive trop tard ?

Malgré la chaleur du soleil, la chair de poule a parcouru ma peau. — Trop tard ? Qu'est-ce que tu es en train de dire ?

— Je suis en train de dire que tu es la femme de ma vie. Quand nous étions ensemble, mes sentiments m'effrayaient. Je n'avais jamais ressenti autant pour quelqu'un d'autre auparavant. Je ne me suis jamais laissée ressentir les choses, mais avec toi, je ne pouvais pas m'en empêcher. Quand j'ai cru que tu m'avais trahie, ça m'a fait mal. Elle a grimacé et s'est tapoté la poitrine. Juste là.

— Comme quand ta mère est partie, ai-je dit.

Elle a plissé le nez. — Non, ça, c'était vraiment pire. Je n'ai jamais voulu ressentir ça à nouveau, et je pensais que si je pouvais tout contrôler, je n'aurais pas à le faire. Mais tu m'as fait perdre le contrôle. J'étais en colère.

— Je sais. J'ai posé ma main sur son genou, paume vers le haut, et elle l'a saisie.

— Quand tu es revenue en trombe et que tu m'as dit que c'était Winslow qui m'avait trahie, je suis devenue comme anesthésiée. Un écran bleu dans ma tête. Il a fallu une minute pour que tout redémarre. À ce moment-là, tu étais partie.

— J'ai pensé que tu avais peut-être besoin d'une minute. Toi et Winslow étiez proches.

— Ouais. Elle a secoué la tête. Il avait essayé de me parler de ses idées pour diriger l'entreprise, mais je l'ai rembarré. Je pensais que c'était un désaccord sain. Je me suis trompée.

— Je suis désolée. J'aurais aimé pouvoir être là pour toi.

— Tu l'étais. L'intensité était de retour dans son regard. Tu m'as montré ce que j'avais manqué. Je détiens toujours la participation majoritaire dans Jamilow, grâce à toi. Tu as sauvé mon entreprise. Elle s'est éclairci la gorge. Merci.

J'ai baissé les yeux sur nos mains jointes. Ses longs doigts sombres couvraient ma peau plus pâle. — C'est un peu extrême. C'est *toi* qui as sauvé l'entreprise. Je ne t'ai donné que les informations dont tu avais besoin.

— Et tu m'as poussée jusqu'à ce que je les accepte. Elle a haussé les épaules. Mais je ne t'ai pas demandé de venir ici pour parler de l'entreprise.

J'ai ricané. — Si je me souviens bien, tu ne m'as pas du tout demandé de venir ici.

— Si ! J'ai demandé à Jackson de t'amener.

Je lui ai lancé un regard dubitatif.

— D'accord, d'accord. Peut-être que je dois travailler sur mes compétences relationnelles, mais c'est ce que je te demande. Peux-tu m'accorder le bénéfice du doute pour que je m'améliore ? Pendant que je passe trop de temps au travail. Pendant que je continue à mettre les pieds dans le plat devant les journalistes et leurs caméras.

Mon vin pétillant était devenu plat dans son gobelet en plastique, mais des bulles montaient en moi. — Qu'est-ce que tu me demandes, Jamila ? Parce que jusqu'à présent, ça ne ressemble pas à une offre géniale.

— Je suis honnête avec toi. Voilà ce que tu auras. Elle a passé une main sur elle-même. Je suis susceptible, grossière et rien à voir avec ce qu'une princesse comme toi imagine pour elle-même. Mais si tu veux être avec moi, je promets de faire de mon mieux pour être ce dont tu as besoin.

Mon cœur s'est arrêté. — Tu veux être avec moi ? Tu me fais à nouveau confiance ?

— Je t'ai toujours fait confiance. Je ne pouvais pas m'en empêcher. C'est pour ça que ça a fait si mal quand tu…

— Quand je t'ai fait mon Alice Roy ?

— Ouais. Je pensais qu'on était assez proches pour que tu m'en parles avant de faire quelque chose d'aussi extrême.

J'ai dégluti. — Je… j'avais peur de tout gâcher comme je le fais toujours.

— Ma petite, je t'aimerais même si tu gâchais tout.

— Attends. Tu m'aimes ?

— Bon Dieu ! Tu vois, je n'arrive pas à faire ça correctement. Je pensais qu'avec l'appel à Della et le cactus, tu aurais compris.

— Je l'espérais, mais je ne le savais pas. Mon cœur battait la chamade.

— Je suis désolée. Je t'ai dit que j'étais nulle à ça. Oui. Je t'aime.

Ma poitrine était presque trop pleine pour que je puisse respirer. — On peut être un couple officiel ? Je peux être ta… ta petite amie ?

Elle a serré ma main presque douloureusement fort. — Je veux m'engager totalement avec toi. Je te laisserai même prendre les commandes de temps en temps. Tout ce dont tu as besoin. Parce que j'ai besoin de toi.

Je me suis penchée vers elle et j'ai murmuré : — Redis-moi « ma petite » ?

— Je t'aime, ma petite. Elle a posé ses lèvres sur les miennes, une douce pression.

— Et je t'aime aussi… Mila. Je peux t'appeler comme ça ?

— Seulement quand tu es contente de moi. Pas quand je te mets en colère.

— Tu ne me mettras jamais en colère. J'ai embrassé le coin de sa bouche.

— Oh, je te promets que si. Pas exprès, mais ça arrivera. Et je serai vraiment — elle a embrassé mes lèvres — vraiment — elle a embrassé l'angle de ma mâchoire — vraiment désolée.

J'ai frémi. — Il y aura du sexe de réconciliation ?

— Absolument.

Avec effort, je me suis reculée. — Alors moi aussi, je suis partante pour tout.

Les angles durs de son visage se sont adoucis. Seules restaient ses lèvres pulpeuses, ses yeux chauds et ses magnifiques pommettes. Et elles étaient toutes à moi.

— Tu as fait ton coming out à tous ceux qui comptent pour toi ? a-t-elle demandé.

— Je l'ai dit à ma mère et à Charles. À ma sœur. À mes frères. Je pense que tous les autres le savent ou s'en doutent. Ou ils m'aiment assez pour ne pas s'en soucier.

— Alors, disons-le à tout le monde ici.

— Tout le monde ? J'ai balayé du regard les invités de la fête, mais c'était l'ancienne Natalie qui scrutait la foule. La nouvelle Natalie se fichait de ce que les autres pensaient. Ce n'était pas mon rôle de leur plaire ou de les rendre heureux. La seule personne que je voulais satisfaire, c'était moi-même — et Jamila.

— D'accord, ai-je dit.

Serrant ma main, elle m'a tirée vers le haut. — Voici le plan. On leur dit qu'on est en couple, puis on s'éclipse dans ma chambre.

— Mais tout le monde saura ce qu'on fait !

— Et c'est un problème parce que… ? Elle a fait glisser une main le long du bas de mon dos, sous la ceinture de mon jean emprunté, jusqu'à l'endroit juste au-dessus de mon coccyx où j'étais chatouilleuse. Des frissons se sont propagés de l'endroit où sa peau a touché la mienne, allumant une flamme au plus profond de moi.

— Aucun problème, ai-je couiné.

— C'est ce que je pensais. Hé, tout le monde ! a-t-elle crié.

Et pendant qu'elle annonçait notre relation à la foule de nos amis, j'exultais intérieurement. La femme la plus fabuleuse du monde m'aimait. Moi seule.

Et je n'aimais qu'elle aussi.

ÉPILOGUE

MA COPINE, il s'est avéré, adorait les fêtes.

Son barbecue d'avant-lancement dans son jardin le week-end dernier, pour la famille et les amis, n'était rien comparé à la véritable soirée de lancement sur le toit-terrasse de l'immeuble Jamilow.

Quand je travaillais en bas, je n'avais aucune idée que cet endroit existait. L'immeuble ne faisait que deux étages, mais le toit surplombait la cime des arbres au loin et les lumières scintillantes de Mountain View. Si on se tenait près du côté ouest, on pouvait voir la tache d'encre de l'étang en contrebas. Les reflets des lumières du toit chatoyaient à sa surface.

— Qu'est-ce que tu fais ici, toute seule ? Le murmure de Jamila était brûlant contre mon oreille, et je frissonnai.

Je pris la flûte à champagne qu'elle me tendit.

— J'observe.

Elle fit mine de poser le dos de sa main sur mon front.

— Natalie Jones *observe* une fête ? Elle n'est pas au centre de tout, en train de réseauter ? Ça pourrait être grave.

Je saisis sa main et l'abaissai le long de mon corps.

— Hannah a fait un super boulot.

— Ouais, je suis contente de l'avoir embauchée.

— Pardon ? je lâchai sa main pour me désigner du doigt. — C'est moi qui l'ai embauchée.

— Personne ne travaille dans ma boîte sans mon approbation. C'était une excellente recrue.

Je soupirai en laissant tomber. Nous étions une équipe. Nous avions embauché Hannah, qui avait organisé une soirée de lancement incroyable. Tous les associés milliardaires de Jamila étaient là, sauf Winslow Keating-Ashworth qui, avec Pavel Thakor, faisait actuellement l'objet d'une enquête fédérale. Des journalistes et des blogueurs spécialisés dans la tech remplissaient le toit-terrasse.

— Qu'est-ce que tu fais par ici ? lui demandai-je. — Tu devrais être là-bas en train de parler à un blogueur ou à un investisseur. Pas ici avec moi. Tu rates ta propre fête. Je lui donnai une petite poussée sur l'épaule.

— Je suis exactement là où je veux être. Elle tourna le dos à la fête et posa ses mains sur ma taille. — Je t'ai déjà dit que j'aimais cette robe ? Ses mains parcoururent la courte distance jusqu'à l'ourlet et s'enroulèrent dessous.

Je fis glisser mes mains de ses épaules à sa nuque et jouai avec les courtes boucles à l'arrière de sa tête.

— Tu me l'as dit quand je suis arrivée chez toi. Et encore, à l'arrière de la voiture en venant ici.

— Ah, c'est vrai, souffla-t-elle dans mon oreille avant d'embrasser mon cou. — Je ne peux pas être tenue pour responsable de ce que je dis quand tu portes une jupe aussi courte. Je suis surprise que ta mère t'ait laissée sortir comme ça.

Je la poussai par l'épaule.

— Je vis peut-être encore chez mes parents, mais ils n'ont pas leur mot à dire sur ce que je porte.

Elle me plaqua contre le mur.

— Peut-être que quelqu'un devrait. Cette jupe est indécente. Ça me donne envie de savoir ce que tu portes en dessous. Quand elle caressa la peau nue de ma fesse, ses yeux s'écarquillèrent. — Rien ?

— Les femmes de la famille Jones ne sortent pas sans culotte en public. Je relevai le menton. — C'est un string.

— Un string. Elle trouva la fine lanière et glissa son pouce dessous, caressant le point sensible au bas de mes reins. — Je devrais peut-être t'emmener dans mon bureau pour une évaluation plus approfondie.

Frissonnante, j'attrapai sa main baladeuse, la retirai de sous ma jupe et la serrai fort.

— Plus tard. Dans ton lit, pas dans ton bureau. Je la poussai doucement pour qu'elle se tourne vers la fête. — As-tu parlé à des candidats pour le poste de directeur des opérations ?

— Je dois avouer que c'était une idée de génie de ta part de les inviter ici. J'en ai sondé quelques-uns. Ils pourraient être intéressés par le poste. Mais je devrai commander une enquête complète sur les antécédents de tout candidat sérieux. Fini les espions d'entreprise, grommela-t-elle.

— Fini les espions d'entreprise, approuvai-je. — Ou les amis.

— En parlant de non-amis, qu'est-ce qu'*il* fait ici ? Elle désigna un homme grand, dont les cheveux gris brillaient sous les guirlandes d'ampoules Edison qui traversaient le centre du toit. Son visage me disait vaguement quelque chose.

— Qui est-ce ?

— C'est Harris Weston. Il était le PDG de Synergy jusqu'à ce qu'il tente une OPA hostile.

C'était pour ça qu'il me semblait familier. Il avait été sur la liste d'invités de Mère jusqu'à ce qu'il essaie de semer la zizanie entre Cooper et Jackson.

— Je ne l'ai pas invité. Tu crois que Hannah l'a fait par accident ?

— Peu importe, gronda-t-elle. — Il n'est pas le bienvenu ici. Lâchant ma main, elle se dirigea vers lui d'un pas décidé. Je la suivis aussi vite que je le pouvais avec mes talons.

Un verre de quelque chose de brun à la main, il discutait avec un groupe de personnes bien habillées près du bar. Il portait un costume Dolce & Gabbana qui aurait dû paraître déplacé sur ce toit décontracté, mais qui, d'une manière ou d'une autre, donnait l'impression que tout le monde était sous-habillé. Sa cravate bleu pâle faisait ressortir ses yeux bleus, qui étaient vraiment magnifiques. En fait, il était séduisant d'une manière qui aurait pu me plaire, si je craquais pour les renards argentés et si je n'étais pas si folle de Jamila. Ses dents blanches étincelèrent quand il sourit.

Son sourire s'effaça quand il vit Jamila.

Elle passa son bras sous le sien.

— Un mot, Weston ?

Il fit un signe d'adieu au groupe.

— Bien sûr, Jamila.

Ils se dirigèrent vers le côté sombre du toit, derrière le bar, et je les suivis pour m'assurer qu'elle ne lui jetterait pas un verre au visage ou n'essaierait pas de le pousser par-dessus bord. Elle était furieuse, donc l'une ou l'autre option semblait possible.

Elle le stoppa net en sifflant :

— Comment osez-vous montrer votre sale tête à ma soirée ?

Il leva les paumes dans un geste d'apaisement.

— Je suis venu avec...

— Je me fiche que vous soyez venu avec Barbara Jordan et Ruth Bader Ginsburg et leurs anges gardiens. Vous. N'êtes. Pas. Le. Bienvenu. Pas à ma fête. Elle ponctua chaque mot en lui donnant un coup de son long doigt sur la poitrine.

— Très bien. Cette fois, quand il sourit, ce n'était pas amical. C'était froid et calculateur. — J'ai accompli ce que je devais faire. En lissant le pli que Jamila avait laissé sur sa cravate, il s'éloigna vers la sortie.

Jamila sortit son téléphone et appuya sur une touche.

— Bruno. Assure-toi que Harris Weston quitte l'immeuble. C'est le connard qui est en train de quitter le toit. Elle remit son téléphone dans sa poche.

Je m'approchai.

— Qu'est-ce que tu crois qu'il a accompli ?

— Se faire escorter hors de mon immeuble. Voir sa photo affichée à l'accueil comme celle d'un émetteur de chèques sans provision à la caisse d'un Monoprix.

— Non, Mila, on ne va pas faire ça. Tu n'as pas besoin d'être dure avec moi.

— C'est vrai. Elle passa un bras autour de moi mais fixa la porte qui se refermait derrière Weston. — Je ne sais pas. Il voulait peut-être juste se remontrer à une soirée tech. Se frayer un chemin pour regagner les bonnes grâces de tout le monde afin de pouvoir se dégoter un autre poste de PDG ou un siège au conseil d'administration. Ou ça pourrait être quelque chose de plus néfaste.

Je frissonnai.

— Redis *néfaste*.

Elle nicha son nez sous mon oreille.

— On devrait faire un petit jeu de rôle autour du mot *néfaste*?

— C'est sexy quand tu le dis avec ton petit accent du Sud.

Elle se redressa.

— Je n'ai pas d'accent du Sud.

— Si, quand tu veux. Quand tu veux semer quelqu'un. Tu n'envisages pas d'engager à nouveau ce détective privé pour enquêter sur Weston, n'est-ce pas ?

— Non…

— Ça ne sonnait pas comme un vrai *non*. Plus de détectives privés. On en a parlé. On fait les choses dans les règles.

— Très bien. Même si j'aimerais savoir ce qu'il prépare.

— Je vais me renseigner. Voir ce que je peux trouver par des canaux non officiels.

— Bonne fille. Elle passa un bras autour de moi et me serra plus près. — Tu as peut-être raté ta vocation de détective privé. Tu as si bien réussi à découvrir ce que Winslow manigançait.

— Non. Je penchai la tête sur son épaule. — Je suis heureuse là où je suis. Della Lippman est le meilleur mentor que je puisse espérer.

Sa main glissa sur ma hanche.

— Tu es sûre de ne pas vouloir revenir travailler pour moi ? Je ne suis pas certaine de pouvoir te payer ce que Della te donne, mais les avantages en nature… Elle glissa ses doigts sous ma jupe et les fit patiner jusqu'à ma fesse, qu'elle frotta en cercles. — Les avantages en nature sont incroyables.

J'essayai de ne pas penser à l'humidité qui s'infiltrait dans le minuscule triangle de mon string.

— Les avantages d'être ta petite amie sont assez spectaculaires. Je ne vais pas baiser à nouveau ma patronne, merci bien.

— Mmm. As-tu réfléchi davantage à une visite dans mon bureau ?

— Absolument pas. Tu es la star de cette fête qu'Hannah a mis tant d'efforts à organiser pour toi. Tu vas rester ici sur ce toit pour serrer la main de la dernière personne qui partira.

Elle me serra la fesse, puis retira sa main de sous ma jupe.

— Très bien.

Nous portions toutes les deux des talons, alors je dus me hisser sur la pointe des pieds pour lui murmurer à l'oreille :

— Je te promets que les filles sages auront une récompense à la maison.

Elle haussa les sourcils.

— C'est moi la fille sage dans ce scénario ?

— On alternera ? je me mordis la lèvre.

— J'aime bien ça. Ses yeux sombres pétillèrent. — Voyons combien de choses scandaleuses je dois faire pour que les gens partent plus tôt.

— Je crois que tu n'as pas bien saisi le concept de la fille sage.

— Montre-moi, alors ? Tu sais que j'adore te regarder travailler.

— Ah oui ? je fis un pas vers la fête, jetai un coup d'œil par-dessus mon épaule et battis des cils. — Alors suis-moi.

C'est ce qu'elle fit.

ÉPILOGUE BONUS
LE MARIAGE

Trois mois plus tard

JE NE SAVAIS PAS ce qui était le plus magnifique : le ciel d'un bleu limpide, l'eau scintillante qui clapotait contre la plage, le sable doux comme du sucre sous mes pieds nus, les deux beaux mariés sous la houppa fleurie, ou Jamila, debout derrière mon frère dans un smoking ajusté et une paire de lunettes aviateur.

C'était un véritable régal pour les yeux.

Ses lunettes de soleil étaient trop sombres pour que je devine ce qui faisait se retrousser ses lèvres rouges. J'espérais que c'était moi.

Alors que la plupart des invités portaient de longues robes fluides, j'avais opté pour une robe courte à imprimé floral qui couvrait à peine mes fesses. Quand j'ai fait glisser un doigt sur le bord du décolleté en V plongeant, elle s'est léché les lèvres. Oui, ma copine me regardait. J'ai tiré un peu le tissu sur le côté, comme si j'avais un peu chaud. Et c'était le cas, à cause de la chaleur de son regard.

Finalement, le rabbin a cessé de parler et a soulevé un verre à vin délicat. Il l'a enveloppé dans un tissu de velours et l'a posé par terre entre les mariés. Souriant, Ben a levé le pied au-dessus du verre et a poussé Cooper du coude pour qu'il fasse de même. Avec précaution, ils ont baissé leurs pieds et l'ont écrasé ensemble.

— Mazel tov ! ont crié les invités.

Cooper s'est penché pour embrasser Ben. On aurait dit qu'il visait un chaste baiser sur les lèvres, mais Ben ne l'entendait pas de cette oreille. Il a agrippé les revers de Cooper et l'a maintenu contre lui. Jackson, en personne mature qu'il était, a sifflé pendant que Ben enfonçait sa langue dans la bouche de Cooper.

Une seconde plus tard, Cooper a cédé. Ses longs bras ont encerclé son mari, et il les a fait pivoter pour tourner le dos au groupe pas si petit de famille et d'amis qui s'étaient réunis pour assister à leur mariage sur la plage.

— Vas-y, Cooper. Vas-y, Ben, a dit Jamila. Se tournant vers les rangées d'invités, elle a ajouté : — Hé, tout le monde. Laissons-les à leur petit moment et que la fête commence.

Elle a applaudi, et tout le monde s'est joint à elle. Quand Cooper a plaqué Ben contre la houppa, l'arche a dangereusement vacillé. Le rabbin s'est empressé de s'écarter pour guider les invités vers le bar de la plage à quelques pas de là.

Jamila a observé Cooper et Ben encore quelques secondes avant de me rejoindre là où j'attendais au deuxième rang.

Elle a eu du mal à enlever sa veste de smoking, révélant un débardeur blanc en dessous. Elle a agité la veste devant son visage.

— Les smokings et la plage, c'est peut-être génial séparément, mais la combinaison des deux, ça craint. Rappelle-le-moi quand on se mariera.

— Attends, quoi ? J'avais peut-être attrapé une insolation malgré ma robe d'été légère et mon énorme capeline.

— Les smokings. Beaucoup trop chaud pour un mariage sur la plage.

— Non, l'autre partie. Quand tu as parlé de nous marier.

— Tu ne veux pas ? Pas aujourd'hui, bien sûr. Elle a essuyé une perle de sueur sur son front.

— Bien s… attends. C'est une demande en mariage ?

— Oh, non, bébé. Elle m'a pris le visage en coupe. — Je sais que tu veux qu'on te fasse le grand jeu et tout le tralala. Ne t'inquiète pas. Je m'en occupe. Quand le moment sera venu. Et puis elle m'a fait une petite tape sur le nez.

J'ai repoussé sa main. — Non. Pas question. Ça ne marche pas comme ça. Nous sommes deux femmes adultes. On va avoir une conversation d'adultes à ce sujet. Pas question de ces conneries patriarcales de demande en mariage surprise quand ça te chantera.

— Je vois. Elle s'est assise sur l'une des chaises pliantes nichées dans le sable et m'a tirée sur ses genoux. — C'est comme ça que ça va se passer ?

— C'est toujours un rapport de force avec toi. J'ai croisé les bras.

— Je pensais que tu aimais ça. Quand je t'appelle ma petite puce. Sa main a glissé dans le creux de mes reins, à l'endroit qu'elle avait si bien appris à connaître. Des picotements se sont diffusés depuis son contact, et une chaleur s'est accumulée dans mon ventre.

Je me suis tortillée sur ses genoux, et elle a souri comme le chat du Cheshire.

— J'aime ça. Quand on joue. Au lit, surtout. Mais là, c'est sérieux. Tu parles du reste de nos vies.

— Attends une seconde. Elle m'a fait descendre de ses genoux pour me déposer sur la chaise voisine. — Tu ne veux pas de ça ? Le reste de nos vies, ensemble ?

— Ben si. C'est ce que je veux depuis que j'ai quinze ans. Mais je ne pensais pas que ça t'intéressait. La cérémonie. Les témoins. J'ai désigné les chaises vides autour de nous. — Les trucs romantiques. J'ai fait un geste de la main vers Cooper et Ben, qui avaient enfin décollé leurs lèvres et se dirigeaient, main dans la main, vers la réception.

Ce que j'avais trop peur de dire ? *L'engagement. La vulnérabilité.*

Mais c'était comme si elle avait entendu ce que je n'avais pas dit. — Ce que je ressens pour toi est… différent. Comme si tu étais ma meilleure amie, et plus encore. Tu ne veux que de bonnes choses pour moi, et tu ne gardes jamais rien pour toi. Et je veux… Elle s'est raclé la gorge. — être comme ça pour toi, aussi.

Je me suis penchée pour l'embrasser. — Tu l'es déjà.

Elle s'est soustraite au baiser mais a posé une main rassurante sur mon épaule. — Pas encore, mais j'y travaille. J'essaie de m'ouvrir à toi. Comme maintenant. Écoute, je sais qu'on n'est ensemble que depuis quelques mois. Et j'aimerais qu'on attende encore un peu. On devrait probablement emménager ensemble aussi. Pour essayer. Je peux prendre une maison plus grande, comme tu en as l'habitude.

J'ai eu le souffle coupé. — Je n'ai pas besoin d'une maison plus grande. Tant que tu es dedans, je partagerais un studio.

— C'est une idée terrible. Tu détesterais que je te réveille avec mes conférences téléphoniques avec l'Inde au milieu de la nuit. Et puis, il te faut de la place pour tes robes. Elle a touché la popeline rigide de ma jupe évasée. — Mais si tu es prête, j'adorerais que tu emménages chez moi à Menlo Park. Et dans la maison de plage à Santa Cruz. Et dans ma maison dans les collines près d'Austin.

— Ça a l'air merveilleux. Se réveiller à côté de Jamila chaque jour, où qu'elle soit, c'était un rêve qui devenait réalité.

— Et si ça ne te fait pas fuir, on peut se mettre d'accord pour se marier. Au début de l'année prochaine.

— Une demande en mariage est une tâche dans ton planning du premier trimestre ? Je me suis mordu la lèvre pour réprimer un large sourire.

— Exactement. Même si je vais te déléguer l'organisation du mariage. Fais-le exactement comme tu le veux. Tous les trucs de conte de fées que tu peux imaginer, d'accord ?

Elle m'a regardée dans les yeux, toute sa légèreté habituelle envolée. — Je veux te rendre aussi heureuse que tu m'as rendue.

— Vraiment ? Tu es heureuse ? Avec moi ? Et ne transforme pas ça en blague de cul, ai-je ajouté alors que ses lèvres se tordaient en un sourire narquois.

— Ouais. Je ne le montre peut-être pas à l'extérieur, mais lors de mon bilan de santé le mois dernier, mon médecin a dit que ma tension artérielle était bien meilleure. Et je dors mieux. Une partie de ça vient du sexe, mais... Elle a haussé les épaules. — Je pense que c'est surtout grâce à toi.

Enlevant mon chapeau, j'ai posé ma tête sur son épaule pour ne pas avoir à la regarder pour ce que j'allais lui dire. — Si nous n'étions pas ensemble, je ne suis pas sûre que je serais retournée à mes cours de certification en relations publiques dès la deuxième semaine.

— Je sais, bébé. Elle m'a caressé le dos. — Tu avais juste besoin d'un petit coup de pouce pour ta confiance en toi. Un peu de feu dans le ventre.

- Merci de croire en moi.

— J'ai toujours cru en toi. Personne d'autre que toi n'aurait pu me convaincre que j'avais besoin d'un département de relations publiques.

— C'est ridicule. Toutes les grandes entreprises ont besoin d'un département de relations publiques. Surtout si elles ont une PDG avec un tout petit... J'ai donné un baiser sur ses lèvres pour ponctuer mes mots. — tout, tout petit. Caractère.

— Voilà ma chérie. Sauver les PDG d'eux-mêmes, un désastre de relations publiques à la fois. Maintenant... Son sourire est devenu malicieux. — Pendant qu'on était témoins avant le mariage, Mimi m'a parlé de cette tradition juive appelée Yichud. C'est en gros sept minutes au paradis obligatoires.

J'ai gloussé. — Ce n'est pas mon premier mariage juif. Je connais le concept. Et c'est techniquement huit minutes. Mais la plupart des couples ne le font pas vraiment. En général, ils se détendent et prennent une collation.

— Il se trouve que je sais de source sûre que les jeunes mariés ne prévoient pas d'utiliser la cabine que la mère de Ben a insisté pour réserver pour le Yichud. Et Ben m'a donné la clé. Elle l'a sortie de sa poche et l'a brandie.

— Qu'est-ce que tu suggères ? J'ai froncé les sourcils.

— Je suggère qu'on aille y jeter un œil. S'assurer qu'elle est apte à l'emploi. Faire un rapport à Ben et Cooper au cas où ils changeraient d'avis.

— Pour le bien des mariés ? Ça me plaît. Je me suis levée et je lui ai tendu la main.

Jamila l'a prise et s'est levée. — C'est... oh oh.

— Vous venez, vous deux ? Jackson avait enlevé sa veste de smoking et retroussé les manches de sa chemise blanche.

— On l'aurait fait si tu n'étais pas un tel rabat-joie, ai-je marmonné. Plus fort, j'ai dit : — Dans une minute.

— Ou huit, a dit Jamila.

— Coop m'a envoyé vous chercher pour les photos.

— Personne ne veut prendre de photos par cette chaleur. Jamila a tiré sur son débardeur pour le décoller de sa poitrine. — De plus, on a pris des photos avant la cérémonie, quand on était fraîches.

Jackson a levé les yeux au ciel. — C'est l'idée de Ben, un truc avant-après, et tu sais que Coop ne lui refusera rien.

— Mettez ça sur mon dos, alors. Jamila a saisi ma main. — J'ai fait une promesse à ma chérie, et c'est plus important.

— C'est ton problème. Mon frère s'est épousseté les mains. — Assurez-vous d'être là à temps pour le toast.

— On a combien de temps ? ai-je demandé.

Il a haussé les épaules. — Probablement une demi-heure. Les gens font la queue pour féliciter les heureux mariés. Mais je peux les retarder un peu. Coop s'attend toujours à ce que je mette des bâtons dans ses roues.

— Merci, Jackson. On sera là dans trente minutes. Après qu'il se soit éloigné sur le chemin en bois temporaire, j'ai murmuré à l'oreille de Jamila : — Tu me montres cette cabine ?

La cabine menthe et rose n'était pas loin, la seule entre nous et le bar de la plage. Mais il y avait un problème.

Tyler pressait Marlee contre la porte de la cabine. La jupe de celle-ci était remontée jusqu'au haut de ses cuisses pour lui permettre d'enrouler ses jambes autour de Tyler. Ils s'embrassaient passionnément, ses mains sur les fesses de sa femme, inconscients de ce qui les entourait. Ils semblaient à deux doigts de le faire debout sur la plage.

— Oups, ai-je murmuré. — On devrait peut-être…

Jamila s'est raclé la gorge. — Vous savez que c'est une plage publique ?

Tyler a reposé Marlee sur ses pieds, et elle a rabaissé sa jupe. — Oups, on s'est laissé emporter.

— Vous devriez peut-être aller dans un endroit un peu plus privé ?

Les joues de Tyler sont devenues écarlates tandis qu'il passait une main dans ses cheveux. — Désolé. On avait prévu d'aller là-dedans, mais la porte était fermée à clé, et…

Jamila a souri. — Pas de problème. Vous savez, les toilettes des dames de l'hôtel ont un canapé et une porte qui se ferme à clé.

— Oh, a dit Marlee. — C'est une bonne idée. J'ai peut-être besoin de m'allonger. Elle a posé le dos de sa main sur son front.

Tyler a tourné son attention vers sa femme. — Ça va ?

— Bien sûr, chéri. Elle lui a tapoté le bras. — Mais j'ai toujours voulu être prise avec fougue sur une méridienne.

— À vos ordres, princesse. Il lui a offert son coude, et elle y a passé sa main.

Jamila a gloussé. — Prenez votre temps. On trouvera des excuses si quelqu'un vous cherche.

— Merci. Tu es la meilleure. Tyler a conduit Marlee vers l'hôtel.

— J'ai remarqué que tu ne leur as pas proposé la clé de la cabine, ai-je dit quand ils ont été hors de portée de voix.

— Je ne suis pas stupide. C'est mon petit coin à moi. Elle a glissé la clé dans la serrure et a ouvert. La cabine était une seule pièce avec une chaise longue double et quelques fauteuils. Des persiennes assuraient la ventilation, et deux portes-fenêtres donnaient sur la plage.

Après avoir verrouillé la porte, Jamila a tiré les rideaux de voile blanc pour cacher la vue. — Maintenant... comment est-ce que je te veux ? a-t-elle médité.

Je me suis agenouillée sur le lit et l'ai regardée à travers mes cils. — On n'a qu'une demi-heure. En fait, vingt-cinq minutes maintenant. Quelque chose d'efficace, comme un soixante-neuf ?

— Efficace ? a-t-elle reniflé. — L'efficacité, c'est pour le codage et les drive-in. Jamais pour le sexe. D'ailleurs, je suis à cran depuis que je t'ai vue dans cette robe.

— Vraiment ? Je me suis mordu la lèvre. — Je n'en avais aucune idée.

Elle s'est approchée de l'endroit où j'étais à genoux et a passé sa main sur mon côté, taquinant l'ourlet de ma jupe. — Tu savais exactement ce que tu faisais quand tu as mis ça.

— Ça te plaît ? Je l'ai embrassée sur les lèvres, puis à la base de son cou où son col s'ouvrait.

— Ça me plairait encore plus si elle était retroussée, a-t-elle grogné.

Elle a doucement poussé mon épaule, et je me suis allongée sur la chaise longue. J'ai soulevé ma jupe pour révéler mon string rouge. — Comme ça ?

Elle m'a regardée, affamée. — Exactement comme ça.

Elle venait de glisser son doigt dans la ceinture de ma culotte quand un bruit sourd a retenti à la porte. La poignée a cliqueté. Quand j'ai haleté, Jamila a mis sa main sur ma bouche et m'a fait un clin d'œil.

— Fermée à clé, mi tesoro. La voix de Mateo a grondé à travers la porte.

— Merde. Je savais que j'aurais dû demander la clé à Benny, a dit Mimi.

— Si tu me prêtais quelques épingles à cheveux, je pourrais crocheter la serrure.

J'ai essayé de rabaisser ma jupe, mais Jamila, une main toujours sur ma bouche, a secoué la tête et l'a repoussée vers le haut. Ses doigts ont effleuré l'avant de ma culotte, et mon ventre s'est contracté.

— Mouillée, a-t-elle articulé sans un bruit. — Tu aimes ça.

Je ne voulais pas aimer ça. Je ne voulais pas être excitée à l'idée que mon amie et son copain entrent et surprennent Jamila la main sur mon sexe. Mais, zut, c'était le cas.

— Ou… La voix de Mimi est devenue taquine. — On pourrait s'envoyer en l'air juste ici.

— Mi vida, c'est une plage publique.

— Mais comme Benny et Cooper ont réservé tout l'hôtel et que tout le monde est à la réception, il n'y a personne. Allez, je serai rapide.

— Rapide n'est pas ce que je veux avec toi, mi tesoro.

— On pourra faire lentement plus tard. Après s'être calmés. Tu sais que te voir tout habillée comme ça me donne envie de te sauter dessus. Ça me rappelle cette nuit au gala. S'il te plaît ?

Je n'ai pas entendu sa réponse, mais il y a eu un autre bruit sourd contre la porte. La petite Mimi avait-elle poussé son grand petit ami contre elle ? D'après le gémissement profond, oui.

J'ai écarquillé les yeux en regardant Jamila. Nous étions piégées dans la cabine pendant qu'un autre couple faisait une partie de jambes en l'air de l'autre côté de la porte.

L'expression de Jamila était diabolique alors qu'elle me retirait ma culotte. J'ai secoué la tête. C'était mal, n'est-ce pas ?

Mais quand son pouce s'est posé sur mon clitoris, c'était tout le contraire. J'ai essayé de me concentrer sur elle, sur la sensation qui montait entre mes jambes tandis qu'elle me frottait, sur mon désir, mais les sons venant de l'autre côté de la porte filtraient.

— Oui, bébé. Oui. ¡Dios mío! J'y suis presque !

J'ai cligné des yeux en direction de Jamila. — Presque ? ai-je chuchoté. — Le mec est précoce ?

— Ou alors Mimi a du talent avec sa bouche, a murmuré Jamila. — Tu devrais lui demander.

— Non… ohh. Mon indignation a fondu quand elle a glissé deux doigts en moi. Je me suis sentie illuminée de l'intérieur, comme si j'avais avalé le soleil et l'avais emporté avec moi dans la cabine. C'était lumineux même derrière mes paupières closes.

— Regarde-moi, bébé, a-t-elle chuchoté. — Je veux te voir jouir.

— Non, pas sans toi !

— Chut.

Mais Mateo a crié, rendant peu probable qu'ils nous entendent. J'ai soupiré, reconnaissante — mais aussi un peu déçue — que ma tentation voyeuriste ait pris fin.

— Enlève ton pantalon, ai-je murmuré. Quand elle a arqué un sourcil, j'ai ajouté : — S'il te plaît ?

Pendant que Jamila retirait son pantalon de smoking et son propre string et les posait sur un fauteuil, je me suis touchée légèrement, un écho de ce que Jamila avait fait, pour garder mon moteur en marche.

Jamila venait de s'agenouiller sur le lit quand nous avons entendu un autre gémissement de l'extérieur. Cette fois, c'était Mimi.

Jamila et moi nous sommes regardées en clignant des yeux. — Merde, a-t-elle articulé.

Était-ce mal de ma part d'écouter pendant que le petit ami de mon amie lui donnait du plaisir ? Peut-être. Mais après avoir écouté la première moitié de leur escapade sexuelle, je ne pouvais pas vraiment l'arrêter maintenant.

— Monte ici, ai-je chuchoté. — Assieds-toi sur mon visage. Peut-être qu'avec les jambes de Jamila enroulées autour de mes oreilles, je n'entendrais pas mon amie.

Jamila a secoué la tête. — Je ne veux pas abîmer ton maquillage. Faisons comme ça ? Elle m'a tirée à genoux et a enfourché ma cuisse, pressant sa jambe musclée contre mon intimité. Je me suis frottée contre sa cuisse et j'ai gémi.

Jamila a plaqué sa main sur ma bouche, mais c'était trop tard.

— Tu as entendu ça ? a demandé Mimi.

Après une seconde, Mateo a grondé : — Je n'ai entendu que toi, mi tesoro. Cependant, tes cuisses couvraient mes oreilles. Qu'as-tu entendu ?

— Un animal, peut-être ? Il y a des chats sauvages ici ?

— Des chats errants, bien sûr. Peut-être que l'un d'eux prenait son pied aussi. Maintenant, concentre-toi, mi vida. Quelqu'un va bientôt venir nous chercher.

Elle a laissé échapper un long gémissement. Mateo avait du talent, lui aussi.

— Allons-y, ma puce, a chuchoté Jamila. Elle était mouillée aussi, glissant le long de ma cuisse. Son regard s'est adouci.

J'ai remonté son débardeur et j'ai effleuré ses tétons. Sa tête est partie en arrière, et elle s'est frottée contre moi plus vite. Moi ? Je me suis laissée emporter, laissant ses cuisses musclées faire l'essentiel du travail contre mon clitoris. Des gouttes de sueur sont apparues à la racine de mes cheveux et entre mes seins. J'allais être en vrac plus tard à la réception, mais je m'en fichais. Tout ce qui m'importait, c'était l'éclair qui parcourait ma colonne vertébrale.

Les hanches de Jamila battaient la mesure, me propulsant vers l'orgasme avec une délicieuse friction. J'ai plongé mon regard dans le sien. Je n'en aurais jamais assez de ça, d'elle, de nous. Bientôt, j'emménagerais chez elle, et nous pourrions partager un millier de petits gestes chaque jour, certains sexuels, d'autres réconfortants, d'autres joueurs, chacun nous liant plus étroitement.

Elle était à moi, et j'étais à elle, et un jour, dans un futur pas si lointain, nous le prouverions à tout le monde lors de notre propre mariage sur la plage. J'ai imaginé Jamila dans une robe blanche avec un voile vaporeux sur la tête, me regardant comme elle le faisait maintenant, avec émerveillement et amour.

Je me suis penchée et j'ai embrassé ses lèvres rouges. — Je t'aime, Mila.

Elle a gémi, un ronronnement bas, et s'est immobilisée contre moi. — Je t'aime aussi, Nat.

Nous n'avions pas été silencieuses, mais cela n'avait pas d'importance. Mimi a laissé échapper un son incohérent et s'est affalée contre la porte.

J'ai lâché prise, moi aussi. Avec une dernière poussée contre la cuisse de Jamila, mon esprit s'est envolé à travers le sable et l'océan, emporté par les oiseaux de mer et la brise chaude. J'ai posé mes mains sur ses épaules pour me stabiliser.

— Mazel tov, ai-je murmuré à son oreille.

— Mazel. On fera certainement un Yichud à notre mariage.

Une fois que Mimi et Mateo sont retournés à la réception, Jamila et moi nous sommes remises en ordre du mieux que nous pouvions. Elle a essuyé mon mascara qui avait coulé et a lissé mes cheveux ébouriffés. J'ai rafraîchi son rouge à lèvres longue tenue avec le baume que j'avais dans ma poche. Main dans la main, nous sommes retournées au bar de l'hôtel pour la réception.

— Mila. Natalie. Cooper nous a accueillies au bas des marches venant de la plage. Son regard critique nous a balayées, et je n'ai pas pu m'empêcher de tirer sur ma jupe pour couvrir mes cuisses collantes. — Tellement heureux que vous ayez pu vous joindre à nous.

— On profitait juste de ce magnifique hôtel. De la brise tropicale. Des cris de la faune. Jamila a soutenu son regard. J'ai ricané en voyant Tyler et Marlee sortir du couloir qui menait aux toilettes. Elle a épousseté sa jupe.

— Ah ! Vous voilà. Ben s'est approché de nous, sa veste de smoking disparue et ses boucles commençant à friser. — Vous arrivez juste à temps pour le toast. Bobby, a-t-il appelé le mignon barman. — Trois coupes de champagne et une eau gazeuse, s'il vous plaît ?

— Très belle cérémonie, les gars. Quel meilleur décor pour votre mariage que l'île où vous êtes tombés amoureux ? J'ai serré la main de Jamila. — C'est si romantique.

— Merci, a dit Ben. — C'était entièrement l'idée de Cooper. Et Luis et son personnel ont veillé à ce que tout soit parfait, jusqu'au moindre détail. Il a lissé le col de Cooper, puis a arrangé l'orchidée épinglée à son revers.

— Tout comme mon mari, a dit Cooper. — Parfait.

— Beurk. Jamila a levé les yeux au ciel. — Vous êtes plus mielleux qu'une tarte aux noix de pécan. Il me faut un verre pour faire passer ça.

Avec un timing parfait, Bobby a présenté un plateau de flûtes. Nous en avons pris une chacun.

— Faisons ce truc, bébé, a dit Ben. Il a levé son verre bien haut. — Jackson ! C'est l'heure.

Mon frère a embrassé la joue de sa femme, puis s'est avancé au centre du bar. Il a mis ses doigts dans sa bouche et a poussé un sifflement perçant pour faire taire les invités. Puis il a prononcé un toast étonnamment touchant.

Après avoir bu au bonheur des mariés, un groupe de merengue a commencé à jouer, et Ben et Cooper se sont déhanchés sur le rythme sensuel. Après une minute, Ben a fait signe à tout le monde de venir sur la piste. — Mon mari est complexé. Rejoignez-nous, a-t-il crié. Les joues de Cooper sont devenues encore plus rouges, mais Ben l'a attiré pour un baiser.

— Viens, bébé. Dansons. Jamila m'a offert son coude, et je l'ai laissée me conduire sur la piste de danse.

Nous avons observé les autres couples jusqu'à ce que nous ayons assimilé les pas de base. Après quelques chansons, nous étions en sueur et nous riions de notre piètre performance, comparée à celle des membres de la famille insulaire de Cooper.

En tourbillonnant sur la piste avec Jamila, je savais que peu importe que nous soyons sur une plage des Caraïbes ou de Californie, ou dans un bureau de la Silicon Valley ou d'Austin, au Texas, tant que nous étions ensemble, il n'y avait aucun autre endroit où je préférerais être que dans les bras de Jamila.

Merci beaucoup d'avoir lu *Tente-Moi* ! Veuillez envisager de publier un avis sur votre site de vente préféré, BookBub ou Goodreads. Les avis aident d'autres lecteurs à trouver de nouveaux auteurs comme moi.

Si vous aimez les comédies romantiques avec différence d'âge qui ont pour héroïnes des femmes fortes et indépendantes, ma série 40 and Fabulous pourrait aussi vous plaire. Elle se déroule dans l'univers de Synergy, donc vous pourriez retrouver quelques visages familiers dans ses pages. La série commence avec *Frenemies and Lovers*, une histoire d'amour avec fausses fiançailles, différence d'âge et cadre de vacances, avec pour protagonistes le frère de Natalie, Andrew, et son béguin, de 13 ans son aînée. Elle est disponible chez votre libraire préféré.

À PROPOS DE L'AUTEUR

Michelle McCraw adore lire des romances et travailler dans la technologie. Un jour, elle a décidé de combiner ses deux passions, et maintenant elle écrit des romances contemporaines torrides et geek qui pourraient bien vous faire rire. Ses livres mettent en scène des personnages qui aiment sans complexe la science, l'ingénierie et la technologie.

Auteure américaine et Texane de naissance, Michelle a pelleté de la neige pendant des tempêtes en Nouvelle-Angleterre et a opté pour une souffleuse à neige dans le Midwest. Elle vit maintenant en Géorgie, où la neige ne lui manque PAS DU TOUT. Elle aime lire, voyager, boire du bourbon et gâter son chien extraordinairement mal élevé mais adorable. Elle a été finaliste au RWA Vivian Contest, au Stiletto Contest des Contemporary Romance Writers et au Four Seasons Contest des Windy City Romance Writers.

facebook.com/MichelleMcCrawAuthor

instagram.com/MMOWriter

amazon.com/author/michellemccraw

goodreads.com/MichelleMcCraw

bookbub.com/authors/michelle-mccraw

LIVRES DE MICHELLE MCCRAW

Synergy Series

Travaille avec Moi

Fais Semblant avec Moi

Voyage avec Moi

Commande-Moi

Souviens-Toi de Moi

Tente-Moi

40 and Fabulous

Fashion and Passion

Frenemies and Lovers

Books and Hookups

Conspiracies and Chemistry

Advances and Retreats

Marriage and Trouble

Sugar and Spice